GOLDMANN

Im Goldmann Verlag sind folgende
Originalabenteuer von Raumschiff Enterprise
erschienen:

Band 1: **Der unwirkliche McCoy** (23730) • Band 2: **Strafplanet Tantalus** (23731) • Band 3: **Spock läuft Amok** (23732) • Band 4: **Das Silikonmonster** (23733) • Band 5: **Der Asylplanet** (23734) • Band 6: **Die Lichter von Zhetar** (23735) • Band 7: **Das Paradies-Syndrom** (23737) • Band 8: **Der Doppelgänger** (23738) • Band 9: **Rückkehr zum Morgen** (23739) • Band 10: **Ein kleiner Privatkrieg** (23740) • Band 11: **Der Tag der Taube** (23741) • Band 12: **Spock muß sterben!** (23742) • Band 13: **Jenseits der Sterne** (23600) • Band 14: **Klingonen-Gambit** (23601) • Band 15: **Galaxis in Gefahr** (23602) • Band 16: **Die falschen Engel** (23603) • Band 17: **Spock, Messias!** (23619) • Band 18: **Wie Phoenix aus der Asche** (23620) • Band 19: **Der Teufelsplanet** (23627) • Band 20: **Gefangene des Wahnsinns** (23616) • Band 21: **Welt ohne Ende** (23613) • Band 22: **Das Phoenix-Verfahren** (23614) • Band 23: **Planet der blauen Blumen** (23615) • Band 24: **Grenze zur Unendlichkeit** (23617) • Band 25: **Die Expertin** (23618) • Band 26: **Zwischen den Welten** (23621) • Band 27: **Welt ohne Sterne** (23650) • Band 28: **Perrys Planet** (23651)

Raumschiff Enterprise –
Die neuen Abenteuer

Band 1: **Todeszone Galaxis** (23660)
Band 2: **Der Überlebende** (23661)
Band 3: **Der Venus-Faktor** (23662)
Band 4: **Gefahr im Delta-Dreieck** (23663)

Weitere Bände in Vorbereitung.

ALAN DEAN FOSTER

RAUMSCHIFF ENTERPRISE

DIE NEUEN ABENTEUER

5

UMS NACKTE LEBEN

Aus dem Amerikanischen
von Lore Straßl

GOLDMANN VERLAG

Die amerikanische Originalausgabe
erschien unter dem Titel »Star Trek Log Five«
bei Ballantine Books, New York

Umwelthinweis:
Alle bedruckten Materialien dieses Taschenbuches
sind chlorfrei und umweltschonend.
Das Papier enthält Recycling-Anteile.

Der Goldmann Verlag
ist ein Unternehmen der Verlagsgruppe Bertelsmann

Umschlaggestaltung: Design Team München
Umschlagillustration: Schlück Jones, Garbsen
Satz: IBV Satz- und Datentechnik GmbH, Berlin
Druck: Elsnerdruck, Berlin
Verlagsnummer: 23664
SN · Redaktion: Hermann Urbanek
Herstellung: Peter Papenbrok
Made in Germany
ISBN 3-442-23664-9

3 5 7 9 10 8 6 4 2

Inhalt

[1)] *TV-Titel: Das unheimliche Wesen*
[2)] *TV-Titel: Verfolgung im Weltraum*
[3)] *nicht ins Deutsche synchronisiert*

ENTERPRISE

FÜNFTES LOGBUCH

Sternzeit 5527.0 - 5527.4

Kommando:

James T. Kirk, Captain, USSC, FS, a. D.

Übertragen von

Alan Dean Foster

Im Galaktisch-historischen Geschichtsarchiv

auf S. Monicus I

Sternzeit 61101.3

Für den Kurator: JLR

ERSTER TEIL

Die Aquaner

Nach einem Drehbuch
von Margaret Armen

1

(Sonne auf Königin vier plus zwei)

»Akademie der Sterrnenflotte?« murmelte M'mar verwundert. »Du wurrdest als Historrikerin ausgebildet, Tochterr. Geschichte, Soziologie, Anthrropologie – das warren deine Fächerr in derr Schule. Nicht Physik oder Rraumtechnik oderr derrgleichen!«

M'ress' Mutter streckte sich mit besorgter Miene auf der Couch aus. Die schwarzen Pupillen ihrer Katzenaugen zogen sich zu schmalen Schlitzen zusammen.

»Oderr hat etwas anderres dich auf diese Idee gebrracht, Tochterr? Vielleicht macht dirr etwas zu schaffen – dieserr Junge etwa...«

M'ress seufzte frustriert. »Es hat nicht mit N'nance zu tun, Mutterr. Auch nichts mit V'rrone oder D'irraj oder mit überrhaupt irrgendwelchen meinerr Frreunde. Ich habe mich nurr ganz einfach entschlossen...«

»Du hast dich *entschlossen*«, flüsterte M'mar mehr zu sich als zu ihrer Tochter.

»...Ich möchte mehrr darrüberr wissen, wie die Leute jetzt sind, statt zu studierren, wie sie warren. Ist das so errstaunlich? Und als Offizierr der Sterrnenflotte bekomme ich dazu die beste Gelegenheit.«

»Und was ist mit deinen Geschwisterrn? Was halten sie von dieserr plötzlichen Wendung mitten in deinerr Ausbildung?«

M'ress machte ein selbstzufriedenes Gesicht. »Schwesterr M'nass hält mich fürr so verrrückt wie du, aberr sowohl Brruderr M'rest wie Brruderr M'sitt finden es wunderrbarr – und typisch fürr mich.«

»Sie haben halb rrecht«, brummte M'mar. »Paß nur auf, M'ress. Als älteste des Wurrfs ist es deine Pflicht, ihnen mit gutem Beispiel vorranzugehen. Das darrfst du nicht außerr acht lassen! Bedenke, daß sie möglicherrweise deinen Pfotenstapfen folgen.«

»Das ist mirr durrchaus bewußt, Mutterr.« M'ress' Schwanz zuckte nervös hin und her. Eben diese Vorstellung hatte sie so lange zaudern lassen. »Aberr ich bin jetzt fest entschlossen!«

M'mar blickte ihre Tochter nachdenklich an, doch M'ress wich ihren Augen nicht aus. »Nun gut«, gab M'mar schließlich nach. »Wenn du so darrauf verrsessen bist, dann tu dein Bestes. Beim Prrey, deine Noten könnten nicht besserr sein. Aberr bedenke, Tochterr, wie leicht du auf irrgendeinem Satellitenshuttle im hinterrsten Winkel der Galaxis landen könntest und in deinem ganzen Leben nicht mehrr als diesen einen abgelegenen Flecken im Weltrraum zu sehen krriegst.«

»Darrüberr mach' ich mirr keine Sorrgen, Mutterr«, entgegnete M'ress. »Eins nach dem anderren. Zuerrst muß ich in derr Akademie aufgenommen werrden.«

»Und wenn sie dich trotz deinerr guten Zeugnisse nicht nehmen?«

»Dann werrde ich um eine Ausbildung als Sterrnenschiffsbesatzungmitglied im Mannschaftsrrang ansuchen«, antwortete M'ress gleichmütig.

M'mar wartete mit dem erpresserischsten katianischen Argument auf. »Das würrde deine Verrstoßung aus derr Familie bedeuten!«

Nun mußte M'ress den Kopf abwenden. Kaum hörbar entgegnete sie: »Das ist mirr klarr, Mutterr. Aberr es drrängt mich mit Herrz und Seele danach, es zu verrsuchen. Vaterr wirrd es verrstehen.«

»Dein verrückterr Errzeugerr verrsteht alles!« fauchte M'mar. »Du hast deine Unverrnunft von ihm geerrbt. Err tut sogarr so, als verrstünde er deine Gedichte.« Abrupt streckte sie eine Pfote aus und strich ihrer Tochter über die Stirn. »Natürrlich werrden wirr alles tun, um dirr zu helfen, daß du es schaffst...«

(Satellit vier auf Sonde sechs minus eins)

»Die Ergebnisse hängen am Schwarzen Brett aus!«

Lena, die menschliche Kadettenanwärterin, mit der M'ress ein Zimmer in den Studentenunterkünften der Akademie teilte, war mit gerötetem Gesicht aufgeregt hereingestürmt.

Sofort stellten sich M'ress' Nackenhaare auf, und ihr Schwanz peitschte erregt hin und her. Lena beruhigte sich lange genug, daß sie die ungestellte Frage ihrer Zimmergefährtin beantworten konnte.

»Wir gehören zu den zwanzig Prozent! Mehr weiß ich auch nicht, Kit.«

M'ress war so erleichtert, daß sie fast in Ohnmacht fiel. Nur ein Fünftel der Bewerber, die Besten, die von der Sternenflotte ausgesucht worden waren, wurden zur mehrjährigen Ausbildung zugelassen. Jetzt waren die anstrengenden sechs Monate endloser Tests – physischer wie psychischer – vorüber. Und sie hatte es geschafft! Sie hatte es tatsächlich geschafft!

Fast gleichzeitig langten beide nach dem Schalter des kleinen Computerschirms, der Standardausrüstung eines jeden Zimmers. Lena war um eine Spur schneller. Der Monitor leuchtete auf. EIN-

GABE erschien. In diesem Moment verdrängte die Furcht, daß alles nur ein Traum sein könnte, ihre Begeisterung.

»Mach schon, Lena – du zuerrst.«

»Nein – ich kann nicht. Plötzlich kann ich nicht.«

»Wirr rrätseln es aus.«

»O nein!« Lena grinste. »Mit Wortspielen bist du mir zu gut.« Sie ließ den Blick durch das saubere, ordentlich aufgeräumte Zimmer wandern, bis er schließlich an dem uralten Kreisel auf einem Stapel Lehrbücher hängenblieb.

»Ich wirble lieber einen Dredel mit dir darum.«

»Uh! Aber meinetwegen – wähl die Seiten.«

Sie taten es. Lena drehte den kleinen Kreisel auf der Tischplatte vor dem Bildschirm. »Gimel!« jubelte M'ress. »Ich habe gewonnen!«

»Du gewinnst immer, Kit«, brummelte Lena, aber nur kurz verärgert. Schließlich hatten sie beide es geschafft. Sie gab ihren Namen ein und ersuchte um ihre neuesten Daten.

Eine ungeheuer detaillierte Grafik erschien auf dem Monitor – Lena Goldblum, reduziert auf numerische Partikel.

Laut las sie ihre Auswertung. »Eintausenddreiundachtzig.«

Unter zehntausend sehr gut – Durchschnitt unter denen, die weitermachen durften. Und von diesen zweitausend würden nur zwanzig Prozent den Abschluß schaffen – *die* vierhundert!

»Nicht gerade eine Glanzleistung, aber ich habe ja noch viel Zeit, mich hinter meine Bücher zu klemmen«, sagte sie zuversichtlich.

»Ja, und das ist besserr als…«

»Und sieh doch!« rief Lena da aufgeregt. »Meine Ausbildung zum Sicherheitsoffizier wurde genehmigt Das war meine erste Wahl!«

Zwei Daten, dachte M'ress, die ihr Leben für die nächsten Jahre bestimmen würden. Wertung und Fach.

»Jetzt du, Kit.«

M' ress machte die Eingabe. Ihre Grafik erschien auf dem Bildschirm.

Es war schwer zu sagen, welches der beiden Mädchen verblüffter war.

»M'ress!« Lena schluckte. »Das hatte ich nicht einmal geahnt!« Sie blickte ihre Zimmergefährtin an, mit der sie seit sechs Monaten zusammen war, als sähe sie sie zum ersten Mal.

Da stand es unverwechselbar: 0022. Die Zweiundzwanzigbeste von zehntausend!

»Das hat nichts zu bedeuten«, wisperte M'ress. »Irrgend jemand muß schließlich der errste und ein anderrerr derr zehntausendste sein. Das sind keine absoluten Werrte – nurr grrobe Zahlen. Bloß eine statistische Zusammenfassung fürr die Verrwaltung.«

»Aber M'ress...« Lena hielt inne, sie spürte, daß die Stimmung ihrer Freundin sich plötzlich getrübt hatte. »Kit, was hast du denn? Natürlich sind es nur grobe Zahlen, aber trotzdem. Freust du dich denn gar nicht?«

»Sieh dirr das an!« M'ress deutete auf den Monitor. Als Ausbildungsfach war *Kommunikation* angegeben. »Ich wollte doch Wissenschaftsoffizierr werrden«, knurrte sie verbittert. »Ich hatte fürr mein Hauptfach Verrwaltungswissenschaft mit Kulturranthrropologie als errste Wahl angegeben. Das gäbe mirr die Befähigung zum Stabsoffizierr und schließlich zum Kapitänspatent.«

»So gut wie jeder will Stabsoffizier werden, Kit«, sagte Lena tröstend. »Du weißt selber, wie schrecklich wenige auch nur die *Chance* zur Ausbildung bekommen. Aber es gibt immer die Möglichkeit, auf einem Sternenschiff eingesetzt zu werden.«

»Als Kommunikationsoffizierr?« rief M'ress.

»Hör zu, du hast zumindest die Chance, auf die Brücke zu kommen. Das ist viel mehr, als ich je erwarten kann. Ich weiß natürlich, daß es bei mir da oben sowieso nie für eine Kommandoposition reichen würde.«

Sie zwang sich zu einem Lächeln.

»Vielleicht hat der Computer deine Gedichte gelesen.«

Da mußte M'ress lächeln.

»Ich weiß, ich sollte überrglücklich sein, daß ich überrhaupt weiterrmachen darrf. Aberr ich habe mein ganzes Leben lang gute Noten bekommen, da errscheinen sie einem allmählich als ganz selbstverrständlich.«

»Aber das hier ist die Akademie der Sternenflotte, M'ress!« gab Lena zu bedenken. »Nicht irgendeine – entschuldige bitte – Dorfschule!«

»Das stimmt«, mußte M'ress zugeben. Ihre Stimmung hellte sich auf. »Ja, beim Prrey, ich sollte stolz und aufgerregt sein, *mrrr!* Also, wenn ich mich über Kommunikation hocharrbeiten muß, dann tu' ich's eben.«

»Das ist die richtige Einstellung«, lobte Lena.

»Und ich werrde auch mit dem Dichten weiterrmachen – egal, was so manche Solenoiden und Spießerr dann von mir halten.«

(Sonne auf Schwarzen Stern – gleiche Ebene)

»M'ress – wir haben einen ziemlich schlimmen Treffer abgekriegt!

M'ress schaute von ihrem Platz am Archivmonitor auf und blickte bestürzt auf Ankee, den untersetzten Fähnrich der Technikstation, der auf dem schweren Kreuzer *Hood* zu einem ihrer engsten Freunde geworden war. Die Funktionen ihrer Abteilungen waren völlig unterschiedlich und damit auch ihre Arbeit, aber sie hatten ein gemeinsames, tiefes und anhaltendes Interesse an der Dichtung der Reformära.

Ankee war offensichtlich mit der rechten Kopfseite heftig gegen etwas geschlagen; er wirkte erschöpft und ein wenig verängstigt.

»Ich habe ein Zitterrn des Schiffs gespürrt, Ankee, aber ich ahnte nicht... Ich habe zwarr gehörrt, wie Alarrmstufe Gelb gegeben wurrde, doch ich dachte mirr, warrum soll ich nicht weiterarrbeiten.«

»Überraschungsangriff«, erklärte er müde. »Niemand hatte Zeit für mehr als instinktive Reaktion. Nicht einmal Zeit, zur Kampfstation zu rufen. Kzinti«, fügte er hinzu, als er ihr Stirnrunzeln bemerkte.

»Wir haben natürlich zurückgeschlagen. Soviel ich gehört habe, sind beide Maschinen getroffen, und angeblich haben sie eine Menge Druck verloren, aber...« Er hielt besorgt inne. »Wir haben schon eine ganze Weile nichts mehr von der Brücke gehört.«

»*Welche* Brücke?«

Als ihr Freund sich umdrehte, starrte M'ress an ihm vorbei. Leutnant Morax stand an der Tür und kämpfte gegen sein Zittern an. Trotz seiner drei Beine sah der Sicherheitsoffizier mit der sanften Stimme etwas wacklig aus.

»Die Brücke ist weg!«

»*Weg?*« keuchten beide Fähnriche wie im Chor.

»Weg«, murmelte Morax in einem Ton, der verriet, daß er es selbst noch nicht so recht glauben konnte. »Einfach weg – Kapitän Oxley, Commander Umba, Leutnant Commander d'Uberville – alle!«

»Wer hat dann das Kommando?« fragte M'ress. »Bleibt nurr noch...«

Morax schüttelte bedrückt den Kopf. »Chefingenieur Ellis war ebenfalls auf der Brücke. Das bedeutet...«

»Sie«, warf Ankee ein.

»Ich. Glauben Sie mir, das ist eine Ehre, auf die ich nur zu gern verzichten würde.«

»Was ist passierrt?« fragte M'ress.

Morax gestikulierte wirr. »Der erste Angriff. Die Brücke wurde von einem Disruptorstrahl getroffen, noch ehe die Schutzschirme ganz aufgebaut waren. Zwei Sekunden später und wir hätten ihn ablenken können. Zu langsam.« Der Sicherheitsoffizier sah aus, als würde er zu weinen anfangen.

»Wie ist die Lage?« fragte M'ress angespannt.

»Maschinen ausgefallen, keine Brücke, Waffenleitsystem beschädigt«, zählte Morax auf. »Wir sind ein Wrack. Das Kzintischiff ist in keinem viel besseren Zustand. Sie wissen, was das bedeutet.«

M'ress war rasch zu der kleinen Computerkonsole getreten. Während die beiden anderen ihr zusahen, versuchte sie mehrere Möglichkeiten, aber vergebens. Schließlich gab sie verärgert auf.

»Ich hätte es mir denken können«, sagte Morax düster. »Auch unsere Kommunikationsanlage wurde offenbar beschädigt.«

»Dann sitzen wir also hilflos hier, und beide Schiffe werden für alle Zeit durchs All treiben, außer es findet uns jemand rein zufällig«, meinte Ankee.

»Nein, Fähnrich«, widersprach Morax. »Das Kzintischiff ist zwar jetzt ebenfalls antriebslos; was aber von unserer Sensoranlage noch funktioniert, hat angezeigt, daß sie versuchen, ihre nächste Relaisstation anzufunken. Ihr Signal ist sehr schwach, aber trotzdem.

Wir befinden uns zwar tief im Föderationsgebiet, doch genausogut könnten wir am Rand der Galaxis sein, wenn wir zu keiner eigenen Verbindung imstande sind. Wenn ihr Signal empfangen wird, werden die Kzinti sogleich ein anderes Schlachtschiff hierherschicken, das die *Hood* in Schlepp nimmt, natürlich erst, nachdem sie alle möglichen Zeugen eliminiert haben.«

»Das wär's dann wohl«, murmelte Ankee fatalistisch. »Wir sind kampfunfähig, wir können nicht fliehen und wir können nicht um Hilfe rufen. Im Gegensatz zu ihnen.«

M'ress' Gedanken überschlugen sich, dann fragte sie: »Was schlagen Sie vorr?«

»Beten, viel beten.« Morax drehte sich zum Gehen um.

»Es gibt noch eine anderre Möglichkeit. Wenigerr geistlich, aberr mit einerr besserren Errfolgschance, glaube ich.«

Morax blieb stehen und starrte sie an.

»Also wirklich, Fähnrich, ich…«

»Ich meine es errnst – falls Sie sicherr sind, daß die Kommunikationsanlage derr Kzinti noch funktionierrt.«

»Es besteht kein Zweifel, daß sie ein Signal aussenden«, antwortete der Sicherheitsoffizier. »Bei der geringen Energie wird es allerdings eine Zeitlang dauern, bis es einen kzintischen Relaisposten erreicht. Aber irgendwann wird es ankommen.«

»Wenn wirr ihrren Senderr benutzen könnten und ein Signal zu einer *unserrerr* Stationen senden, müßte ein Föderrationsschiff viel eherr hierr sein als selbst eines ihrerr nächsten Schiffe.«

Sie wartete, während Ankee und Morax verwirrte Blicke wechselten.

»Ich bin nicht sicher, was Sie beabsichtigen, Fähnrich«, sagte Morax schließlich, »aber wenn es das ist, was ich glaube, muß ich es absolut...«

Sie rutschte von ihrem Platz und ging zur Tür. Leise, aber eindringlich sagte sie: »Sie haben keine Wahl, ›Kommandirrenderr Kapitän Morrax‹.

Wirr Katsianerr haben den gleichen Urrsprrung wie die Kzinti, so wie die Vulkanierr und Rromulanerr. Mit dem rrichtigen Make-up könnte man mich fürr eine Kzin halten, eine kleine zwarr, aberr das würrde nicht so ohne weiterres auffallen. Ich bin fürr Kommunikation ausgebildet. Da Leutnant Tavi nicht mehrr...«, sie schluckte, »da ist, bin ich qualifizierrt, es zumindest zu verrsuchen.«

Sie blickte Morax an. »Ich sprreche Kzin gut genug, daß ich ihrren Krriegsrrat täuschen kann. Und das letzte, was sie errwarrten würrden, wärre ein Einmannenterrtrrupp. Wie sieht es mit unserrer Trransporrterkapazität aus?«

»Ich hatte keine Zeit nachzusehen«, begann Morax, »aber...«

»Dann tun Sie es jetzt, und wenn derr Trransporrterr auch nurr noch einigerrmaßen funktionierrt, dann stellen Sie bitte jemanden berreit, derr mich an Borrd beamt, sobald ich soweit bin. Wenn es mirr gelingt, ihrre Station zu errreichen und lange genug zu halten, daß ich wenigstens ein Signal zum Cetacea System senden kann...«

Ankee protestierte besorgt. »Wie lange, glaubst du, daß du sie gegen eine wütende Meute Kzinti halten könntest! Oder auch nur gegen einen einzigen Kzin!«

»Ich werrde lediglich etwa zwei Minuten brrauchen, um die Antenne neu auszurrichten. Sie müssen eine Rrichtantenne benutzen, denn wenn nicht, würrde vielleicht irrgendeine unserrerr Patrrouillen ihrr Signal empfangen – und das möchten sie bestimmt nicht!«

»Und was dann?« fragte Morax besorgt. »Wie sehen unsere Chancen aus, Sie zurückbeamen zu können, wenn Sie fertig sind? In einem Stück, meine ich. Ich befürchte...«

»Wirr wollen uns nicht mit unwichtigen Einzelheiten belasten, Kommandierrenderr Kapitän«, unterbrach sie ihn. »Ich möchte nicht, daß irrgend jemand mich zurrückholt, bevorr ich nicht signalisierrt habe, daß ich dazu berreit bin.

Na«, fügte sie hinzu, also keiner der zwei Männer etwas sagte. »Haben Sie beide etwa plötzlich die Zunge verrlorren?«

Ankee starrte stumm auf den Boden, während Morax – nun, Morax wirkte ausgesprochen unglücklich.

»Wenn es irgendeine andere Möglichkeit gäbe, so unwahrscheinlich die Erfolgschancen auch wären... Sie wissen, was die Kzinti mit Ihnen tun werden, falls Sie ihnen in die Hände fallen, nicht wahr?«

»Noch weiterre Einzelheiten« knurrte sie, aber innerlich zitterte sie. »Wie Sie ganz genau wissen, gibt es keine anderre Möglichkeit.« Sie ging an ihnen vorbei. »Ich gehe hinunterr in den Aufenthaltsrraum. Es gibt dorrt bestimmt jemanden, derr mirr mit dem Make-up helfen kann.

Inzwischen, Kommandierrenderr Kapitän, können Sie vielleicht jemanden finden, derr sich den Konstrruktionsplan eines kzintischen Krreuzerrs näherr ansehen kann. Es würrde wenig nutzen, wenn ich mitten in einerr ihrrer Verrnehmungszellen materrialisierrte.«

Entgegen aller Wahrscheinlichkeit funktionierte der Plan.

Natürlich wurden die Kzinti darauf aufmerksam, als ihr Signal verändert worden war und ins Föderationsgebiet gesendet wurde.

Trotzdem kam M'ress dank der schnellen Reaktion und der unglaublichen Präzision des Offiziers an der Transportkonsole der *Hood* fast unbehindert davon.

Fast.

Glücklicherweise ließen sich die meisten Narben durch Chirurgie beheben und die restlichen kosmetisch vertuschen. Ihrem unerschrockenen Einsatz, bei dem sie sich diese Narben geholt hatte, verdankte sie es, daß sie nach lediglich zwei Jahren im aktiven Dienst zum Leutnant befördert und als zweiter Kommunikationsoffizier auf die *U.S.S. Enterprise* versetzt wurde.

Tatsächlich war das Schwierigste nicht gewesen, es durch die Akademie der Sternenflotte zu schaffen; auch nicht die Täuschung, mit der sie die Kzinti so erfolgreich hereingelegt hatte.

Nein, das Schwierigste war die allmähliche Abnabelung von den traditionell engen katianischen Familienbanden gewesen. Sie lächelte. Ihre Mutter hatte recht damit gehabt, daß sie ihrer jüngeren Schwester und den beiden Brüdern zum Vorbild werden würde. Alle drei dienten nun, in verschiedenen Positionen, ebenfalls in der Sternenflotte. So hatte M'mar lernen müssen, sich mit der Ehre abzufinden, daß nicht nur eines ihrer Jungen Offiziersrang in der Sternenflotte erworben hatte, sondern alle vier.

Da hatte sie einen Wurf Krieger und Militaristen großgezogen – brummelte sie so manches Mal. Aber insgeheim war sie stolz, sehr stolz.

Und der Vater der vier machte überhaupt keinen Hehl aus seinem Stolz.

(Weißer Satellit auf Schwarze Sonne zwei plus eins. Schach)

»Schach.«

M'ress blinzelte und blickte über das 3-D-Spielbrett.

»Sie sind mit den Gedanken ganz woanders, Leutnant«, bemerkte ihr Gegenüber besorgt. »Wenn Sie möchten, können wir das Spiel ein andermal fortsetzen.«

»Sie haben rrecht, Mrr. Spock. Ich konnte mich nicht konzentrrierren.«

Spock schob seinen Stuhl zurück und stand auf. Er berührte einen Schalter in der Platte des Spieltischs. Der blaue Randstreifen der Platte färbte sich allmählich leuchtend rot, ein Hinweis, daß ein Spiel noch nicht zu Ende geführt worden war und niemand die Spielfiguren verschieben solle.

»Verstehen Sie es nicht als Neugier, aber es war offensichtlich, daß Sie sich ernsthaft mit etwas anderem beschäftigten. Falls ich etwas für Sie tun kann…«

»Es ist nichts, Mrr. Spock.« Sie stieß einen tiefen, schnurrenden Seufzer aus. »Nichts Wichtiges, wirrklich. Nurr unbedeutende Errinnerrungen.«

Spock blickte sie skeptisch an, entschied sich jedoch, der Sache nicht weiter nachzugehen. Nicht, daß ihn persönliche Einzelheiten aus M'ress' Vergangenheit oder ihre geistige Abwesenheit so sehr interessierten. Aber er studierte gern das Benehmen verschiedenartiger Intelligenzen, und deshalb war er doch neugierig, welche »unbedeutenden« Erinnerungen eine so hervorragende Spielerin wie M'ress so weit ablenken konnten, daß sie gleich mehrere so unsinnige Züge machte wie ihre letzten.

So etwas könnte ihm natürlich nie passieren.

Kirk diktierte eine Logbucheintragung, als Spock auf die Brücke kam. Der Erste Offizier der *Enterprise* stellte sich in die Nähe des Kommandosessels und wartete ruhig. Der Captain bemerkte ihn und nickte ihm kaum merklich zu, ohne jedoch seine Eintragung zu unterbrechen.

Es ging dabei um das Bild, das gegenwärtig auf dem Hauptschirm zu sehen war: ein kleiner, intensiv blaugrüner Planet, auf dessen allgegenwärtigen Ozean das Licht einer bescheidenen Sonne vom G-Typ durch eine hauchdünne Wolkenschicht fiel, die ihm eine geheimnisvolle Aura verlieh.

Der Name des Planeten war Argo. Er war eine dieser erstaunlich zahlreichen Wasserwelten, die im bisher erforschten Gebiet der Galaxis entdeckt worden waren.

Was Argo bemerkenswert machte – und den Grund für die Anwesenheit der *Enterprise* darstellte –, war die Tatsache, daß es sich bei ihm (nach der Analyse einer ferngesteuerten Sonde) bis vor kurzem um einen Landmassenplaneten gehandelt hatte. Jetzt jedoch bestand seine Oberfläche zu siebenundneunzig Prozent aus Wasser.

Keine Schmelze polarer Eiskappen war daran schuld, keine vierzigtägige Sintflut, wie sie aus terranischer Mythologie bekannt war. Nach den Daten, die von den Lichtjahre entfernten Sonden im Wissenschaftszentrum der Sternenflotte eingegangen waren, war diese Welt innerhalb kürzester Zeit von einer Reihe in jeweils gleichen Abständen erfolgenden Beben heimgesucht worden.

Vierzig Tage und Nächte tektonischer Bewegung, vielleicht. Die Tatsache, daß diese Beben dazu geführt hatten, daß die großen Landmassen versunken und unter den Wellen verschwunden waren, erschien nicht besonders erstaunlich, fand Spock. Es war der Zeitfaktor, der Argo zu einer Welt machte, die einen zweiten, eingehenderen Blick verdiente. Das und die Möglichkeit, daß ein Auftreten derartigen Versinkens von Landmassen zyklisch war. Immerhin gab es zumindest noch eine weitere, dicht bevölkerte Welt in der Föderation, die eine große Ähnlichkeit mit Argo aufwies.

Techniken waren entwickelt worden, gegen Erdsenkungen dieser Art vorzugehen, doch einstweilen nur in der Theorie. Um sie zu erproben, wurde ein Planet benötigt, der dieser bevölkerten ähnlich war. Da die Bewohner der betreffenden Welt vor Experimenten mit der Erdkruste und sonstigen Gesteinsmassen ihrer Heimat verständlicherweise zurückschreckten, mußte dazu eine andere, ähnliche Welt gefunden werden.

Argo war – möglicherweise – eine solche Welt. Und wenn, würde die *Enterprise* vielleicht die Chance haben, einige dieser hoffentlich brauchbaren Techniken auszuprobieren.

Kirk beendete die Eintragung, schaltete den Recorder aus und blickte zu Spock auf.

Da offenbar eine Bemerkung am Platz war, sagte der Vulkanier: »Sieht nicht wie eine Welt aus, von der man erwarten würde, daß sie jeden Augenblick vom Kern bis zur Oberfläche aufgerissen wird, Captain.«

Kirk nickte, und seine Augen wanderten zum Schirm. »Nein, Mr. Spock. Ihre Oberfläche schaut völlig ruhig aus. Interessant ist, was sich darunter tut. Aber wenn wir erst die Standarduntersuchung an Ort und Stelle gemacht haben, wissen wir mehr.«

»Jawohl, Captain.«

Während der Lift sie zum Shuttlehangar brachte, dachte Kirk, daß es eigentlich genügen würde, wenn sie sich einfach mit Lebenserhaltungsgürteln hinunterbeamen ließen. Die Kraftfelder der Gürtel hätten sie nicht nur mit der richtigen Luftmischung versorgt, sondern auch verhindert, daß sie untergingen.

Dagegen sprach, daß man sich in einem solchen Kraftfeld im Wasser nur sehr schwerfällig bewegen konnte. Ein mechanisches Transportmittel war da viel schneller.

Die Tür glitt auf, und sie traten in den riesigen Hangar. Zwei Männer warteten am Wassershuttle auf sie. Einer – jung, braunhaarig, mit Backen- und Kinnbart und weicher Stimme grüßte zackig. Das war Leutnant Clayton, ihr Pilot.

Der zweite sagte lächelnd: »Hallo, Jim. Hallo, Spock.«

»Sie begleiten uns, Doktor?« fragte Spock.

»Nein, Spock«, antwortete McCoy. »Ich bin bloß hier, um mir

ein Bild zu machen, wie es wäre, wenn wir den Shuttlehangar fünf Zentimeter hoch mit Wasser fluten ließen. Nach meiner Überlegung würde es frieren, sobald sich beim Start des Shuttles die äußere Schleuse öffnet, und wir hätten dann die größte interstellare Eisbahn.«

Spock dachte kurz nach, dann sagte er vorsichtig: »Sie sind schon wieder sarkastisch, Doktor.«

»Eine Beobachtungsfähigkeit dieser Art beruhigt mich, denn so weiß ich, daß wenigstens ein kompetenter Beobachter an diesem Ausflug teilnimmt.«

»Genau gesagt, drei, Doktor«, entgegnete Spock, »aber es wird uns nicht stören, wenn Sie trotzdem mitkommen.«

Kirk verhinderte McCoys unvermeidliche bissige Erwiderung, indem er mit dem jungen Leutnant zum Shuttle ging. »Clayton?«

»Sir?«

»Wie lange ist es her, seit Sie das letztemal so ein Ding«, er deutete auf den Wassershuttle, »kutschiert haben?«

»Schon ziemlich lange, Sir«, antwortete der Leutnant. »Aber da ich für diesen Flug als Shuttlepilot eingeteilt wurde, bin ich während der vergangenen Wochen noch einmal sämtliche Handbücher durchgegangen und habe mir die entsprechenden Bänder vorgenommen.«

Kirk murmelte etwas Unverständliches und drehte sich kurz um, ehe er einstieg. »Mr. Spock, Dr. McCoy – wenn Sie die Güte hätten?«

Die Eiform des Shuttles wurde nur durch eine transparente Kuppel in mittlerer Höhe gebrochen, von der ein Segment zum Einsteigen geöffnet war. Eine kleine ausfahrbare Treppe war von dort herabgelassen. Spock, McCoy und Clayton folgten dem Captain in den Steuerraum.

Während die drei ranghöheren Offiziere sich auf weichgepolsterten Sitzen an den Schotten niederließen, nahm Clayton auf dem verstellbaren Pilotensitz vor der Armaturentafel Platz. Er achtete nicht auf das Gespräch seiner Vorgesetzten, sondern nahm einen letzten Computer- und Instrumentencheck vor.

»Ist dieser Ausflug wirklich nötig, Jim?« fragte McCoy. »Nicht, daß ich mich beschwere, ganz im Gegenteil. Ich freue mich, daß ich mir eine Wasserwelt so hautnah ansehen kann. Aber könnten wir uns die gesamten Daten über seismische Anomalitäten nicht auch durch Sonden an Bord holen?«

»Das schon, Pille. Aber die Bestimmungen verlangen wenigstens einmaligen Bodenkontakt bei Welten, auf denen es Leben gibt, das größer als eine Bakterie und komplexer als ein Hohltier ist. In diesem Fall ist das besonders wichtig. Du weißt selbst, wie schwer es ist, durch ferngesteuerte Sonden genaue Daten von Lebensformen auf Wasserplaneten zu bekommen.«

»Stimmt natürlich, Jim«, gab McCoy zu, »trotzdem...« Die klare Stimme von Leutnant Clayton unterbrach ihn.

»Bereit, Captain!«

»Gut, Leutnant. Starten Sie.«

Clayton nahm die erforderlichen Schaltungen vor. Majestätisch schwangen nacheinander die zwei schweren Schleusen des Hangardecks auf. Sie bewegten sich mit der Leichtigkeit und Schnelligkeit von Löwenzahnfallschirmchen im Frühlingswind und gaben den Blick auf eine schwarze Kulisse mit verstreuten funkelnden Pünktchen frei. Der blaugrün leuchtende Planet lag ein wenig steuerbord unter dem Shuttle.

Der Pilot gab sich zwar große Mühe, hatte aber trotzdem leichte Schwierigkeiten beim Eintritt in die Atmosphäre. Doch das war verständlich, und Kirk schwieg. Schließlich war bei der Konstruktion des Shuttles vorrangig auf seine Unterwassermanövrierfähigkeit geachtet worden, erst in zweiter Linie auf seine Navigierbarkeit in der Luft.

Sobald sie jedoch die bewegte Wolkendecke durchstoßen hatten und Clayton das richtige Gefühl für das kleine Schiff in der Atmosphäre bekam, verlief der Flug erfreulich glatt.

Von einer kleinen Ausnahme abgesehen, bestand die Oberfläche von Argo hier nur aus Wasser. Das Shuttle flog tief über die Wellen, die in allen Blau- und Grünschattierungen schimmerten, wie der ganze endlose Ozean in seinen Azur-, Himmelblau-, tiefen Türkis-, Smaragd- und Olivtönen. Und wo eine Wellenkrone aufbrach, schäumte bernsteinfarbene, mit Weiß durchzogene Gischt.

Eine starke Konzentration von Mineralsalzen war nötig, um dem Wasser diesen orangebraunen Ton zu geben – Mangan wahrscheinlich, dachte Kirk.

Die kleine Ausnahme kam nun in Sicht: eine Insel, die früher einmal die höchsten Gipfel eines Gebirgszuges gewesen sein mußte. Felsen ragten aus der See wie Visionen einer mittelalterlichen Burg. Zinnen aus kahlem Basalt und Porphyr forderten die endlosen Legionen belagernder Wellen heraus, und bernsteinfarbenes Moos zierte die Felsentürme mit den Bannern des ungebrochen trotzenden Landes.

Muscheln in vielen Farbtönen kuschelten in Nischen und Spalten des Gesteins, einige schillerten sogar im Tageslicht. Auch hier herrschte als Farbe Bernstein vor. Sie schien die Insel einzuhüllen und eine eigene Atmosphäre über dem Meer zu bilden.

Also wohl doch kein Mangan, folgerte Kirk. Die Spurenelemente, die sich im Ozean und in der Luft fanden, unterschieden sich offenbar von den bisher bekannten. Er hoffte, daß der Shuttleanalysator damit zurechtkam.

Ohne Zweifel gab es hier mehr Interessantes als nur gelegentliche Beben.

Clayton bremste ab, um zu wassern. Er setzte das Shuttle weich auf, und sie glitten auf die Insel zu.

Die Wasseroberfläche war trotz der Strömung, dank des Windschutzes durch die Insel, ungewöhnlich glatt. Als das Shuttle anhielt, befreiten sich Kirk und die anderen aus ihren Sicherheitssitzen.

McCoy und Spock traten zu den Gerätekammern und holten die Ausrüstung heraus, die sie brauchen würden, um Proben nehmen und gleich auswerten zu können. Was jedoch Kirks Aufmerksamkeit auf sich lenkte, war der bezaubernde Anblick der ungewöhnlichen Insel.

Er ging zum Bug und blieb neben dem beschäftigten Clayton stehen. Durch die Kuppel glichen die Felsbasteien nun noch mehr denn zuvor einer uneinnehmbaren Festung, die ihre wasserumschlossenen Geheimnisse bewahrte. Der dunkle Schatten, den diese Insel auf das Meer warf, wirkte unnatürlich und furchteinflößend.

»Spock?«

Der Erste Offizier hantierte mit einer Vorrichtung, die Proben von Mikroorganismen an der Wasseroberfläche aufsammeln und selbsttätig ins Schiff zurückkehren würde.

»Ja, Captain?«

»Das ist die größte Landmasse, die übriggeblieben ist, richtig?«

»Ja, Captain. Es gibt zwar noch weitere Inselchen, aber sie sind alle kleiner. Nach den Sonden, die wir vom Schiff aussandten, ist der Meeresboden hier verhältnismäßig nahe an der Oberfläche. Das deutet darauf hin, daß die Absenkung ungleichmäßig war – oder daß wir uns hier über einer für irdische und vulkanische Verhältnisse unglaublich hohen Hochebene befinden. Ich halte jedoch ersteres für wahrscheinlicher.«

»Ich schlage vor, daß wir zu theoretisieren aufhören«, unterbrach sie McCoy, »und uns an die Arbeit machen – nämlich Proben zu nehmen.«

»Ausnahmsweise muß ich Ihnen beipflichten, Doktor«, erwiderte Spock. Kirk lächelte.

»Leutnant Clayton, öffnen Sie die Luke, damit unsere beiden ungeduldigen Wissenschaftler sich in ihre Arbeit stürzen können.«

»Aye, Sir.« Clayton langte nach dem Schalter, der den Ausstiegsteil der Kuppel aufschieben würde. Während er es tat, deutete McCoy aufgeregt zum Heck.

»Was ist das?«

Spock blickte in die Richtung. »Ich sehe nichts, Doktor.«

»Dort ist was im Wasser«, versicherte ihm McCoy, kam sich jedoch bereits idiotisch vor. War da tatsächlich etwas gewesen, oder hatten seine Augen ihm einen Streich gespielt? »Dort, sehen Sie das Wasser schäumen?«

Er hatte sich doch nicht getäuscht. Das Wasser war an der Stelle nun stark aufgewühlt, und jetzt durchbrachen zwei gigantische Tentakel die Oberfläche und griffen wie ein Paar Riesenschlangen nach dem Shuttle.

Kirk befahl, den Antrieb einzuschalten, doch was immer sich um das Shuttle geschlungen hatte, schüttelte es so heftig, daß seine Worte in dem Krach untergingen.

Die vier Männer wurden wie Würfel in einem Becher herumgeworfen, dann erfolgte ein Aufprall, als wäre das Shuttle gegen ein festes Hindernis geschmettert worden.

Entweder hatte das Ungeheuer versehentlich sich selbst mit dem Shuttle getroffen, oder es war so wütend, weil es die Schale dieses seltsamen Beutetiers nicht knacken konnte. Es hatte sie in die Luft geschleudert, und sie waren in drehender Bewegung in einer heranrollenden Woge gelandet.

Das Shuttle richtete sich automatisch auf. Kirk zog sich auf die Füße und sah, daß das Shuttle noch seefest war.

»Spock? – Pille? – Leutnant Clayton?«

Die Antworten erfolgten unmittelbar. »Erstaunlich stabil, Captain.« – »Alles in Ordnung, Jim.« – »Offenbar nichts passiert, Sir.«

Kirk drückte die Hand auf die linke Wange, die ein Bluterguß zu röten begann, und stolperte zur Kuppel. »Was war das?«

»Im Augenblick läßt meine wissenschaftliche Neugier zu wünschen übrig, Jim«, stöhnte McCoy. »Hauptsache, dieses Ungeheuer kommt nicht zurück...« Er plagte sich auf die Beine.

Kirk wich unwillkürlich von der Kuppel zurück. »Leider doch, Pille. Clayton…«

Ehe Kirk weiterreden konnte, eruptierte die argoische Kreatur dicht neben dem Shuttle aus dem Wasser. Soviel von ihr zu sehen war, konnte man sie für eine Kreuzung zwischen einer überdimensionalen Schlange und einem Wal halten, aufgebessert mit vier gewaltigen Tentakeln, bei deren Anblick selbst der legendäre irdische Riesenkrake vor Neid erblaßt wäre. Was diese Fangarme zu leisten imstande waren, hatten sie bereits hinreichend bewiesen.

Spock, nicht der noch viel zu benommene Clayton, rutschte in den Pilotensitz und drehte das Shuttle. Bevor Kirk dazu kam, es zu befehlen, handelte er bereits.

»Phaser auf Betäubung, Captain.« Er drückte ab.

Zwei feurig rote Strahlen schossen aus der Shuttlenase und hüllten den Schädel des Ungeheuers ein. Das konzentrierte Licht tanzte auf bernstein- und kupferfarbenen Schuppen.

Unglaublicherweise kam die Kreatur noch ein paar Sekunden lang auf das Shuttle zu. Dann wurde ihr unablässiges Brüllen leiser und verstummte. Mit schwachen Bewegungen versank es unter den Wellen.

Wasser wogte über die Stelle, wo die bedrohliche Kreatur noch Augenblicke zuvor gewesen war. Spock verharrte an der Konsole, bis er sicher genug war, daß das Untier nicht mehr auftauchte, dann ging er zu Clayton, um ihm zu helfen.

»Es ist nichts Schlimmes, Mr. Spock.« Der junge Offizier hinkte leicht. »Ich hab' mir nur den Knöchel ein wenig verrenkt, glaube ich. Ich komme schon zurecht.«

Spock nickte. Er trat an die Kuppel und blickte auf die Stelle, wo das Wesen verschwunden war.

»Was, zum Teufel, war denn das?« brummte McCoy.

Der Doktor gab wieder einmal seiner Neigung zu überflüssigen Bemerkungen nach, sinnierte Spock, unterdrückte jedoch wie fast immer eine bissige Bemerkung und sagte statt dessen:

»Offensichtlich eine der vielen Lebensformen, die unserer Sonde entgingen.«

»Schwer zu verstehen, wie man etwas von dieser Größe übersehen konnte«, sagte Kirk nachdenklich. »Aber bei der Sondierung eines so großen Gebietes in so kurzer Zeit wundert es mich eigentlich nicht. Daß es hier einen Räuber von dieser Größe gibt, ist ein sicheres Zeichen für eine gut entwickelte Ökologie. Ich kann mich nicht erinnern, daß ich je irgendwo etwas Ähnliches gesehen habe.«

»Eine Kombination von terranischen Cetaceen und Kephalopoden, mit zusätzlichen eigenen Charakteristiken«, erklärte Spock.

Kirk faßte einen Entschluß.

»Sehen wir uns diesen Schlangenkraken genauer an, solange die Betäubung anhält. Er hat eine ziemlich starke Dosis abbekommen. Wir dürften also noch eine geraume Weile nichts von ihm zu befürchten haben.«

Er blickte über die Schulter.

»Tauchen, Leutnant. Aber denken Sie an die Strömungen.«

»Aye, Sir.«

2

Clayton manövrierte das stromlinienförmige Shuttle mit zunehmender Geschicklichkeit. Nach minutenlanger Suche hatten sie das Ungeheuer immer noch nicht gefunden. Doch die Aussicht, die sie durch die Kuppel hatten, entschädigte sie dafür.

Sie waren in einen grünen Dunst eingedrungen, der mit dem allgegenwärtigen Bernsteinton durchzogen war, und kamen nun durch eine Welt wie aus grünem Glas. Der Meeresgrund war der Oberfläche hier so nahe, daß der Sonnenschein sogar noch den sandigen Boden erhellte.

Wenn die Welt oben mit ihrer eintönigen Wasseroberfläche und ihrer Burginsel simpel und unveränderlich erschien, so bot der Meeresboden einen abwechslungsreichen Gegensatz.

Üppige, exotische Meeresflora bildete einen kaleidoskopischen Hintergrund für die fremdartige Fauna. Die schräg auf korallenähnliche Gebilde fallenden Sonnenstrahlen weckten den Zauber tropischer Lagunen.

Einige der Fische hatten breite, fedrige Schwänze, die einem Pfau zur Ehre gereicht hätten, und das Moos, das sie bereits als Schmuck der Felsgipfel bewundert hatten, war hier allüberall verbreitet.

Da und dort tauchten Schwärme Tausender winziger roter Fische in und aus Moospolstern, die stellenweise so dicht waren, daß das Wasser zu brennen schien. Die kleinen Fische spiegelten sich in den glänzenden Panzern schwerfälliger Schalentiere, die in den Korallen stöberten wie Sammler auf einem Flohmarkt.

»Da ist es!« rief McCoy im selben Moment, als Clayton das Shuttle in die Richtung des betäubten Seeungeheuers lenkte. Die Kreatur war ein Stück nach Süden abgetrieben und lag nun reglos im bernsteinfarbenen Sand.

»Vorsichtig!« mahnte Kirk. »Versuchen Sie, neben dem Kopf aufzusetzen, Leutnant.«

»Jawohl, Sir.«

Als sich der glatte Metallrumpf auf dem weichen Boden niederließ, war ein leichtes Knirschen zu hören. Moos und fächernde Farne beugten sich in entgegengesetzte Richtungen, während sich eine kleine Kolonie von Krustentieren heftig über diese abrupte Vertreibung aus ihrem Wohngestein empörte.

Spock und McCoy stellten ihre Tricorder ein und bekamen überraschende Meßwerte. Der Arzt stieß auf etwas, das die erste wissenschaftliche Diskussion dieser Expedition auslöste.

»Ein duales Respirationssystem!« staunte er. »Lunge *und* Kiemen.«

»Merkwürdig«, stimmte Spock zu. »Außer wir haben mit unserer Annahme recht. Wenn das Versinken und Wiederauftauchen der Landmassen hier zyklisch ist, wäre es nur natürlich, daß die Fauna über die Möglichkeiten verfügt, sowohl im Wasser wie auch außerhalb zu existieren.«

»Aber ein Exemplar einer Gattung reicht nicht aus, Schlüsse auf andere Spezies dieses Planeten zu ziehen. Wir brauchen Daten von weiteren.«

»Da wäre zum Beispiel dieses bernsteinfarbige Moos«, meinte McCoy. »Es wächst offensichtlich in der Luft ebensogut wie im Wasser.«

Das betäubte Ungeheuer begann sich just in dem Augenblick wieder zu regen, als die Aufmerksamkeit seiner zweifüßigen Beobachter flüchtig anderem zugewandt war. Seine Tentakel zuckten und wühlten den Sand auf, und der gigantische Schwanz peitschte krampfhaft.

Er streifte das Shuttle dabei, woraufhin es über den Meeresboden rollte und unsanft gegen einen Sandhügel prallte. Bernsteinfarbener Regen fiel auf die transparente Kuppel, als der aufgewirbelte Sand sich wieder setzte.

Benommen fand Kirk, daß dieses Musterexemplar für eine Untersuchung ohne Sicherheitsvorkehrungen etwas zu unberechenbar reagierte. Aber ein zweiter Betäubungsschuß von der Stärke des ersten würde es vielleicht töten, und alles darunter könnte sich als wirkungslos erweisen.

Während Kirk aus der Kuppel starrte, schien es ihm, als hätte dieses Ungeheuer auf einmal acht Tentakel statt der bisherigen vier – *und* zwei Köpfe. Und da waren zwei Spocks und zwei McCoys, die sich auf die Füße rappelten.

Doch über wie viele Gliedmaßen das Monstrum auch verfügte, alle peitschten sie heftig um sich, während es um sein inneres Gleichgewicht rang.

»Bringen Sie uns rasch nach oben, Leutnant«, befahl Kirk. »Es kommt zu sich, und ich glaube, wir sollten lieber auf Distanz gehen, bevor es wieder ganz da ist.«

Clayton nickte.

Das Shuttle richtete sich auf, hob sich aus dem Sand und bewegte sich auf die Insel zu. Kirk sah das noch immer benommen um sich peitschende Wesen aus ihrem Blickfeld verschwinden.

Jede normale Kreatur wäre nach einem solchen Angriff geflohen. Dieses Lebewesen von Argo jedoch war nicht gewohnt, vor irgend etwas die Flucht zu ergreifen, außer vielleicht einem größeren Exemplar seiner Gattung. Es hörte auf, herumzuschlagen, rollte sich mit einem eigenartig zischenden Gebrüll herum und verfolgte das nach oben gleitende Shuttle mit unvorstellbarer Geschwindigkeit.

Die grüne Welt machte blauem Himmel und einem Ausblick auf die Insel voraus Platz. Kirk blickte heckwärts aus der Kuppel. Wie erwartet, erstreckte sich die Oberfläche glatt und friedlich unter ihnen – bis urplötzlich etwas wie ein ungeheurer Geysir direkt unter ihnen ausbrach. Er traf die Nase des Shuttles und riß es in die Tiefe. Es hüpfte auf den Wellen wie ein Korken.

Kirks Mitgefühl für nichtintelligente fremde Lebensformen endete abrupt. »Phaser bereit...«

Während Clayton weiter steuerte, trat Spock zur Konsole und stellte die Phaser ein. Als ein bestimmtes Lämpchen nicht aufleuchtete, blickte er rasch zu Kirk.

»Phaser reagieren nicht, Captain. Offenbar ist einiges beim ersten Schlag unter Wasser beschädigt worden.«

Kirk fluchte. Er hätte sofort alles überprüfen lassen müssen. Aber jetzt war es zu spät für Selbstvorwürfe. Er schaute noch einmal zurück und hoffte, daß das Ungeheuer endlich das Interesse an dieser Beute verloren hatte.

Statt dessen mußte er feststellen, daß der Jäger umgedreht hatte und nun mit klaffendem Rachen von der Breite eines U-Bahn-Tunnels auf sie zuschoß.

»Aufsteigen, Mr. Clayton, *sofort!*«

Der Leutnant bediente die erforderlichen Kontrollen, hielt kurz inne, als hätte er einen Schlag auf den Kopf bekommen, und ging die gleiche Sequenz noch einmal und doppelt so schnell durch, dann warf er Kirk einen verzweifelten Blick zu.

»Keine Reaktion, Sir. Auch die Triebwerke sind beschädigt... Es tut sich überhaupt nichts!«

Und diese Höhle von einem Rachen kam immer näher. Stalaktiten und Stalagmiten aus bernsteinfarbenem Horn säumten Boden und Decke.

Kirk vergeudete keine Zeit mit dem Kommunikationsgerät des Shuttles. Wenn sowohl beide Phaser wie der Flugantrieb nicht funktionierten, konnte man kaum erwarten, daß die empfindliche Transmitteranlage in besserem Zustand war. So griff er sofort zu seinem Kommunikator am Gürtel.

»Kirk an *Enterprise* – Alarmstufe rot!«

Chefingenieur Scotts Stimme klang besorgt. »*Enterprise*, hier Scott – was ist los, Captain?«

»Wir werden angegriffen, Scotty – beamen Sie uns hoch!« Seine letzten Worte gingen in dem donnernden Gebrüll des Angreifers unter.

»Volle Kraft voraus, Mr. Clayton!«

Der handelte sofort, doch nicht schnell genug. Der gewaltige, von Tentakeln umgebene Kopf ragte vor ihnen auf, höher und höher, verdeckte Sonne und Himmel – und stieß herab. Kirk kam kaum noch dazu, sich irgendwo festzuhalten, als der Schädel das Shuttle rammte.

Ein neuerliches, ohrenbetäubendes Brüllen drang durch die Kuppel, und es wurde dunkel, als zwei mächtige Kiefer sich um das Heck des kleinen Fahrzeugs schlossen.

Obwohl alle sich irgendwo festgehalten hatten, wurden sie durch die Luft geschleudert. Ein Teil des Oberkiefers krachte auf die Kuppel. Der transparente Kunststoff war außerordentlich fest, doch für solch einen Druck nicht geschaffen. Er zersprang schließlich.

Das Ungeheuer schüttelte das Shuttle wie ein Hund eine Ratte und schmetterte es gegen einen Felsen unmittelbar unter der Wasseroberfläche. Das gab der Kuppel den Rest. Ein weiteres Schütteln schleuderte Kuppelscherben, losgerissene Shuttleteile sowie McCoy und Clayton ins Freie.

Im Shuttle sah es aus, als hätte ein Wirbelsturm gewütet. Die Drucksitze waren verdreht wie Lakritzstangen. Spock lag zwischen Pilotensitz und dem Fuß der Kontrollkonsole eingekeilt, und Kirk hatte sich in den Sicherheitsgurten verfangen.

Beide Männer waren bewußtlos, als der Schlangenkrake, seinen widerspenstigen Fang schüttelnd, davonschwamm.

»Wir haben die Verbindung verloren, Captain!« rief eine blecherne Stimme inmitten eines Wirrwarrs verbogenen Metalls. »Wir haben die Verbindung verloren. Melden Sie sich, Captain! Melden Sie sich, Mr. Spock!«

McCoy durchstieß prustend die Oberfläche und schaute sich angstvoll um. Doch das einzige, was sich rührte, war Clayton. Er schwamm zu ihm und stützte ihn, während er das verschluckte Wasser aushustete.

Dann starrten sie entsetzt der sich entfernenden Bestie nach, die das Shuttlewrack mit den Tentakeln umklammert hielt. Sie sahen, wie sie sich auf den Rücken rollte und unter den Wellen verschwand.

McCoy versuchte zu brüllen, zu rufen, aber er hatte nicht genug Luft dafür.

Das Wasser war wieder ruhig, und nur die ferne Felsinsel ragte heraus. Das Shuttle, das Ungeheuer – Kirk und Spock, alle verschwunden.

Mit einigem Glück waren auch die beiden herausgeschleudert worden wie Clayton und er. Wahrscheinlich in die andere Richtung. Hoffentlich!

Als McCoy gerade vorschlagen wollte, nach ihnen zu suchen, erschienen vertraute Schleier vor seinen Augen, und er hatte flüchtig das Gefühl zu fallen. Im nächsten Augenblick stand er auf der Plattform des Haupttransporterraums der *Enterprise* und blickte auf Scott und Kyle, den Transporteringenieur. Gleich darauf hörte er ein Platschen und sah, daß der neben ihm heraufgebeamte Clayton auf die Scheibe gefallen war. Er bückte sich nach ihm, und schon war auch Scott da, um zu helfen.

»Was ist passiert, Pille?« Doch noch ehe McCoy antworten konnte, rief der Chefingenieur Kyle zu: »Verständigen Sie die Krankenstation, sie sollen sofort jemanden hierher schicken!« Er blickte zurück in den Transporteralkoven.

»Wo sind der Captain und Mr. Spock...« Er verstummte, als er McCoys Gesichtsausdruck sah.

»Ich weiß – nichts Genaues, Scotty. Wir nahmen die Daten einer riesigen Meereslebensform – und waren ein wenig unvorsichtig. Sie ist nach einem Betäubungsstrahl unwahrscheinlich schnell wieder zu sich gekommen...« Er strich sich durch das mit bernsteinfarbenem Salz verkrustete Haar. Ihm war bewußt, daß er so müde klang, wie Clayton aussah.

»Das Ungeheuer hat instinktiv angegriffen – verdammter beschränkter Instinkt! Es hat das Shuttle wie verrückt geschüttelt. Durch einen vorherigen Angriff waren bereits beide Phaser und der Flugantrieb ausgefallen. Aber das fanden wir zu spät heraus. Ich bin mir aber gar nicht sicher, ob wir an der Oberfläche schneller gewesen wären als diese Bestie. Sie war *flink!*« Er machte ein paar Schritte und stellte fest, wie müde er tatsächlich war, als seine Knie nachgaben und er sich auf den Rand der Transporterplattform setzen mußte.

»Ich kann nur hoffen, daß der Captain und Mr. Spock ebenso herausgeschleudert wurden wie Clayton und ich...«

»Wir werden sofort einen Suchtrupp losschicken«, versicherte ihm Scott. McCoy war zu erschöpft für mehr als ein Nicken.

Der planetare Ozean erstreckte sich in die Unendlichkeit. Nur der Schaum vereinzelter Wellenkämme brach seine klare Fläche.

Das und ein schmales silbernes Boot, das bereits seit geraumer Zeit in Serpentinen und im Zickzack computerberechneten Routen folgte.

McCoy und Clayton standen am Bug und suchten geduldig mit starken Ferngläsern den Horizont ab. Der Schiffsarzt machte eine kurze Pause, um sich die müden Augen zu reiben, was er in der letzten halben Stunde immer häufiger tat.

»Fünf Tage, und wir haben nichts gefunden. *Nichts.*«

»Sie können nicht einfach spurlos verschwunden sein«, sagte der optimistischere Clayton.

McCoy blickte ihn bedrückt an und schüttelte den Kopf.

»Strömungen, Raubfische, eine unmerkliche Verschiebung des Meeresgrunds...« Er zuckte die Schultern. »Sie sind verschwunden. Mehr ist dazu nicht zu sagen.«

Clayton entgegnete nichts darauf, und beide Männer blickten wieder durch die Ferngläser. Der Leutnant brach als nächstes das Schweigen.

»Ich sehe was! Knapp über der Wasseroberfläche, vierzig Grad steuerbord, etwa drei Kilometer, schätze ich.« Er justierte die Feineinstellung seines Präzisionsfernglases, während McCoy sich dieser Richtung zuwandte.

Clayton rief aufgeregt: »Da schimmert was in der Sonne – und ich glaube nicht, daß es Felsen sind!«

Aus McCoys Augen war plötzlich alle Müdigkeit verflogen. Sie waren nun wieder scharf, wie die eines Chirurgen sein mußten.

Scott, der den Suchtrupp begleitete, vergaß seine verdiente Freiwache. Er kam herbei und blickte ebenfalls durch ein Fernglas.

Eine dunkle Masse zerklüfteter Felsbrocken, glattgerieben vom unablässigen Spiel der Wellen. Der höchste Punkt der tiefliegenden Insel hob sich kaum zwei Meter aus dem Wasser. McCoy justierte das Fernglas, und das Bild schien ihn anzuspringen.

In dieser Vergrößerung waren spiegelnde Bruchstücke verschiedenster Formen zu erkennen – Wrackteile des Shuttles. Wie Christbaumschmuck lagen sie scheinbar zum Bewundern auf den Felsen ausgebreitet.

McCoy schwankte leicht, als das Boot sich drehte, denn Scott schwang den Bug herum und brauste auf die winzige Felsinsel zu.

»Siehst du sie, Pille?« brüllte der Chefingenieur, während er das schmale Boot in eine Bucht zwischen zwei der aufragenden Felsen manövrierte.

McCoy schüttelte den Kopf. Clayton kletterte aus dem Boot und vertäute es an einem knaufähnlichen Obsidianvorsprung, der stabil genug aussah, daß man sogar die *Enterprise* daran hätte festmachen können. Es war offensichtlich, daß diese Insel nicht erst in den letzten Tagen aufgetaucht war.

Der Schiffsarzt kletterte als nächster aus dem Boot. Er bahnte sich vorsichtig einen Weg durch die scharfen und spitzen Wrackteile, ohne sie weiter zu beachten, auf die Kuppe der kleinen Insel zu.

Es bestand kein Zweifel, der Großteil des Wracks war dort hinaufgeschwemmt worden. Oben angelangt, blickte er die andere Seite hinunter.

Da entdeckte er Kirk und Spock!

An der anderen Seite der kleinen Insel war das Wasser kaum einen Meter tief. Es spülte über bernsteinfarbenen Sand in eine winzige Bucht – und dort lagen der Kapitän und der Erste Offizier der *Enterprise* mit dem Gesicht im Sand.

»Sie sind hier!« schrie er. »Kommt! Schnell!«

Sekunden später wateten Clayton und Scott durch das Wasser und bückten sich klopfenden Herzens über die Reglosen.

»Glauben Sie, sie leben noch, Pille?« Scott blickte seinen Freund dabei nicht an.

McCoys Antwort war grimmig ernst. »Nicht, wenn sie seit fünf Tagen hier liegen.«

Beide schienen Tonnen zu wiegen. Scott und Clayton plagten sich, Kirk zum nächsten trockenen Fleckchen zu ziehen, und achteten darauf, daß sein Kopf über Wasser blieb.

McCoy sprach weniger seine Hoffnung als seinen sehnsüchtigen Wunsch aus, als er sagte: »Sie könnten hierhergeschwommen, erschöpft an Land gekrochen und vor kurzem erst aus Schwäche ins Wasser gefallen sein. Vor Minuten erst«, fügte er hinzu.

Endlich hatten sie den triefenden Kirk so weit auf eine ebene Stelle gezerrt, daß nur noch seine Füße überspült wurden. Dort überließen sie ihn dem Arzt und kehrten ins Wasser zurück, um Spock herauszuziehen und neben den Captain zu legen.

McCoy hatte seinen medizinischen Tricorder hervorgeholt und war damit mehrmals über Kirks Brust gestrichen. Nun justierte er ihn und fuhr über Spocks Brust.

Scott und Clayton beobachteten den Arzt besorgt, als er die Daten ablas, die ganze Prozedur wortlos wiederholte, wobei er diesmal auch Hals und Kopf einbezog. Dann studierte er stirnrunzelnd das Instrument und schüttelte den Kopf.

»Um Himmels willen, sagen Sie doch endlich was!« explodierte Scott. »Leben sie noch?«

McCoy blinzelte, antwortete jedoch nicht. Er blickte auf Spock, offenbar ohne ihn wirklich zu sehen, dann nahm er die Tricorderuntersuchung ein drittes Mal vor.

»Sie leben«, sagte er schließlich, als Scott schon soweit war, auf ihn einzubrüllen. »Der Metabolismus ist verlangsamt, der Herzschlag etwas erhöht, alle anderen Körperfunktionen sind verändert – aber innerhalb unbedenklicher Werte.« Er blickte verwirrt auf.

»Ich sage ›unbedenklich‹, weil kein Zweifel daran besteht, daß sie leben. Doch da ist etwas mit ihrer Lunge und dem gesamten Atmungssystem, mit dem ich absolut nicht klar komme.« Er schüttelte den Tricorder. »Jedenfalls nicht mit diesem Ding da.«

Clayton deutete aufgeregt. »Sie kommen zu sich!«

Kirks Augen öffneten sich – öffneten sich immer weiter, bis sie im Schock furchterfüllt zum Himmel starrten. Er krallte nach seinem Hals, und während er sich auf dem feuchten Boden wand, kam seine Stimme in gequältem Flüstern:

»Krieg' – keine – Luft! Er-sticke...!«

»Kein – Atem – würge – seltsam...« krächzte Spock wie ein Asthmatiker.

Die drei Offiziere starrten ihre zwei Kameraden hilflos an. Sie waren entsetzt, verwirrt, unsicher.

Spock würgte und seine Hände verkrampften sich auf seiner Brust. Kirks Hände zuckten nun zwischen Hals und Brust hin und her. Beide Männer fingen an, an ihren Hemden zu reißen, und es sah aus, als kämpften sie gegen eine unsichtbare Macht an, die ihre Lunge zerquetschte.

Da entdeckte McCoy die feine Haut, die sich zwischen ihren gespreizten Fingern spannte, als wäre sie aus ihnen gewachsen, und etwas wie silbrig-bernsteinfarbene Schuppen auf Kirks Handrükken.

»Hilfe...!« röchelte Kirk. »Kann – nicht – atmen...«

»Was ist mit ihnen los, Pille?« fragte Scott bestürzt.

»Etwas hat ihr gesamtes Atmungssystem verändert«, flüsterte McCoy staunend. »Sie können nicht mehr in der Atmosphäre leben, beziehungsweise nicht mehr in einer gasförmigen.« Er stand auf und faßte Kirks Arme. »Fassen Sie ihn an den Fußgelenken. Wir müssen sie ins Wasser zurückschaffen!«

Es war viel leichter, die beiden Männer in die seichte Bucht zurück zu ziehen, als es gewesen war, sie ins Trockene zu zerren. Kaum bedeckte klares Wasser die Gesichter der zwei, entspannten sie sich völlig.

McCoy beobachtete ungläubig, obwohl er fast erwartet hatte, was geschehen würde, wie Kirk sich unter Wasser im Sand umdrehte und ihn durch die kristallklare Oberfläche anstarrte. Wer von ihnen beiden bestürzter war, hätte keiner sagen können.

Scott kam herbei und blickte ebenfalls entsetzt, aber auch fasziniert auf seine beiden Freunde hinunter. »Was machen wir jetzt, Doktor?« fragte er.

McCoy zögerte, ehe er sich dem Chefingenieur zuwandte.

»Wir beamen den Captain und Mr. Spock an Bord, Scotty«, sagte er fest. Dann erklärte er knapp, was getan werden mußte.

Von McCoy abgesehen befand sich niemand auf dem Korridor. Die Sicherheitsabteilung der Krankenstation wurde (was allerdings sehr selten nötig war) für die Behandlung und Pflege von kranken oder verletzten Kriminellen oder von gefährlichen Fremdintelligenzen benutzt. Jetzt war ein Zimmer zu einem ganz anderen – und lebenswichtigeren – Zweck umfunktioniert worden.

Während er dahinschritt, sprach McCoy in seinen Recorder.

»Logbuch des Schiffsarzts, Sternzeit 5527.1. Captain Kirk und der Erste Offizier Spock wurden vor achtundvierzig Stunden geborgen und an Bord gebracht.«

Er bog um die letzte Ecke in das vor kurzem noch leere Zimmer. Statt der doppelten Sicherheitstür unmittelbar am Eingang war eine völlig andere Sicherheitswand installiert worden. Sie bestand aus zwei Platten transparenten Spezialkunststoffs mit einem Luftraum dazwischen. Jenseits dieser Schleuse war der Raum zu vier Fünfteln mit Wasser gefüllt – und zwar einem speziellen Wasser.

McCoy wollte keine Risiken mit einem Ersatz aus den Tanks der *Enterprise* eingehen. Das Wasser, mit dem dieser Raum gefüllt war, hatte man in Containern aus dem Argos-Weltmeer heraufransportiert, genauer gesagt, aus der winzigen Bucht, wo man Kirk und Spock gefunden hatte. McCoy hatte sich lediglich erlaubt, Argos natürliches pflanzliches System der Anreicherung mit Sauerstoff durch eine Pumpe zu ersetzen.

Bisher gab es keine Anzeichen, daß dieses eine Zugeständnis an die Gegebenheiten irgendwelche schädliche Auswirkungen auf die beiden Offiziere hatte.

Kirk und Spock bewegten sich ziellos und sichtlich niedergeschlagen an der hinteren Wand entlang über den Sandboden. Beide waren tief in Gedanken versunken, wahrscheinlich grübelten sie über ihre gegenwärtige Lage nach, und so bemerkten sie gar nicht, daß der Arzt hereinkam. McCoy beobachtete und berichtete weiter in seinen Recorder.

»Sie erinnern sich nicht, was geschah, nachdem sie aus dem Shuttle geschleudert worden waren. Eine medizinische Analyse ergab das Vorhandensein einer unbekannten und bisher noch nicht identifizierten Substanz in ihrem Blut. Die Wahrscheinlichkeit ist groß, daß diese Substanz für die Veränderung ihres Metabolismus und für ihre Umwandlung in Wasseratmer verantwortlich ist.«

Er schaltete seinen Recorder ab, denn beide Männer waren inzwischen auf ihn aufmerksam geworden und kamen nun auf ihn oder vielmehr die durchsichtige Trennwand zu. Während sie sich näherten, staunte McCoy erneut über diesen unglaublichen Prozeß, der die innere Struktur seiner Freunde so wirkungsvoll verändert hatte.

Sogar ihre Augen waren betroffen. Eine durchsichtige Haut, wie die zweiten Lider einiger Echsen, überzog sie. Die auffälligsten Zeichen der Umwandlung waren die Bildung von Schuppen, die zusätzlichen Schichten von Fettgewebe darunter, und die Schwimmhäute sowohl zwischen den Fingern wie auch den Zehen.

Während die beiden Offiziere ihn stumm anblickten, trat er an ein Instrumentenbrett an der Wand und überprüfte die angezeigten Werte.

Temperatur, Druck, Salz- und Sauerstoffgehalt – alles war normal – für Fische. Er nickte den Freunden zu, die ihn aufmerksam beobachteten. Kirk dankte, indem er ebenfalls nickte. Und McCoy drückte auf einen Knopf.

Ein Metallsegment des nichttransparenten Teils der Wand glitt zur Seite. McCoy betrat die Druckkammer, wo er ebenfalls einen Schalter betätigte, woraufhin sich die Tür hinter ihm schloß. Dann tippte er auf seinen Gürtel, und sogleich hüllte ihn das weiche gelbliche Glühen des Lebenserhaltungsfelds ein.

Nachdem er einen Hebel in der Kammer betätigt hatte, begann diese sich langsam mit Wasser zu füllen. Erst als sie ganz voll war, ließ McCoy die innere Tür zur Seite gleiten und stapfte unbeholfen in das Wasserzimmer.

Kirk und Spock warteten auf ihn. Wie gewöhnlich klangen ihre Stimmen in diesem Element leicht verzerrt. Daß sie sich überhaupt wenigstens halbwegs normal anhörten, war an sich erstaunlich, doch was immer sich ihrer angenommen hatte, war gründlich gewesen – auch ihre Stimmbänder waren entsprechend verändert worden.

Alles, was Kirk sagte, war: »Nun, Pille?«

»Wir sind ratlos, Jim. Nichts funktionierte. Wir sind zwar ziemlich sicher, daß dieses neue Hormon in eurem Blut die Wurzel der gesamten Mutation ist. Leider haben wir mit dieser Erkenntnis noch lange kein Gegenmittel. Es sind da wirklich eigenartig aussehende Moleküle im Spiel. Bisher jedenfalls ist eine aufschlußreiche Analyse unmöglich.«

Kirk nickte nur. Was hätte er dazu auch schon sagen können? Dann fragte er: »Und du bist ganz sicher, daß diese Umwandlung kein natürlicher Vorgang war?«

»Ganz sicher, Jim. Jemand hat sich mit euch zweien viel Mühe gemacht, daran besteht kein Zweifel. Es gibt zu viele Spuren von Einstichen an den wesentlichen Punkten. Ihr habt das Hormon künstlich injiziert bekommen.«

Kirk lachte bitter. Es war ein blubberndes Lachen. »Also ein stichfester Beweis, daß es entgegen unserer Theorie doch intelligentes Leben auf Argo gibt.« Er hielt nachdenklich inne. »Der Medcomputer hat das gesamte medizinische Wissen der Galaxis in seinem Speicher. Kannst du die Prozedur nicht an einem Versuchstier simulieren und dann schrittweise rückwärts gehen, um das Gegenmittel zu finden?«

McCoy behielt seine nagende Befürchtung für sich, daß die Mutation nicht umkehrbar war. »Tut mir leid, Jim. Die chirurgisch-chemische Methodik hier ist uns völlig fremd – mir jedenfalls. Hochentwickelt übrigens. Wenn ich nur wüßte, wie ich an die Sache rangehen müßte, könnte ich vielleicht...« Er verstummte.

»Uns bleibt demnach nichts anderes übrig, als eine uns bisher unbekannte, ja, nicht einmal vermutete intelligente Lebensform auf dem Planeten aufzuspüren«, warf Spock ein. »Offensichtlich haben die Sonden nur primitive Meeresfauna registriert.«

»Ich kann mir einfach nicht vorstellen, wie eine Sonde die Existenz einer Rasse übersehen konnte, die eine solche medizinische Technologie entwickelt hat«, sagte McCoy zögernd.

»Medizinische Technologie ist nicht so offensichtlich«, entgegnete Spock. »Wissen dieser Art muß beispielsweise nicht mit hochentwickelter Bautechnik Hand in Hand gehen oder mit anderen deutlich erkennbaren Zeichen einer Zivilisation. Viele primitive Kulturen verfügen über ausgereifte medizinische Fähigkeiten.«

»Das klingt weit hergeholt, Spock«, sagte McCoy.

»Es ist nur eine von mehreren Möglichkeiten«, gab der Erste Offizier bereitwillig zu. »Eine andere liegt in der Zusammensetzung des Argo-Meeres. Das Vorhandensein großer Mengen aufgelöster Metalle und Mineralsalze könnte durchaus die Sensorenwerte beinflussen, manche Abtastung vielleicht sogar ganz verhindern. Außerdem waren diese Sonden wahrscheinlich auf den Oberflächenbereich eingestellt und ließen mögliche bewohnte Tiefen außer acht.«

McCoy lächelte. »Alles sehr plausibel, Spock. Aber was nützt uns das? Wir können ohne das Aquashuttle keine Unterwasserexpeditionen durchführen. Und die Wrackteile da unten waren unser einziges Fahrzeug für Forschungen im flüssigen Element.« Er deutete auf seinen Gürtel.

»Natürlich können wir mit unseren Lebenserhaltungsgürteln auch unter Wasser etwas unternehmen, aber nur für begrenzte Zeit. Und wenn es dort unten jemanden gibt, der verborgen bleiben möchte, braucht er uns bloß aus dem Weg zu gehen. Mit unserem glühenden Schutzfeld sind wir weithin sichtbar.«

»Aber für *uns* gibt es diese Beschränkungen nicht«, platzte Kirk verärgert heraus. »Spock und ich können uns in diesem Ozean ebenso natürlich bewegen wie die Einheimischen.« Er lächelte grimmig. »Dafür wurden wir verändert.«

McCoy blickte ihn beunruhigt an. »Viel zu gefährlich, Jim. Argo ist noch völlig unerforscht. Wenn die Sensoren diese metallisierte Suppe nicht durchdringen konnten, in der ihr schwimmen wollt, kommen auch die Kommunikatoren nicht durch. Und wenn es dort unten noch mehr dieser niedlichen Fische gibt, wie den, der das Shuttle fressen wollte...«

Kirks Lächeln wurde breiter, aber seine Stimme blieb grimmig. »Wir haben keine Wahl, Pille.« Er winkte mit schwimmhäutiger Hand. »Von hier aus kann ich kein Schiff kommandieren – verdammt, nicht einmal *leben* kann ich hier drin. Wir würden in einer Woche durchdrehen.«

»Der Captain übertreibt etwas, was die Zeitspanne betrifft«, korrigierte Spock ruhig. »Aber ich bestreite nicht, daß er ansonsten recht hat.«

»Ich weiß ja, wie ihr euch fühlt, Jim, Spock«, versicherte ihnen McCoy. »Aber die Möglichkeit besteht nach wie vor, daß wir eine Lösung im Labor finden. Wenn ihr euch jedoch in diesen Ozean hinunterbegebt, ohne Verbindung...«

Kirk unterbrach ihn. »So wie es jetzt aussieht, gibt die Wahrscheinlichkeit uns nur zwei Alternativen: daß wir den Rest unseres Lebens wie Jahrmarktsattraktionen in einem Aquarium verbringen. Oder daß wir als die ersten Siedler der Föderation auf Argo bleiben. Ich habe nicht die geringste Lust, mich mit einer davon abzufinden.«

McCoy wandte den Blick von Kirks entschlossener Miene und wandte sich fast flehend an Spock.

»Was sagen Sie dazu, Spock? Sie können diese Situation doch bestimmt logisch und nüchtern einschätzen.«

»Der Captain hat den Fall natürlich emotional dargestellt«, antwortete Spock sofort, »aber durchaus korrekt.« McCoys Gesicht wurde lang. »Ich wäre von keinem Nutzen für dieses Schiff – und für mich selbst –, wenn ich weiterhin in einem Tank in der Krankenstation eingesperrt bliebe.« Er machte eine Pause, dann fügte er hinzu: »Gewissermaßen sind wir Schwerstbehinderte, Doktor. Etwas, das Sie doch verstehen sollten. Wir müssen jede mögliche Behandlung anstreben, ohne Rücksicht auf irgendwelche gefährlichen Nebenwirkungen.«

Kirk hob die Rechte und studierte die Schwimmhäute. »Jemand, der diese Art von Mutation herbeiführen kann, muß doch auch imstande sein, uns zurückzuverwandeln. *Muß* uns zurückverwandeln!« Er senkte die Hand und blickte McCoy fest an.

»Es gibt noch ein paar andere Ärzte in der näheren Umgebung, Pille, und wir *müssen* sie finden...«

3

Argos Sonne, die eine Spur gelber war als Sol, warf ihr Licht gleißend auf die spiegelgleiche Dünung, ließ den silbrigen Splitter aufblitzen und tauchte die kleine Insel in morgendlichen Glanz.

Kirk, Spock, Scott und Clayton befanden sich in dem kleinen Boot. Die beiden letzteren hielten ihre Phaser schußbereit, während sie Ausschau nach allem hielten, was sich auch nur im geringsten als feindselig herausstellen könnte. Das Boot schaukelte etwas außerhalb der morgendlichen Schatten der hohen Insel in den sanften Wellen.

Kirk und Spock, die unförmige, wassergefüllte Helme trugen, überprüften noch rasch den dunkelgrünen Kunststoff, der sie wie eine zweite Haut einhüllte. Während Spock sich zur Bootseite begab, wandte Kirk sich dem Chefingenieur zu. Seine Worte waren durch den Helm nur schwer zu verstehen.

»Wir rühren uns so bald wie möglich, Scotty.«

»Wir warten darauf«, antwortete Scott besorgt. Ihm war ebensowenig wohl bei dieser Sache wie McCoy.

Kirk trat neben seinen Ersten Offizier und blickte ihn fragend an. Spock nickte. Die beiden holten tief Atem, wobei der Wasserspiegel innerhalb ihrer transparenten Helme merklich sank. Dann nahmen sie Helm sowie die dazugehörenden Tanks schnell ab, ließen alles ins Boot fallen und tauchten ins Wasser.

Scott blickte über die Seite hinunter zu den beiden Männern, die sich unmittelbar unter der Oberfläche treiben ließen. Kirk blickte zu ihm auf, winkte einmal, dann drehte er sich um und schwamm in die Tiefe, gefolgt von Spock. Das Wasser war klar, und Scott blickte ihnen nach, bis sie nicht mehr zu sehen waren.

Auf den meisten Leben tragenden Welten gibt es drei Zonen, in denen Lebewesen existieren können: die Luft, das Land und das Meer. Und jene, die sich in den beiden ersteren wohl fühlen, machen sich gewöhnlich nicht so gern die Füße naß.

Es ist nicht nur die unglaubliche Vielfalt von pflanzlichem und tierischem Leben, die Taucher überwältigt. Für die meisten ist es die stete Bewegung, die sich so sehr von der Welt der Luftatmer unterscheidet. Alles unter Wasser ist Teil eines endlosen Balletts – eine tanzende Ökologie, wo jeder – angefangen vom kleinsten Wurm und der unscheinbarsten Pflanze bis zu den gefährlichsten Fleischfressern – seine Schritte kennt und sich, ohne zu murren einer immerwährenden Choreographie unterwirft.

So war die grüne Welt, durch die Kirk und Spock sich nun achtsam bewegten. Nachdem sie allmählich immer tiefer geschwommen waren, schlugen sie etwa zwölf Meter über dem sandigen

Grund eine gerade Richtung ein, die von der Insel weg führte. Bernsteinfarbene, mit schillernden Muscheln geschmückte Moospolster und winzige Meerestierchen schwankten lässig in der sanften Strömung. Dichte Schwärme farbenprächtiger Fische drehten sich in bläulichen Wölkchen vor den unverwandten Blicken größerer, einzelgängerischer Arten.

Die beiden Zweifüßer entfernten sich in weiter werdenden Kreisen von dem einsamen Boot hoch über ihnen. Sie schwammen ihren vierten Kreis, als sie etwas entdeckten, das einer kultivierten Fläche sehr ähnlich sah. Dieser »Acker« war zwar auf fremdartige, aber zweifellos künstliche Weise angelegt. Statt einzelner Reihen mit jeweils gleichen Pflanzen wuchsen die verschiedensten nebeneinander, doch alle in regelmäßigen Abständen voneinander. Sie bedrängten einander nicht, und es gab keinen Kampf um Licht oder sandigen Boden unter den Gewächsen.

Dieser Acker oder Garten, der sich über niedrige Sanddünen erstreckte, schien in der Ferne dichter bepflanzt zu sein. Ein paar Schwimmstöße brachten Kirk und Spock zu den außenliegenden Gewächsen. Wortlos betrachteten sie die wohlgepflegten Beete. Spock deutete, und ohne weitere Verständigung schwammen sie zum Kamin der ersten Düne. Behutsam drangen sie in die dichte Vegetation dort ein und blickten den sanften Hang hinunter.

Der Garten, die Farm, oder was es sonst war, erstreckte sich weit in alle Richtungen. Doch was die beiden jetzt viel mehr interessierte, waren die Gestalten, die offensichtlich in dieser Pflanzung arbeiteten.

Sie waren Humanoiden, und ihre Arme sahen fast wie die von Menschen aus. Doch ihre unteren Gliedmaßen hatten keinerlei Ähnlichkeit mit menschlichen Beinen. Sie wirkten fast knochenlos und endeten nicht in Füßen, sondern in Flossen, die ungemein flexibel waren. Eine kleine Finne zwischen den Schulterblättern erhöhte die Fremdartigkeit. Die Hautfarbe war vom allgegenwärtigen Bernsteinton mit einem Hauch von Gold oder Grün.

Strähnen rudimentären Haares, das Gold- und Silberlametta ähnelte, krönten den Kopf.

Die Rasse war offensichtlich in die Gattung der Säugetiere einzuordnen. Männer und Frauen waren in dieser Pflanzung anscheinend gleich stark vertreten, und beide Geschlechter trugen hautenge Kleidung aus bunt schillernden kleinen Muscheln, die in komplexen, individuellen Mustern angeordnet waren.

»Wieder einmal herrscht die humanoide Form vor«, murmelte Spock, »hier ganz dem Leben unter Wasser angepaßt.«

»Trotzdem sind ihnen einige Bewegungen eigen, die eigentlich nur bei Landbewohnern üblich sind, Spock. Vielleicht sind sie instinktiv oder gewohnheitsmäßig. Hier ist ein weiteres Anzeichen, daß das Land versunken ist.« Er machte eine Pause. »Und ich glaube, man hat uns bemerkt.«

Tatsächlich starrten mehrere der Humanoiden in ihre Richtung. Einige wichen sichtlich erschrocken zurück.

»Ich weiß zwar nichts über ihre anderen Sinne«, sagte Spock nachdenklich, »aber ihr Gehör scheint sehr gut sein.«

»Nun«, Kirk seufzte, »wir sind ja schließlich hierhergekommen, um sie zu finden.« Er stieß sich mit beiden Füßen ab und schwamm durch die Bepflanzung den Hang hinunter. Spock folgte ihm.

Beim ersten Anzeichen, daß die beiden auf sie zukamen, zogen einige Argoer sich zurück. Die anderen blieben jedoch stehen und hielten drohend ihr Werkzeug in der Hand. Auch wenn es sich dabei um landwirtschaftliche Gerätschaften handelte, mochten sie sich als brauchbare Waffen erweisen. Einer der Einheimischen stellte sich vor seine Gefährten und sagte etwas zu Kirk und Spock. Sie verstanden es erst, als der kleine Translator summte, den sie unter den grünen Taucheranzug geschnallt hatten, und die Übersetzung in ihren Kopfhörern herauskam. »Verschwindet, Luftatmer. Ihr seid hier unerwünscht!«

Kirk hatte auf eine freundliche Begrüßung oder zumindest auf

Neugier gehofft. Doch diese interesselose Feindseligkeit bestürzte ihn.

Ohne den Blick von dem Wortführer zu nehmen, sprach Kirk ins Mikrophon des versteckten Translators, der seine Worte in Laute verwandelte, welche die Seebewohner verstehen konnten.

»Wir tun euch nichts – wir sind Freunde. Wir suchen nur Freundschaft – und Wissen.«

»Laßt uns in Ruhe!« schrie eine Frau aus der Menge. »Es genügt, daß unsere Jungen euch einmal das Leben gerettet haben. Wenn ihr näherkommt, wird euch nichts mehr retten!« Sie drehte sich um und schwamm mit kräftigen Schwimmbewegungen über die nächste Düne.

Andere drehten sich um, um ihr zu folgen. »Wartet!« bat Kirk. »Hört uns an. Wir wollen nur...«

»Verschwindet!« brüllte der Mann an der Spitze des Mobs. Er blieb länger als die anderen, aber schließlich drehte auch er sich um und beeilte sich, sie einzuholen.

Verwirrt blieben Kirk und Spock allein zurück.

»Es ergibt keinen Sinn, Spock. Sie sagten, daß sie uns einmal gerettet haben; und das haben sie wohl auch, aber warum...?«

»Verzeihung, Captain«, unterbrach ihn Spock, »aber ich glaube, sie sagten ›unsere Jungen haben euch einmal das Leben gerettet‹.«

»Stimmt, Sie haben recht. Und diese Erwachsenen scheinen damit nicht einverstanden gewesen zu sein.« Er blickte in die Richtung, in der die Argoer verschwunden waren. »Die Antwort dürfte dort liegen, Mr. Spock.«

Während sie den Feldarbeitern folgten, sagte Spock ein wenig mißbilligend: »Sie verhalten sich nicht rational. Wenigstens einem hätte doch auffallen müssen, daß wir ihnen nicht nur zahlenmäßig stark unterlegen sind, sondern ganz offensichtlich auch unbewaffnet. Trotzdem hatten sie Angst. Ihre primitive Furcht vor Luftatmern und das...« Er deutete um sich. »...ihre Feldarbeit ohne landwirtschaftliche Maschinen läßt nicht gerade auf eine Rasse mit hochentwickelten medizinischen Kenntnissen schließen. Eine eigenartige Dichotomie, Captain. Aus unseren Beobachtungen lassen sich keine zwingenden Schlüsse ziehen.«

»Dann müssen wir eben zusehen, daß wir mehr erfahren, Spock.« Sie schwammen schweigend weiter.

Nach einigen Minuten gelangten sie zu einem Korallenriff, das sich über die Oberfläche empor erhob. Wassertretend studierten sie diese Klippe, die sich lückenlos in beide Richtungen erstreckte.

»Sie sind doch gewiß nicht über dieses Riff geklettert, oder was meinen Sie, Spock?«

»Es wäre möglich, ist jedoch nicht wahrscheinlich, Captain. Ich schlage vor, daß wir uns trennen, aber in Sichtweite bleiben und nach möglichen verstecken Ausschau halten.«

»Gut.« Kirk schwamm nach links, Spock nahm die andere Richtung. Bald darauf hörte Kirk seinen Ersten Offizier rufen.

»Hierher, Captain...!«

Einen Augenblick später war er bei Spock, der neben einem klaffenden Spalt in der Klippenwand auf ihn wartete. Der Spalt reichte offenbar tief ins Riff. Sein Ende war nicht erkennbar. »Der richtige Ort für einen Hinterhalt«, murmelte er.

»Stimmt, Captain. Aber warum sollten sie sich so viel Mühe machen? Sie hätten uns gleich überwältigen können. Ich nehme eher an, daß sie hier durchgeschwommen sind.« Er deutete mit einem Nicken auf den horizontalen Spalt.

Jeder nahm einen dünnen, wasserdichten Zylinder – starke Unterwasserlampen – aus dem Gürtel. Kirk schaltete seinen ein und richtete den sehr hellen Strahl in den Spalt. Aber sosehr er ihn auch herumwandern ließ, er deckte nichts auf als kahles Gestein, tote Korallen, einige verkümmerte Pflanzen und ein paar lichtscheue kleine Wassertiere, die sich rasch in die Dunkelheit retteten.

Kirk und Spock hielten den Strahl ihrer Lampen parallel, so gut es ging, und schwammen in den Spalt.

Er war länger, als Kirk angenommen hatte. Stellenweise, wo die Decke sich wölbte und kaum noch zu sehen war, wurde er fast zum Tunnel.

Kirk zwang sich, seine Gedanken nicht über den begrenzten Teil des Schachtes, den das Licht enthüllte, hinauswandern zu lassen, Einbildung nicht über die nüchterne Beobachtung triumphieren zu lassen.

Etwas berührte ihn an der Schulter. Er zuckte heftig zusammen, beruhigte sich jedoch sofort, als er erkannte, daß es nur Spocks Hand war. Der Erste Offizier schaltete seine Lampe aus und bedeutete Kirk, es ihm gleichzutun. Sie warteten stumm, während ihre Augen sich an die Lichtlosigkeit gewöhnten. Aber war es lichtlos?

Eine kurze Weile, während sie in der kühlen Dunkelheit auf der Stelle verharrten, sah Kirk überhaupt nichts. Dann wurde ihm bewußt, daß er die Umrisse der Höhle sehen konnte, wenn auch nur schwach. Das Licht schien von irgendwo vor ihnen zu kommen. Mit ein paar Schwimmstößen gelangten sie in das von oben einfallende Licht und erreichten schließlich das Ende des Spalts.

Hier fiel die Korallenwand steil zu einer weiten, sandigen Ebene ab, die tiefer lag als die, aus der sie zuvor gekommen waren. Was sich ihren Blicken in ätherischer Schönheit darbot, ließ die gepflegten Gärten und die Schwärme prächtiger Fische im Vergleich verblassen.

Vor ihnen lag eine Unterwasserstadt, deren Erbauer gewiß nicht an alte Kataklysmen und gegenwärtige Strömungen gedacht hatten – nur an Ästhetik. Sie hatten eine märchenhafte Stadt geschaffen.

Feine Spiraltürme erinnerten an Turmschnecken. Und auch das riesige Gebäude, das sich in der Mitte der Stadt erhob und sie dominierte, hatte prächtige Muschelform. Die Stadt sah aus, als wäre sie in einem Stück, aus einer wunderschönen Form gegossen, nicht Stück um Stück erbaut.

An dem Punkt, der dem Fuß des Korallenriffs am nächsten war, führte ein breiter Torbogen durch die ringförmige Stadtmauer ins Innere. Unterschiedlich bekleidete Bewohner schwammen in stetem Strom in beiden Richtungen durch das Tor. Sie gingen sicher ihrem unbekannten argoischen Tagwerk nach.

»Wunderschön – und faszinierend«, murmelte Spock. »Sehen Sie sich Mauer und Torbogen an. Beides ist überflüssig. Beides sind Überbleibsel aus einem Leben außerhalb des Wassers.«

»Um so unerklärlicher ist es, Spock.« Kirk schüttelte nachdenklich den Kopf. »Eine Zivilisation, die fähig ist, so etwas zu erbauen; die überlebt, obwohl ihre Welt im Wasser versunken ist; die medizinische Leistungen erbringt, von der die Föderation noch nie gehört hat – warum sollten sie vor uns Angst haben, Spock?«

»Angst ist hier vielleicht nicht das richtige Wort, Jim. Abscheu ist möglicherweise treffender. Es könnte sein, daß sie uns grotesk und häßlich finden. Das wäre Grund genug für ihre bisherige Reaktion. Es gibt viele Beispiele in der Geschichte der Erde.«

Kirk nickte bedächtig. »Zugegeben. Trotzdem müssen wir in die Stadt, egal, was sie von unserem Aussehen halten. Auf der anderen Seite scheint übrigens viel weniger los zu sein.«

Spock folgte seinem Blick. »Ich sehe mich an keine traditionelle Verpflichtung gebunden, das Tor zu benützen, Captain.«

Sie wichen vereinzelten Argoern aus und hielten einen angemessenen Abstand von der Stadt, als sie in einem weiten Bogen zur anderen Stadtseite schwammen.

Schließlich näherten sie sich einem Teil der Mauer, der verlassen aussah. Trotzdem fühlten sie sich gegen die leuchtendweiße Mauer und den bernsteinfarbigen Sand wie auf dem Präsentierteller. Sie warteten, bis die untergehende Sonne einen dunklen Schatten hinter einen breiten Turm warf, dann schwammen sie schnell dorthin.

Sie schauten sich um und stellten fest, daß sie sich in einem fast verlassenen Viertel befanden. Kirk winkte Spock, und sie schwammen langsam zur Stadtmitte. Kirk hatte noch keinen festen Plan – nicht einmal ansatzweise –, er wußte bloß, daß sie die Ärzte finden mußten, die ihre Verwandlung in die Wege geleitet hatten. Und dann konnte er nur hoffen, daß sie mit sich reden ließen.

Sie hielten sich, wo immer es möglich war, dicht an die Wände niedriger Häuser und kamen schnell voran. Einmal, als sie eine größere Kreuzung überquerten, wären sie fast in eine Schar beschäftigter Argoer geplatzt. Sie konnten rasch hinter eine Hausecke zurückweichen und warteten, bis die Fremden vorbei waren.

»Dort ist es!« flüsterte Kirk schließlich.

Sie befanden sich auf einem breiten Platz, direkt gegenüber dem riesigen muschelförmigen Hauptbau. Erstaunlicherweise war nicht ein einziger Argoer zu sehen.

»Vielleicht arbeiten sie um diese Zeit alle auf den Feldern«, meinte Spock, »oder in den Häusern. Es könnte auch sein, daß...«

In diesem Augenblick fiel ein großes, beschwertes Netz über sie. Zwei Männer erschienen an gegenüberliegenden Seiten etwas über ihnen, dann schwammen sie einander unter dem Netz entgegen und zogen es zusammen.

Kirk und Spock waren nicht imstande, sich an irgend etwas festzuhalten, und konnten sich auch nicht befreien. Während sie sich ihrer Lage richtig bewußt wurden, zogen die beiden Argoer sie geschickt genau zu dem Gebäude, das ihr Ziel gewesen war.

Kirk hörte auf, sich gegen das Netz zu wehren, und beruhigte sich. Sie brauchten ihre Kraft vielleicht später nötiger und würden möglicherweise auch eine bessere Gelegenheit bekommen, sie zu nutzen. Er versuchte die Dinge von ihrer guten Seite zu sehen. Sie hatten schließlich in das riesige muschelförmige Haus gewollt – und jetzt brachte man sie dorthin. Er hatte es sich zwar anders vorgestellt, aber ein halber Apfel war besser als gar keiner.

Sie kamen durch ein breites, offenes Tor, ähnlich dem anachronistischen Stadttor, ins Haus und wurden mehrere gewundene Korridore entlanggezogen. Im Innern war es den Argoern zumindest gelungen, ihre aufs Leben außerhalb des Wassers bedingte Tradition aufzugeben und beim Bau keine Rücksicht auf die dortige Schwerkraft zu nehmen.

Einige der Korridore schwangen in Bögen aufwärts, andere führten in verrückten Winkeln in nicht erkennbare Tiefen. Schließlich gelangten sie zu einem großen Saal unter dem Dach. In diesem Moment wurde Kirk klar, weshalb sie so wenige Argoer über die Dächer hatten schwimmen sehen.

Die meisten Häuser hatten wahrscheinlich transparente Dächer wie dieses, um das Tageslicht einzulassen. Verkehr über den Dächern wäre nicht nur störend, er würde auch das Licht blockieren, und man könnte sich in diesen Räumen nicht aufhalten, ohne fremden Blicken ausgesetzt zu sein.

Dann wandte Kirk seine Aufmerksamkeit Wichtigerem zu. Die Saalwände waren mit großen Kugeln geschmückt, die den weichen, kremigen Glanz von Perlen hatten. Am hinteren Ende des Saales befand sich ein breites Podest mit drei geschnitzten Sesseln, in denen drei Argoer saßen.

Es war schwierig, ihr Alter auch nur annähernd zu schätzen. Doch ihrer Haltung und ihrem Benehmen und ihrer äußeren Erscheinung entnahm Kirk an, daß sie bereits ein reiferes Alter erreicht hatten. Einer, der Linke, war schlank und schien sie nachdenklich, aber ein wenig amüsiert zu mustern. Der ganz rechts hatte einen beachtlichen Bauch, und sein Gesichtsausdruck war weniger leicht zu deuten. Zwischen ihnen saß der größte des Triumvirats. Er studierte Kirk mit scharfen Bernsteinaugen, die ihn zu durchdringen schienen. Eine erstaunliche Persönlichkeit, dachte Kirk sofort. Auf ihn würde er besonders achten müssen.

Links von ihnen befand sich ein niedrigeres Podest, ebenfalls mit drei Sesseln, die von zwei Männern und einer Frau besetzt waren. Sie hatten etwa die gleiche Statur wie die drei auf dem höheren Podest, doch ihre Bewegungen waren schneller, genau wie ihre Blicke. Kirk war überzeugt, daß sie viel jünger waren.

Mehr Zeit blieb nicht für Überlegungen, denn man zerrte sie im Netz auf das Podest zu. Kirk rang in der Enge vergeblich um sein Gleichgewicht.

»Das sind die Spione, Richter«, übertrug der Translator ihm ins Ohr. Es waren die Worte eines der Männer, von denen sie gefangengenommen worden waren. Ohne Zweifel klang Ekel aus dem Wort, das er hinzufügte: »Luftatmer!«

Der mittlere, der mit den durchdringenden Bernsteinaugen, erhob sich vom Podest und hielt vor dem Netz an. Er studierte Kirk und Spock mit kalter Miene, und dem Translator gelang es sogar, ein wenig dieser Kälte zu übermitteln.

»Aufstehen!«

Auch Spock versuchte es vergebens.

»Ich bin Domar«, begann der Bernsteinäugige, »der Hochtribun der...«

»Aquaner« übersetzte der Translator den unaussprechbaren Namen dieses Volkes.

»Das sind meine Ratgeber Cadmar und Cheron.« Er deutete auf die beiden Männer links und rechts auf dem höheren Podest.

Kirk gab es auf, sich aus dem Netz befreien zu wollen, und begnügte sich mit einer würdevollen Haltung unter den Maschen. »Ich bin Captain James Kirk vom Sternenschiff *Enterprise*. Das ist mein Erster Offizier, Mr. Spock.«

Die schmalen Brauen des Hochtribuns zogen sich zusammen. »Deine Worte sind bedeutungslos. Ihr seid Luftatmerfeinde von der Oberfläche. Wir haben unsere Wachsamkeit seit der Alten Zeit nicht aufgegeben und erwarten euch schon lange.«

»Wenn Sie meine Worte bedeutungslos finden, so muß ich gestehen, daß mich die Ihren verwirren, Hochtribun«, stellte Kirk wahrheitsgemäß fest. »Wir kamen in friedlicher Absicht hierher.«

Domars Miene verfinsterte sich. Seine beiden Ratgeber blickten grimmig auf die Offiziere. »Die alten Aufzeichnungen warnen uns, daß Luftatmer nie in Frieden kommen!«

»Wollt Ihr damit sagen«, warf eine neue Stimme scharf ein, »daß sie in kriegerischer Absicht kamen – ohne jegliche Waffen?«

Kirk wandte den Kopf scharf nach links. Die junge Frau stand auf ihren Flossen und starrte den Hochtribun herausfordernd an. Der Mann rechts von ihr fügte hinzu: »Können wir überhaupt nichts tun, ohne die alten Aufzeichnungen zu befragen? Sind wir etwa nicht fähig, selbst zu entscheiden, ohne den Rat längst Dahingegangener?«

Offenbar war dies eine Gesellschaftsstruktur, die sich etwa von jener auf der Erde grundlegend unterschied. Die herausfordernde Rede ließ die beiden Ratgeber, Cadmar und Cheron, sichtlich zögern. Vor einer Minute noch hatten sie so felsenfest geschienen wie die Stadtmauer. Doch jetzt, nach dem ersten Einwand ihrer jüngeren Kollegen, geriet ihre Überzeugung ins Wanken. Falls dem Hochtribun Domar ebenfalls Zweifel gekommen waren, ließ er es sich jedenfalls nicht anmerken.

Cherons Stimme klang müde, als er entgegnete: »Warum wollen die Untertribune nur immer gegen die alten Aufzeichnungen handeln? Ist das Wort der Erbauer dieser Stadt nichtig für sie? Sind sie...?«

Domar hob Schweigen gebietend die Hand, dann wandte er sich den zwei Wächtern zu. »Entfernt das Netz – aber seid wachsam. Luftatmern ist nicht zu trauen.«

Kirk und Spock waren sehr erleichtert, als die Maschen fielen. Alle sechs Tribune musterten sie nun mit neuem, größerem Interesse. Der leistungsfähige Verstärker des winzigen Translators übertrug Kirk eine Übersetzung der gewisperten Worte von – er versuchte, sich an den vage griechisch-römisch klingenden Namen zu erinnern. Lemas – das war der Name des jungen Untertribuns.

»Die Ärzte machten ihre Arbeit gut«, murmelte er. »Seht nur, von welcher Perfektion die Metamorphose ist, und mit welcher Leichtigkeit ihre Körper sich angepaßt haben.«

Kirk fühlte sich leicht geschmeichelt – es war der leise Stolz, den man empfand, wenn man am schwer errungenen Erfolg anderer teilhatte. Trotzdem waren die Worte Lemas' kein schlüssiger Beweis. Der Prozeß mochte auf natürlichem Weg in Gang gekommen und durch künstliche Mittel lediglich zu Ende gebracht worden sein. Er mußte sichergehen.

Er war nahe daran, sich direkt an die jüngeren, ihnen offenbar wohlgesinnten Tribune zu wenden. Doch seine langjährige diplomatische Erfahrung hielt ihn zurück. Sie sagte ihm, daß die älteren Tribune das als Beleidigung ansehen würden. Infolgedessen richtete er das Wort an Domar.

»Dann haben Ihre Wissenschaftler tatsächlich diese Veränderungen in unseren Körpern zustande gebracht?«

»Wir hatten keine andere Wahl. Im Gegensatz zu Luftatmern wollen wir nicht töten.«

»Sie hätten uns unbeachtet ertrinken lassen können«, warf Spock ein.

Ein Hauch von Verachtung überzog Domars kaltes Gesicht.

»Gleichgültigkeit gegenüber Verletzten ist nur eine andere Form von Mord. Eine für Luftatmer typische Einstellung. Ihr wurdet bewußtlos, kaum noch am Leben, hierhergebracht. Wir haben unsere Pflicht getan.«

»Es sieht so aus, als wären ihre alten Aufzeichnungen ebenso gut erhalten wie unsere«, bemerkte Cadmar. »Sie haben uns wiedergefunden und Spione zu uns gesandt.«

Wieder durchschnitt die schrille Frauenstimme das Wasser. »Ihr gebt ihnen keine Chance, sich zu verteidigen oder etwas zu erklären, Cadmar. Unser Gesetz verlangt das aber, selbst für unerwünschte Luftatmer, die zu uns kommen.«

»Rela hat recht«, bestätigte Domar. Dann wandte er sich wieder an Kirk und Spock. »Ihr dürft reden – wenn ihr die Kühnheit habt.«

»Hören Sie«, Kirk ignorierte Domars Provokation. »Sie haben

in der Vergangenheit offenbar recht schlimme Erfahrungen mit dem Teil Ihrer Rasse gemacht, der an der Oberfläche dieser Welt blieb. Ich kann Ihnen versichern, daß Sie von dieser Gruppe nichts mehr zu befürchten haben. Was uns betrifft, wir kommen von einer ganz anderen Welt. Der einzige Grund, weshalb wir in Ihre Stadt zurückkehrten – die wir fanden, indem wir Feldarbeitern folgten –, ist der Wunsch...«

Er kam nicht dazu, weiterzusprechen. Die Aufregung, die seine Worte in den jungen Tribunen ausgelöst hatte, sprudelte nun über.

»Ihr lebt nicht auf den Oberflächenorten?« fragte Rela staunend.

»Nicht auf dieser Welt«, antwortete Spock. »Wir...«

Zumindest für Cadmar wurde das alles offenbar zu kompliziert. »Genug!« rief er und sprang empört auf. »Das ist eine ungeheure Lüge. Eine andere Welt, also wirklich! Die Lage ist eindeutig. Die Luftatmer sind wiedergekommen, um uns zu vernichten!«

»Sie täuschen sich, Sir«, entgegnete Spock ruhig. »Wie Captain Kirk eben ausführen wollte, sind wir nur zurückgekommen, um eine Möglichkeit zu finden, die von Ihnen eingeleitete Umwandlung rückgängig zu machen.«

»Das ist völlig unmöglich«, erklärte ihnen Domar brüsk. »In den medizinischen Aufzeichnungen, die wir erhalten konnten, gibt es keine Hinweise auf eine Methode der Mutationsumkehr.«

Kirk erschrak. Sie waren also dazu verdammt, den Rest ihres Lebens in einem Aquarium zu verbringen – als Kuriosität und Anschauungsobjekt, von dem die Föderationswissenschaftler laufend Proben nehmen und analysieren würden.

Spock wird es sicher mit größerer Fassung tragen als ich, dachte er. Das ganze Leben lang auf der falschen Seite des Mikroskops, eine grauenhafte Vorstellung!

Der winzige Punkt nahm Gestalt und Form an, als Scott das Fernglas justierte. Er wurde zu einer länglichen, schmalen Kreatur mit breiten Flossen, einem langen dünnen Schwanz, flatternden Flügeln und einem fischartigen Körper. Sie flog knapp über dem Wasser, und er vermeinte fedrige Kiemen am Nacken zu erkennen.

Offenbar ein amphibischer Flieger. Interessant. Scott wünschte sich, Spock wäre hier und könnte seine Meinung darüber äußern.

Er wünschte sich überhaupt, daß Spock hier wäre!

An seiner Hüfte summte es. Er schaltete den Kommunikator auf Empfang, und McCoys Stimme ertönte: »*Enterprise* an Mr. Scott.«

Scott beobachtete noch, wie der Flieger die ledrigen Schwingen zusammenfaltete und ins Wasser tauchte. Dann wandte er sich dem Kommunikator zu.

»Hier Scott – was gibt es, Doktor?«

»Wie Jim angeordnet hat, haben alle Abteilungen ihre Arbeit fortgesetzt, und nun haben die Seismologen festgestellt, daß in der Gegend ein starkes Beben bevorsteht.«

»Wann?«

»Meier ist sich nicht sicher, er weiß nur, daß es gewaltig wird. Mit schweren topographischen Verschiebungen.«

»Er kann also keinen genauen Zeitpunkt nennen – ich kenne die Burschen. Was schätzen sie?«

Nach einer kurzen Pause am anderen Ende erklang McCoys Stimme wieder, sehr beunruhigt. »Wahrscheinlich innerhalb der nächsten vier Stunden, Scotty.«

»Also noch bevor der Captain und Mr. Spock sich melden werden!« rief Scott erschrocken.

»Können Sie sie nicht schon irgendwie zuvor erreichen?«

»Nein, Doktor, sie haben keine Kommunikatoren und...« Er hielt überlegend inne. »Warten Sie – vielleicht helfen mir ihre Translatoren. So winzig die Geräte sind, verbrauchen sie doch eine Menge Energie, die ich vielleicht orten kann. Ich versuche es. Scott Ende.«

Er schaltete den Kommunikator aus und drehte sich zu dem besorgt wartenden Clayton um. »Holen wir die anderen Anzüge und die Lebenserhaltungsgürtel raus, Leutnant. Geben Sie unseren anderen Booten Bescheid. Wir gehen fischen.«

Die grünen Taucheranzüge waren alles, was sie an Tarnung besaßen, aber das Glühen, das ihre Gürtel erzeugten, ließ sich beim besten Willen nicht verbergen. Die Männer aktivierten ihre Gürtel und schwangen sich einer nach dem anderen über die Bootsseite.

Scott tauchte rasch und bremste, um die Werte des Armbandinstruments abzulesen, das er angelegt hatte. Er drehte sich langsam und hielt schließlich mit dem Blick auf tieferes Wasser an.

»Der Peilung nach befinden sie sich in Richtung der Dünen dort. Also los!«

Die kleine Gruppe schwamm in die angegebene Richtung und leuchtete im klaren Wasser wie Glühwürmchen.

Suchende Blicke schweiften über farbenprächtiges Unterwasserleben vorexotischer Formen, doch sie achteten kaum darauf. Die Männer hielten Ausschau nach weniger auffällig gekleideten, schwerfälligeren Schwimmern.

Zwei Augenpaare beobachteten sie hinter einer Düne versteckt. Eines gehörte einem der Feldarbeiter, denen Kirk und Spock begegnet waren.

»Noch weitere Luftatmer«, sagte die Aquanerin zu ihrem Begleiter. »Wir müssen es den Tribunen melden.« Er nickte, und sie schossen davon.

»Der Name unseres Sternenschiffs, unseres Über-der-Luft-Fahrzeugs«, erklärte Kirk den Tribunen, »steht auf dem Wrack unseres Unterwasserfahrzeugs. Wenn Sie an Beweisen interessiert sind, untersuchen Sie die Trümmer.«

»Ja«, beharrte Rela, »untersuchen wir das Wrack, ehe wir ein Urteil fällen!«

»Wozu?« fragte Cheron müde. »Die Tatsache, daß ihr Fahrzeug einen Namen hat, ist kein Beweis, daß es außerargoischen Ursprungs ist.«

Kirk wollte gerade darauf hinweisen, daß sie im Wrack auch schlüssigere Beweise finden würden, als sie unterbrochen wurden, weil zwei Frauen atemlos in den Saal glitten.

Kirk entging nicht, daß sich niemand über ihr Eindringen aufregte oder sie gar aufhielt. Das war etwas, das ihm an dieser Gesellschaftsform gefiel.

»Wichtige Neuigkeiten, Hochtribun!«

Domar forderte sie mit einer knappen Geste auf zu berichten.

»Mehrere Luftatmer sind in das Ackerland eingedrungen. Wir haben sie gesehen. Sie schwimmen auf die Stadt zu. Sie glühen sehr merkwürdig!«

»Das ist nur ...«, setzte Kirk an, Domar übertönte ihn, als er sich ergrimmt an die Juniortribune wandte. »Schutzschilde, wie sie in den Aufzeichnungen beschrieben sind. Glaubt ihr jetzt immer noch, daß diese Kreaturen in friedlicher Absicht kommen?«

Ein wenig von Relas Selbstsicherheit schwand bei dieser unerwarteten Information. »Wir wissen nicht, was wir glauben sollen«, flüsterte sie schließlich unbehaglich.

Domar wandte sich befriedigt an die zwei Wachen, die hinter Kirk und Spock standen.

»Schafft diese Spione an die Oberfläche und laßt sie dort. Sie wollen in ihr Element zurückkehren. So sei es. Gerechtigkeit genug für unsere Feinde ...!«

4

Kirk keuchte und japste nach Luft. Er erwischte einen halben Mund voll Wasser und schluckte es dankbar.

Ob Domar, die anderen Tribune oder die Wächter für diese Qual verantwortlich waren, die er und Spock nun erdulden mußten, wußte er nicht. Doch im Augenblick wünschte er sich nichts sehnlicher, als einen schuppigen Hals zwischen den Fingern zu haben.

Man hatte sie zu der Stelle gebracht, wo sie das letzte Mal von McCoy und Scott gefunden worden waren, und hier ganz knapp über der Wasserlinie an niedrige Felsblöcke gebunden. Hin und wieder spülte eine Welle über die Felsen und gönnte ihnen einen flüchtigen Aufschub vor ihrem langsamen Erstickungstod.

Der Mangel an Wasser zum Atmen raubte ihnen zusehends die Kraft. Wenn sie weiterhin so spärlich an das lebenswichtige Naß kamen, würden sie nicht mehr lange durchhalten. Selbst mit einer rettenden Flut war auf dieser Welt nicht zu rechnen.

So geschwächt waren sie bereits, daß sie die schlanke Gestalt nicht sahen, die in die Nähe schwamm und traurig zu ihnen blickte.

Ein metallisches Blitzen lenkte die Aufmerksamkeit der Schwimmerin auf sie. Mit schnellen Flossenschlägen stieß sie darauf zu. Dann hielt sie den Atem an, streckte Kopf und Arme aus dem Wasser und untersuchte die Trümmerstücke mit bekümmerter Neugier. Manche Stücke waren größer als sie und sahen fast unbeschädigt aus. Sie bemerkte, daß in eines eine Art Schrift eingeprägt war, und fuhr sie mit den Fingern nach.

U.S.S. Enterprise – aber natürlich konnte sie das nicht lesen.

Ihr Blick fiel auf ein anderes Stück, das auf einem höheren Felsblock hängengeblieben war. Sie tauchte das Gesicht unter Wasser und holte tief Atem, dann studierte sie das Ding. Es sah aus, als wäre es Teil einer Kuppel – einer Kuppel aus einem fremdartigen, durchsichtigen Material. Der Wölbung nach zu schließen, mußte sie einen beachtlichen Raum überdacht haben. Aber so recht konnte sie sich die ursprüngliche Form oder Größe nicht vorstellen. Sie kletterte unbeholfen auf den Felsen.

Unter dem abgebrochenen Kuppelteil befand sich ein längliches Metallstück mit interessanten Instrumenten. Sie sah auch mehrere Behälter, die sich aus ihren Halterungen gelöst hatten. Einer war geschlossen und eingekeilt, aber zwei andere waren geborsten, und ihr Inhalt lag verstreut herum.

Sie langte nach etwas, das ein Buch sein könnte – aber es bestand aus einem unmöglichem Material, es wirkte so unendlich dünn und zerbrechlich. Sie öffnete es behutsam, blätterte, und bei jeder Seite wurden ihre Augen noch größer.

Da waren Bilder von seltsamen Fahrzeugen, andere von lächerlichen Unterwasserkreaturen, wie sie sie noch nie gesehen hatte, und wieder andere von – Luftatmern. Nein, so unbeschreibliche Ungeheuer konnte es nicht geben – nicht auf ihrer Welt, wurde ihr entsetzt bewußt.

Und das bedeutete... Sie tauchte hastig ins Wasser zurück und schwamm gefährlich dicht über den scharfen Kanten und Spitzen versunkener Felsen, so schnell sie konnte. Wieder holte sie tief Atem und kroch auf den flachen Felsbrocken, an den Kirk gebunden war.

»Schont eure Kraft«, mahnte sie über ihn gebeugt. »Ich werde euch befreien.«

Sie zerrte an dem Strick, versuchte die Knoten zu öffnen, stemmte sich mit den Flossen in einen Spalt im Stein und zog mit aller Kraft, keuchend, ächzend, und Wasser rann ihr aus dem Mund übers Kinn. Alles vergebens.

Während Kirk schwach stöhnte, drehte sie sich um und streckte den Kopf sekundenlang unter Wasser, dann sagte sie mit ihrer eigenartig gurgelnden Stimme: »Der Strick ist zu fest!«

»Schwimm – zur großen – Insel«, brachte Kirk mühsam hervor. »Vielleicht – Freunde – dort...«

Rela nickte, zumindest war das der Eindruck, den Kirk gewann. Nachdem sie beide Männer mehrmals mit einem Schwall Wasser versorgt hatte, tauchte sie unter und verschwand.

Was, wenn sie es sich anders überlegt? dachte Kirk selbstquälerisch.

Clayton blickte über die Bootsseite. Einen Augenblick später tauchte Scott in gelbgrünem Glühen des noch eingeschalteten Gürtels auf und hielt sich an der Bordwand fest.

»Haben Sie was entdeckt?« fragte ihn Clayton. Scott schüttelte düster den Kopf.

»Immer noch keine Spur. Wenn wir nur mehr Unterwasserausrüstung dabei hätten! Der Captain und Mr. Spock sind an die Verhältnisse angepaßt, während wir uns unter dem Lebenserhaltungsschirm viel zu schwerfällig bewegen.

Außerdem nimmt unser Peilgerät ihre Signale nicht mehr auf. Ich versteh' nicht, wieso – außer, ihre Translatoren funktionieren nicht mehr.« Er tippte auf seinen, den er unter dem grünen Taucheranzug an der Brust trug.

»Das einzige Signal kommt von meinem, und ich bin mir nicht einmal sicher, daß er funktioniert. Ich habe mir eingebildet, daß uns eine menschenähnliche Gestalt aus einem dieser Tangbeete beobachtete, aber als ich sie anrief, ist sie einfach verschwunden.«

»Vielleicht war es nur ein Fisch«, meinte Clayton. »Es könnte natürlich auch einer dieser geheimnisvollen Einheimischen gewesen sein. Ich glaube jedenfalls nicht, daß es am Translator liegt, Sir, ich...« Er unterbrach sich, als etwas nur zwei Meter vom Boot aus dem Wasser tauchte. Automatisch riß er den Phaser herum.

Doch er senkte ihn in dem Moment, als der Translator bewies, daß er funktionierte.

»Folgt mir, schnell!« flehte Rela. Ohne auf eine Antwort zu warten, drehte sie um und schwamm zu den fernen Felsen zurück.

»Einen Moment!« brüllte Scott hastig. »Wer sind...?«

Rela wirbelte herum und schrie: »Folgt mir! Eure Freunde brauchen eure Hilfe!« Dann tauchte sie den Kopf unter und schoß davon.

Während Scott in das Boot kletterte, richtete Clayton das Fernglas auf die sich entfernende Gestalt. »Ich sehe sie ganz deutlich, Mr. Scott. Sie schwimmt unmittelbar unter der Wasseroberfläche.«

Scott nickte, schaltete seinen Gürtel aus und setzte sich an die Steuerung des Boots. Eine Sekunde später brausten die starken Seitendüsen auf, und sie rasten hinter ihr her.

Kirks Brust fühlte sich wie das morsche Leder eines alten Blasebalgs an, und sein Röcheln klang auch wie einer. Es gibt angenehmere Todesarten als Ersticken, dachte er. Er spürte die Nähe des Todes, und erste Halluzinationen schienen es zu bestätigen.

Es fing mit dem gurgelnden Schrei an, den er in unmittelbarer Nähe zu hören träumte. Vage Formen schienen sich vor seinen glasigen Augen zu bewegen, fast menschliche – Engel, vielleicht? Hände fummelten an seinen Seiten.

Eine kühle Wärme überspülte ihn – nein, das war paradox. Er holte noch einmal tief Atem, spürte, wie er kräftiger wurde, und atmete erneut und erneut.

Plötzlich konnte er klar sehen und stellte fest, daß er in das keineswegs engelhafte, aber um so willkommenere, wenngleich besorgte Gesicht Scotts starrte. Er setzte sich auf und schaute sich um. Spock blickte ihm über den sandigen Grund entgegen.

Scott tauchte zu ihnen, nachdem er sein gelbliches Kraftfeld wieder eingeschaltet hatte. Kirk machte es sich auf etwas Weichem und hoffentlich Ungefährlichem bequem.

»Bin ich froh, Sie zu sehen, Scotty!«

»Nicht so froh wie ich, Sie wiederzusehen, Captain.« Der Ausdruck in den Augen seines Chefingenieurs machte Kirk verlegen. Er wandte sich Rela zu.

»Rela, das ist mein Chefingenieur Mr. Scott. Tribun Rela ist eine argoische Aquanerin, so jedenfalls übersetzt es der Translator. Ihre Stadt ist ganz in der Nähe. Ich fürchte nur, daß Mr. Spock und ich keinen guten Eindruck auf ihre Oberhäupter machten.«

»Wir sind Ihnen außerordentlich dankbar für Ihre Hilfe«, versicherte ihr Scott und zwang sich, seine Neugier zu unterdrücken und den Blick von ihr loszureißen. »Captain, wir versuchen seit zwei Stunden, Sie zu erreichen. In diesem Gebiet steht ein schweres Beben bevor. Nach unseren Seismologen wird es diese ganze Region auseinanderreißen. Wir werden davon natürlich nicht betroffen sein, aber...«

Die Translatoren waren gut, doch nicht perfekt. Manche der Worte der Luftatmer waren unverständlich für Rela, wichtige Nuancen ihrer Bedeutung verloren. Doch wenn auch einiges der Terminologie vage war, genügte der Blick, mit dem Scott sie bedachte.

»Es gibt viele Legenden über solche Katastrophen«, sagte sie. »Als die großen Überwasserorte im Meer versanken, ging viel vom Wissen der Alten verloren.«

»Ich verstehe immer noch nicht«, warf Spock ein, »wie eine so vollkommene Rassenmutation in so kurzer Zeit erfolgen konnte.«

»Sie haben recht, Mr. Spock«, bestätigte Rela. »Es hat nichts mit Evolution zu tun. Als die Oberflächenorte zu sinken anfingen, wurden viele Luftatmer – unsere Vorfahren – so verändert, daß sie unter Wasser atmen und leben konnten – auf chirurgischem Wege, wie ihr. Diese Umwandlung betraf sogar die...« Der Translator übersetzte es mit ›Gene‹.

»Dadurch wurde sie erblich – für jene, die diese Umwandlung akzeptierten. Aber es gab auch viele, die dagegen waren – daher die instinktive Furcht unseres Volks vor euch.«

»Merkwürdig, daß der übriggebliebene luftatmende Teil Ihrer Rasse zu sinnloser Gewalt griff«, wunderte Kirk sich, »zieht man ihre hohe Entwicklung in Betracht.«

»Offenbar glaubten die an der Oberfläche Zurückgebliebenen nicht, daß das kontinentale Absinken von diesem Ausmaß sein würde«, nahm Spock an. »Ich vermute, daß sie irgendwann die Möglichkeit verloren, sich in Wasseratmer umzuwandeln. Ein paar Generationen genügten, Haß und Neid auf jene zu entwikkeln, die von der bevorstehenden Katastrophe nicht betroffen würden.«

»Sie jagten und töteten uns«, berichtete Rela grimmig. »So kam es, daß wir anfingen, alle Luftatmer zu hassen. Das ist auch der Grund, weshalb eine Rückumwandlung immer verboten war.«

Kirk und Spock wechselten einen erstaunten Blick, ehe der Captain aufgeregt rief: »Dann ist eine Rückumwandlung also doch möglich? Domar hat uns belogen!«

»Nicht völlig«, berichtigte Rela. »Es soll hermetisch verschlossene Archive in der Luftstadt der Alten geben, in denen viele wichtige Aufzeichnungen aufbewahrt wurden. Man erzählt...«

Ein dumpfes Grollen rollte durch das Wasser um sie. Sand schoß empor, Fische hasteten aufgeregt in den nächstbesten Unterschlupf. Kirk und Spock wurden von ihren Sitzen gehoben, während Scott und Rela im aufgewühlten Wasser taumelten.

Sand rieselte von den Felsen und breitete sich in weißen Schleiern aus.

»Keine zwei Stunden mehr!« warnte Scott.

»Wie weit ist es bis zu diesen Ruinen, Rela?« fragte Kirk.

»Nicht weit. In entgegengesetzter Richtung von der Stadt.«

Kirk hatte sich bereits entschlossen – aber er wollte Spock nicht übergehen. »Mr. Spock?«

»Wir haben keine Wahl, Captain. Wenn es eine Chance für uns gibt, liegt sie dort.«

»Aber es sind nur Überlieferungen!« gab Rela erschrocken über die Reaktion auf ihre Worte zu bedenken. »Außerdem darf ich euch nicht dorthin bringen. Es ist gegen die Gebote.«

Kirk schwamm dicht zu ihr. »Es ist lebenswichtig, Rela. Nicht bloß für Mr. Spock und mich, sondern auch für die Bevölkerung einer anderen Welt, die von einer ähnlichen Katastrophe wie die eure bedroht wird. Das alte Wissen Argos könnte uns helfen, sie zu retten.«

Die Aquanerin blickte unentschlossen auf die drei Fremden. Wenn sie sich entschied, einfach herumzuwirbeln und davonzuschwimmen, war es zweifelhaft, daß Kirk oder Spock sie aufhalten könnten. Sie machte eine rätselhafte Geste.

»Ich bringe euch bis zur Riffbarriere.« Und ehe jemand ihr danken konnte, hatte sie sich umgedreht und schwamm in eine Richtung, die in einem scharfen Winkel von der versunkenen Stadt wegführte.

Kirk und Spock mußten sich anstrengen, ihr Tempo mitzuhalten. Sie hatten das Gefühl, stundenlang über endlose bernsteinfarbene Ebenen zu schwimmen und Korallenfelsen und Dünen auszuweichen.

Kirk fiel auf, daß ihnen immer weniger Fische begegneten, je weiter sie kamen, und er machte sich Gedanken. Lag es am Wasser? Oder vielleicht an einem Mangel an Nährstoffen? Und Rela wirkte zusehends nervöser und schaute ängstlich immer wieder in alle Richtungen. Es würden hier doch nicht gar aquanische Gespenster ihr Unwesen treiben?

Es wurde dunkler, als sie sich einer Barriere näherten, einem langen, gewundenen Riff, ähnlich dem, auf das sie auf ihrem Weg zur aquanischen Stadt gestoßen waren. Nur daß dieses hier noch lebte.

Rela hielt an und deutete das Riff hinauf zu einem klaffenden Loch, in dem sich heftig wiegende und um sich peitschende Pflanzen zu sehen waren.

»Die Ruinenstadt liegt dahinter. Paß gut auf, die Strömungen sind hier sehr stark.«

»Kommen Sie nicht mit?« fragte Kirk.

»Nein!« antwortete sie heftig und wich zurück. »Ich kann nicht weiter mitkommen. Aber ich werde mit euren Freunden auf euch warten.«

Sie dreht sich um, stieß sich kraftvoll vorwärts und schoß davon. Vermutlich wäre es nur vergebliche Mühe gewesen, sie umstimmen zu wollen, so wandten die beiden Offiziere sich vorsichtig der gähnenden Öffnung zu.

Kirk spürte schon bald ein leichtes Wirbeln des Wassers, das rasch immer stärker wurde. Und bald kostete es ihn alle Kraft, sich dagegenzustemmen. Es war nutzlos. Die Strömung hatte sie erfaßt und zog sie unerbittlich in die Höhle.

Bereits nach kurzer Zeit sahen sie blauen Himmel über sich. Es war kein Tunnel, nur ein Riffspalt. Doch hier waren die Wände mit zackigen Spitzen toter Korallen bedeckt, mit gewundenen Stacheln, die durch die gemeinsame Arbeit Milliarden winziger Lebewesen entstanden waren.

Kirk kämpfte gegen die Strömung an und war dankbar für seine Schwimmhäute, als der Sog sie erfaßte. Während er heftig Wasser trat, um in der Waagerechten zu bleiben und gleichzeitig von den Korallenzacken Abstand zu halten, fragte er sich, warum Rela ihnen nicht geraten hatte, über das Riff zu schwimmen. Wahrscheinlich waren auch dort die Strömungen stark, aber konnten sie so heftig sein wie hier?

Da wurde es ihm klar. Das Riff reichte wahrscheinlich fast überall bis an die Wasseroberfläche und brach stellenweise auch durch. Die Vorstellung, auf den Flossen über das Riff zu klettern, war ihr bestimmt nie gekommen.

Übergangslos wurden sie aus dem Riff geschleudert und landeten zwischen Steinen, die nicht von einer geduldigen Natur geformt waren.

Überall waren zerbröckelnde Quader und Torbogen und schiefe Pfeiler – alle durch einen unvorstellbar heftigen Kataklysmus in Argos Vergangenheit wie Bauklötze im Kinderzimmer eines Riesen durcheinandergeworfen.

Sie schwammen tiefer, vorbei an spiralenförmigen und runden und eckigen Türmen, an den Ruinen von Bauwerken, die an Tempel erinnerten, an zerfallenen kleineren Bauten rings um einen korallenverkrusteten Platz. Alles fremdartig und doch vertrauter als die Unterwasserstadt der Aquaner. Das hier war eine Stadt gewesen, die nur den Strömungen der Luft hatte trotzen müssen, nicht denen des Meeres. Eine breite Straße bog vor ihnen ab, ihr Pflaster war aufgebrochen und stellenweise mit Moos überzogen. Überhaupt war viel der versunkenen Metropole mit fächelnden Pflanzen überwuchert. Sie erstreckte sich bis zum Horizont und war um ein Vielfaches größer als die Stadt der Aquaner.

»Faszinierend«, murmelte Spock. »Wahrscheinlich versank ein ganzer Kontinent innerhalb von Minuten und mit nur minimaler Erschütterung.«

»Rela sagte, das Archiv sei ein hohes, dreieckiges Gebäude«, erinnerte ihn Kirk. Sie schwammen die verhältnismäßig freie Straße entlang, achteten jedoch auf dunkle Winkel und in Schatten liegende Seitenstraßen.

Bestimmt beruhte das Verbot der Aquaner, diese Stadt zu betreten, auf abergläubischen Tabus, doch das mußte nicht bedeuten, daß sie frei von weniger übernatürlichen Gefahren war.

Während sie tiefer in die Ruinenstadt gelangten, fanden sie auch besser erhaltene Häuser vor. Schiefe Türme ragten überall empor. Sie waren zwar mit Sprüngen und Rissen durchzogen, aber sie standen. Allerdings war schwer zu sagen, wie viele stärkere Beben ihre geschwächten Grundmauern noch durchhalten würden.

Die breite Straße bog scharf nach rechts ab, und sie kamen zu einem großen Platz, an dem ein hoher, pyramidenförmiger Bau stand. Eine goldfarbene, ziselierte Scheibe, die an ein überdimensionales Medaillon erinnerte, krönte die Spitze. Die argoischen Schriftzeichen waren noch deutlich zu erkennen und zeugten vom Können von Relas Vorfahren. Das Medaillon fing das gefilterte Sonnenlicht ein und schimmerte hell in dieser zur Grabstätte gewordenen Metropole.

Auf den ersten Blick versprach dieses Gebäude einen leichten Zugang, doch sie mußten rasch feststellen, daß die eingefallenen Fenster und zerbrochenen Türen durch Verschüttungen im Innern blockiert waren. So blieb ihnen nichts übrig, als sich jede einzelne Öffnung an allen Seiten vorzunehmen.

Da bemerkte Spock den großen Block, der am Fuß des Gebäudes nach außen ragte. Sie streiften den Sand zur Seite, brachen störende Muscheln los und legten so einen flachen Stein aus einer Substanz frei, die sich von der des übrigen Baus unterschied. Sie ähnelte Alabaster, war aber zweifellos künstlich. Doch was ihnen am bedeutungsvollsten erschien, war ein metallisches Schild an der Vorderseite, das wie die Scheibe auf der Spitze aussah.

Spock schwamm zur hinteren Seite, stemmte die Füße in den Sand und schob. Einen Moment lang tat sich gar nichts, dann glitt der Block plötzlich lautlos zur Seite.

Ihre Stablampen zeigten einen freien Gang, der aufwärts führte, so weit ihr Lichtstrahl reichte, und Stufen – eine richtige Treppe!

Sie brauchten nicht weit bis zum ersten von vielen miteinander verbundenen Räumen zu schwimmen, von denen jeder zweite mit metallenen Schubladenschränken und anderen Metallbehältern ringsum an den Wänden ausgestattet war. Nach anfänglichem Klemmen ließen die Laden sich leicht herausziehen. Die meisten Behälter waren stark korrodiert und ihr Inhalt längst zerfallen.

Einige waren jedoch fast unversehrt und verschlossen, und im Gegensatz zu den anderen waren sie mit kleinen Schildern aus glänzendem Gold versehen. Jedes Schild hatte ein winziges Flachrelief eingearbeitet und darunter eine Reihe von Schriftzeichen. Nachdem sie bereits eine scheinbar endlose Reihe von Schränken und Kisten durchsucht hatten, rief Spock im sechsten Zimmer nach Kirk, der sofort zu ihm schwamm.

Spock deutete auf das Schild eines Behälters. Neben der Schriftzeichenreihe war ein aufrechtstehender Humanoid zu sehen, der Länge nach gespalten war. Eine Hälfte des Rumpfes war normal, die andere sah eher wie der Körper eines Fisches aus.

»Deutlicher könnte der Hinweis kaum sein, Captain.« Spock deutete hinter sich. »Es gibt noch drei mit dem gleichen Schild und einen vierten mit der Abbildung von etwas ziemlich Abstoßendem. Ich kann nur hoffen, daß sich medizinische Aufzeichnungen in ihnen befinden und nicht die Reproduktionen der Werke irgendeines argoischen Surrealisten.«

Sie schwammen rasch aus dem Tempel oder Museum, oder Krankenhaus, oder was es sonst gewesen sein mochte, zurück zum Stadtrand.

Ein langer, verbogener Pfeiler lag quer über dem Ende der Avenue. Eine Straßensperre für die flüchtenden Bewohner während des Kataklysmus, nicht aber für Schwimmer. Das Hindernis war Teil eines dunklen, einem Mausoleum ähnlichen Baus gewesen, dessen übrige Säulen noch standen.

Spock wollte gerade aufwärts schwimmen, als er abrupt anhielt. Kirk bremste ebenso scharf hinter ihm. Auch er hatte bemerkt, daß der gefallene Pfeiler sich bewegte.

Ein zweiter schloß sich wedelnd dem ersten an. Ein riesiges Etwas kam hinter dem nur zum Teil zerfallenen Bauwerk zum Vorschein. Diese Säulen waren nicht aus Stein, und Kirk verfluchte seine Blindheit.

Sie waren die Fangarme einer Kreatur, mit der sie bereits unliebsame Bekanntschaft geschlossen hatten, einer Kreatur, die zu blinder Wut neigte und über unbeschreibliche Kraft verfügte. Dieser Schlangenkrake war vielleicht sogar noch größer als jener, der das Shuttle zerstört hatte.

Sie machten kehrt und rasten die Straße zurück. Der Schlangenkrake verfolgte sie, sein Gebrüll rasselte in Kirks wassergefüllten Ohren. Offenbar waren sie über ein dösendes Exemplar gestolpert, denn ein hellwaches hätte sie sicher längst verschlungen.

Er blickte über die Schulter. Seine Beinmuskeln begannen, sich unter der ungewohnten Anstrengung zu verkrampfen. Das Ungeheuer war zwar noch weit hinter ihnen, holte jedoch auf. Ganz wach schien es glücklicherweise immer noch nicht zu sein.

Ein neuerliches Brüllen erschütterte ihn im wahrsten Sinne des Wortes. Es war ein tieferes, mahlendes Donnern von solcher Gewalt, daß er sich mehrmals überschlug. Wände und Türme stürzten um sie herum ein, als das Beben an den alten Gebäuden rüttelte. Kirk hielt verzweifelt seine zwei Zylinder fest.

Ein gigantischer, behauener Quader stürzte ihrem Verfolger auf den Schädel. Der Schlangenkrake blieb einen Augenblick lang betäubt liegen, dann drehte er sich plötzlich um und schoß davon, ohne noch einen Gedanken an seine winzige Beute zu verschwenden.

Lange Minuten lagen sie im schützenden Schatten des Krankenhauses/Tempels, bereit, beim ersten Anzeichen eines tastenden Tentakels im Eingang zu verschwinden.

»Eine faszinierende Kreatur«, bemerkte Spock. »Instinktiv aggressiv und mit erstaunlichen natürlichen Waffen ausgestattet. Es wäre interessant...«

Kirk mußte grinsen. Er hob seine Zylinder hoch. »Wenn die hier nicht die erforderlichen medizinischen Aufzeichnungen enthalten, werden wir mehr Jahre Zeit haben, als uns lieb ist, sie aus erster Hand zu studieren.«

Keine weiteren Erschütterungen hielten sie auf, als sie die Stadt verließen, auch kein Schlangenkrake oder sonstiger Räuber.

Durch das Loch im Riff zurückzukehren, war nicht ratsam. Ein Aquaner hätte die starke Strömung vielleicht überwinden können, doch Kirk glaubte nicht, daß seine Beine es schaffen würden. Zu ihrem Glück bestätigte sich ihre ursprüngliche Annahme.

Sie schwammen hinauf und stellten fest, daß das Riff tatsächlich an vielen Stellen aus dem Wasser ragte. Indem sie vorsichtig kletterten und immer wieder in den zahlreichen Wassermulden des Kamms tiefe Atemzüge holten, konnten sie es zu Fuß überqueren. Trotzdem war Kirk erleichtert, als sie endlich die andere Seite erreichten, wo sie wieder unterzutauchen vermochten. Er verstand jetzt gut, weshalb die Aquaner von einer solchen Kletterpartie Abstand nahmen.

Einer der versiegelten Zylinder enthielt zwar nichts für sie Brauchbares, aber in den übrigen fanden sich die gesamten Unterlagen des Luft-zu-Wasser-Umwandlungsverfahrens und des umgekehrten

Prozesses sowie weitere wertvolle Aufzeichnungen, auf die die Wissenschaftler der *Enterprise* so begierig waren, daß sie kaum von der Seite der Linguisten wichen. Kaum war ein neuer Teil der alten Erkenntnisse übersetzt, zogen die Wissenschaftler mit ihrer Beute ab, um sie mit glühender Begeisterung zu studieren.

Kirk drückte sich ans Glas des Wasserzimmers und beobachtete McCoy, der das wesentliche übersetzte Material ein letztes Mal durch den Computer laufen ließ.

McCoy hatte gehofft, die Methode der Argoer den ihren Mitteln entsprechenden Möglichkeiten nach modifizieren zu können. Nachdem ihm das nicht gelungen war, hatte er ebenso vergeblich nach einem Ersatz für ein bestimmtes Präparat gesucht. Das von den alten Argoern spezifizierte Mittel ließ sich nicht ersetzen.

Er drehte sich um und sprach ins Mikrophon. »Wenn die Übersetzungen alle korrekt sind, Jim, wurde die Mutation durch eine Reihe von Injektionen in exakten Abständen herbeigeführt. Um euren Kreislauf und euer Atmungssystem wieder in den ursprünglichen Zustand umzuwandeln, brauchten wir nichts zu tun, als euch in regelmäßigen Abständen eine bestimmte Dosis zu geben.«

Kirk wartete. Als McCoy nicht weitersprach, sagte er: »Da ist nur ein Problem, nicht wahr?«

»Richtig. Ich kann alle erforderlichen Stoffe im Labor herstellen – außer einem Derivat eines argoischen Giftes. Die unglaublichste Zusammensetzung von Proteinen! Unmöglich, es synthetisch herzustellen.«

»Na gut«, entgegnete Kirk ruhig, »woher kriegen wir es?«

»Glücklicherweise ist der Text mit Diagrammen – und mit Bildern ergänzt. Das Gift stammt, was nicht überraschend ist, aus den Giftdrüsen eines großen argoischen Fleischfressers. Sowohl aus dem Bild- wie dem Textmaterial läßt sich schließen, daß dieses Tier nicht so selten ist, wie es den Argoern lieb wäre.«

Er hielt eine Fotokopie der Zeichnung eines schon lange toten argoischen Biologen an die gläserne Trennwand. Kirk und Spock ignorierten den übersetzten Text. Sie brauchten ihn nicht mehr. Der Fleischfresser hatte einen schlangenförmigen Körper, einen runden, mit spitzen Zähnen gespickten Rachen und vier gewaltige Tentakel.

McCoy steckte die Zeichnung wieder ein. »Ich weiß nicht, wo ihr so ein Ungeheuer finden könnt und erst recht nicht, wie ihr eins fangen wollt. Jedenfalls muß das Gift dem lebenden Tier abgezapft werden. Eine Phaserbetäubung würde die Giftspritze lähmen. Und eine Sezierung kommt auch nicht in Frage, weil das Gift durch den Tod sofort seine Wirkung verlieren würde. Ihr müßt euch das Gift von einem quicklebendigen Schlangenkraken verschaffen.«

»Mach dir keine Gedanken, Pille, finden werden wir bestimmt einen«, versicherte ihm Kirk. »Und was den Umgang mit einem lebendigen betrifft – da haben wir inzwischen genügend Erfahrung, um zu wissen, was wir nicht tun dürfen...«

Rela hatte ein heimliches Treffen am Rand des Gartengebiets arrangiert. Die beiden anderen jungen Tribunen, Nefrel und Lemas, hörten aufmerksam zu, als Kirk von dem bevorstehenden starken Beben sprach. Ihre Augen weiteten sich entsetzt, als er seine Bitte in Einzelheiten darlegte.

»Wir brauchen Ihre Hilfe, einen der Schlangenkraken lebend zu fangen.« Das Wort »Schlangenkrake« kam als ein langes, unaussprechbares Gurgeln aus dem Translator. »Wir können es nicht selbst, weil das einzige Fahrzeug, mit dem sich so etwas vielleicht hätte machen lassen, von einem dieser Ungeheuer zerstört wurde.«

Die drei jungen Aquaner wechselten besorgte Blicke. »Rela wurde gesehen, als sie euch zur Verbotenen Zone führte«, sagte Nefrel. »Domar hat uns gewarnt, daß wir damit rechnen müssen, in die offene See verbannt zu werden, wenn wir noch einmal die Gebote mißachten.«

»Eine Rückwandlung der Mutationen, die Sie in uns eingeleitet haben, ist ohne das Serum nicht möglich, von dem der Captain zu Ihnen gesprochen hat«, sagte Spock fest. »Und wir können dieses Serum nicht ohne das Gift des Schlangenkraken herstellen.«

»Aber es ist auch gegen die Gebote, einen Schlangenkraken zu fangen!« erklärte Nefrel besorgt.

»Seht ihr, wie schlau alles eingefädelt ist?« rief Lemas. »Es ist verboten, einen *Cpheryhm-aj* zu fangen, weil sein Gift benötigt wird, um die Wasserwandlung umzukehren. Sag, Nefrel, werden die Gebote uns auch vor einem Beben schützen? Diese Reisenden sagen, daß ihre Wissenschaft uns helfen kann, aber zuvor müssen wir ihnen helfen. Das ist fair.«

Kirk unterließ es, Lemas zu verbessern. Sie würden den Aquanern auf jeden Fall helfen, so gut sie konnten.

»Wir müssen die Gebote brechen, Nefrel«, beharrte Rela, »selbst wenn Captain Kirk uns nicht helfen könnte.«

Der zaudernde Tribun gab schließlich nach, woraufhin die fünf sich auf den Weg zur versunkenen Stadt der Alten machten.

»Wir müssen nicht nach *Llach-sse* zurück«, sagte Lemas. »Was wir brauchen, können wir uns aus einem Lagerhaus in der Nähe holen.«

Kirks Zuversicht erhielt einen unerwarteten Dämpfer, als er sah, was die drei Argoer zum Fang eines der gigantischen Fleischfressers verwenden wollten: ein Netz, ein ganz gewöhnliches Fischernetz, ohne irgendwelche gut getarnten Geräte einer hochentwikkelten Wissenschaft.

Zugegeben, es war Spock und ihm, trotz ihres heftigen Widerstands, nicht gelungen, auch nur eine Masche des Netzes zu lokkern, mit dem man sie gefangen hatte. Vielleicht war das Material viel widerstandsfähiger, als es aussah. Er beäugte das feine Netz und hoffte es.

Jedenfalls war jetzt nicht die richtige Zeit, die Bemühungen der Aquaner zu kritisieren, er mußte sich darauf verlassen, daß sie wußten, was sie taten.

Der nächste Schritt erforderte gewaltige Überredungskünste von Kirk und Spock. Lemas und vor allem Nefrel wollten lange nicht glauben, daß man über das verbotene Riff klettern und so die gefährliche Strömung im Spalt vermeiden konnte. Um so größer war ihre Begeisterung, als sie die Klettertour ohne die geringste Verletzung und ohne auch nur einen Augenblick der Angst hinter sich gebracht hatten.

Sie machten sich so unsichtbar wie nur möglich, als sie um die Stadt herumschwammen und sich dem Eingang von rückwärts, aus der Richtung des Krankenhauses/Tempels näherten.

Rela schwamm weit voraus. Plötzlich hob sie die Hand in einer offenbar allen Intelligenzen gleichen Geste, und sie schwammen rasch zu ihr.

Als Kirk und Spock über den Schlangenkraken gestolpert waren, hatte er gedöst. Jetzt schien er fest zu schlafen, vielleicht noch benommen von dem Steinblock, der ihm auf den Kopf gefallen war. Er lag reglos zusammengerollt zwischen großen Trümmerstücken.

Kirk wußte, wie trügerisch diese friedliche Szene sein konnte. Das Ungeheuer erwachte vielleicht schon beim geringsten verdächtigen Laut und verschlang sie alle zusammen. Daß noch mal ein Beben sie retten würde, war sehr unwahrscheinlich.

Vorsichtig rollten die drei Aquaner ihr beschwertes Netz aus. Lemas und Nefrel breiteten es aus, und Rela achtete darauf, daß es straff und parallel zum Boden blieb.

Auf ein gemeinsames Zeichen schwammen sie damit auf den Schlangenkraken zu.

Entweder sie erreichten einen kritischen Punkt oder jemand verlor die Nerven, denn Lemas und Nefrel hielten plötzlich an. Rela ließ das hintere Ende des Netzes los. Schwung und Gewicht zogen das Netz weiter vorwärts und in leichtem Bogen nach unten. Alle drei Aquaner wichen zu der halb eingestürzten Mauer zurück – und warteten und beobachteten.

Das Netz behielt seine Form bei und senkte sich sanft auf dem Schlangenkraken hinab. Das Ungeheuer erzitterte schwach, als die ersten Maschen es berührten, doch als der Großteil des Netzes auf ihm lag, schoß es hoch oder versuchte es zumindest.

Während Kirk und Spock besorgt zusahen, aber nicht einzugreifen wagten, weil sie befürchteten, in einem kritischen Augenblick jemandem im Weg zu sein, tauchten die drei Aquaner hinunter.

Je mehr der *Cpherybm-aj* sich gegen das Netz zur Wehr setzte, desto enger zog es sich um ihn zusammen. Die beiden Offiziere bewunderten die Konstruktion des Netzes, als sie nun erkannten, daß es mit einem komplexen System von quer verlaufenden Zugschnüren versehen war, die sich um jede Art von Beute zusammenziehen ließen.

Und Kirks hoffnungsvolle Analyse des Netzes erwies sich als richtig – nicht ein einziger Faden riß, keine Masche gab unter der Belastung nach.

Doch aus Relas Stimme zu schließen, die sie zur Eile drängte, war seine Belastbarkeit nicht unendlich. Beide Offiziere schwammen rasch hinunter und hielten die Giftauffangbehälter bereit, die McCoy zusammengebastelt hatte – zwei elastische Beutel, aus denen je ein langes Saugrohr mit weiter Öffnung ragte.

Der Schlangenkrake konnte die zwei Offiziere besser sehen als die sich duckenden Aquaner. Tentakel und Zähne wollten verzweifelt nach der aufreizend nahen Beute greifen. Seine Reflexe reagierten mit einem Strahl dunkler Flüssigkeit in die Richtung der beiden Männer.

Kirk schob die Öffnung eines Saugrohrs in die sich langsam auflösende Wolke, drückte auf einen Knopf an der Seite des Saugrohrs und bewegte die Saugöffnung hin und her. McCoy hatte gesagt, daß sie viel Gift brauchten, und je mehr sie sammeln konnten, desto besser.

Dunkles Gift breitete sich um den Captain aus. Die Aquaner

hatten ihm versichert, daß das Gift unschädlich war, solange es nicht in die Blutbahn gelangte. Daran dachte er entschlossen, während er das Rohr auf ein dichteres Wölkchen richtete. Er verfehlte es jedoch, als ihn eine plötzliche Strömung aus dem Gleichgewicht brachte.

Schutt regnete von Türmen ringsum. Ein großer Teil der schon zuvor arg mitgenommenen Mauer, hinter der sie sich versteckt gehabt hatten, brach nun ganz ein. Etwas des bereits gesammelten Giftes trieb aus der Saugöffnung, woraufhin Kirk sich beeilte, sie zu schließen. Eine Reihe von Nachbeben erschwerte das Ganze. Rela war plötzlich neben ihm und sah ihm besorgt zu. Sie deutete nach unten.

Das erstaunlich starke Netz hatte zwar selbst den heftigsten Anstrengungen des Schlangenkraken standgehalten, doch nun wurde es durch herabstürzende Steine beschädigt. Die fallenden Quader und Säulen hatten nicht nur den gefangenen Fleischfresser zu allerheftigster Gegenwehr aufgestachelt, sie hatten auch das Netz stellenweise so mitgenommen, daß das Ungeheuer imstande sein mochte, es aufzureißen.

Noch war es gefangen, noch verschnürt – aber es hatte die Schwachstellen bereits entdeckt und riß mit geistlosem Grimm daran.

»Wir müssen sofort weg!« drängte Rela. Sie drehte sich um und machte sich daran, zum Riffkamm zurückzuschwimmen.

Kirk blickte rasch auf den Anzeiger an der Rohrseite und rief ihr nach: »Wir brauchen mehr Gift!«

»Keine Zeit mehr!« schrie sie zurück. »Es...«

Ein gewaltiges, nachhallendes Donnern übertönte ihre weiteren Worte. Zwei der muskulösen Tentakel und ein Teil des Oberkörpers des Schlangenkraken waren bereits frei. In wenigen Augenblicken würde das Ungeheuer sich ganz befreit haben. Sie konnten nur hoffen, daß sie schneller sein würden als die rasende Bestie.

Lautlos fluchend schoß Kirk hinter den verschwindenden

Aquanern her. Spock riskierte, von einem Tentakel gepackt zu werden, und saugte einen letzten Schwall Gift ein, ehe er folgte.

5

Kirk hatte alles mögliche versucht – auf dem Kopf stehend dahinzutreiben, sich von den Wänden abzustoßen, Steine zu zählen –, um seine Ungeduld zu bezähmen, während McCoy eine letzte Testreihe mit dem schwach toxischen Mittel durchführte.

So vieles könnte schiefgehen, wenn die uralte Formel auch nur in geringer Hinsicht ungenau war oder wenn beispielsweise den alten Argoern beim Kopieren ein Fehler unterlaufen wäre. Sie hatten auch keine aquanischen Ärzte hier, die auf mögliche Fehler beim Ablauf des Prozesses achten hätten können.

Kirk beobachtete McCoy und Schwester Chapel, die sich schwerfällig in ihrer Unterwasserausrüstung bewegten – sie gewährleistete eine größere Präzision als die Lebenserhaltungsgürtel. McCoy zog gerade eine Ampulle des Serums in eine Hochdruckinjektionsspritze auf. Wenn sich nur Spock und sein Metabolismus der argoischen Medizin ebenso einfach anpassen ließen wie Pilles Instrumente.

McCoys Stimme, verzerrt durch Übertragungsgerät und Wasser, brach das nervöse Schweigen.

»Wir haben alles so gut vorbereitet, wie wir können, Jim. Nur ein kleiner Teil der Aufzeichnungen fehlte. Ich glaube nicht, ich *hoffe* nicht, daß er kritisch ist.«

»Aber du hast gesagt...«

McCoy unterbrach ihn. »Oh, ich bin absolut sicher, was die Zusammensetzung des Serums betrifft, Jim. Dieser Teil der Aufzeichnungen ist komplett und präzise. Der Teil, der fehlt...« Er schüttelte den Kopf.

»...beschäftigt sich mit der Dosierung pro Körpergewichtseinheit. Ich mußte sie ohne Tabellen selbst abschätzen.« Er bedeutete den beiden Männern, sich auf den Liegen auszustrecken.

»Die Experimente, die ich mit argoischen Fischen durchführte, ergaben, daß eine zu große Dosis zur Übermutation führt, die sich nicht mehr umkehren läßt. Eine zu geringe Dosis wiederum löst starke Nebenwirkungen aus. Es ist ein Teufelszeug. Ich würde gern noch weitere Experimente durchführen, aber wir...«

»Haben nicht genug Gift«, beendete Spock den Satz für ihn.

»Nicht nur das, die Wirksamkeit läßt laufend nach. Das Serum muß sofort verwendet werden. Wenn wir noch mehr bekommen könnten ...« Er blickte Kirk an, doch der Captain schüttelte den Kopf.

»Rela und ihre Freunde haben sich für uns bereits in größere Gefahr gebracht, als wir ihnen zumuten dürfen. Ich glaube auch nicht, daß wir sie zu einer zweiten Jagd überreden könnten, und selbst wenn, möchte ich es nicht. Wir haben ein zweites Mal vielleicht nicht so viel Glück.«

McCoy seufzte resigniert. »Dann muß es eben so gehen. Ich habe die maximal zulässige Dosis um ein Viertel reduziert – das dürfte für eure Metabolismen, den vulkanischen wie den menschlichen, angemessen sein.«

Kirk nickte. »Gut. Wie viele Injektionen?«

»Zwei kleine, eine große.«

»Worauf wartest du noch?«

Beide Offiziere ließen sich auf den Liegen nieder. McCoy checkte die Anzeigen an der Seite der Spritze und nahm eine letzte Korrektur vor. Ein halber Kubikzentimeter zuviel oder zuwenig könnte irreparable Schäden anrichten.

Er drückte die Spritzendüse an Kirks Oberarm, dann machte er einen Schritt zurück und beobachtete angespannt seine Präzisionsarmbanduhr. Mehrere Minuten schlichen dahin, ehe sich die erste Veränderung bemerkbar machte.

Zunächst wurde Kirks Hautfarbe ein wenig dunkler. Sie nahm zuerst einen tiefen Goldton an, dann die vertraute Bernsteinschattierung. Seine Lider senkten sich allmählich und schlossen sich.

Dann schwand der Bernsteinton, und seine Haut wurde fast albinoweiß. McCoy und Chapel beobachteten ihn besorgt. Er lag nun völlig reglos. McCoy runzelte die Stirn und tauschte rasch die Spritze gegen einen vorprogrammierten Tricorder aus.

Er fuhr damit über Kirks erschlafften Körper und murmelte dabei: »Puls wird schwächer – Herzschlag ebenfalls – alle Körperfunktionen verlangsamt…«

»Adrenalin… Aldrazin?« fragte Chapel.

McCoy schüttelte den Kopf und zog den Tricorder zurück. »Er hat schon mehr als genug Fremdstoffe in seinem Körper. Geben wir dem Serum noch zwei Minuten.«

Tatsächlich kehrte, ebenso plötzlich wie sie verschwunden war, normale Farbe in Kirks Gesicht zurück, und er rührte sich leicht.

Chapel stieß einen Seufzer der Erleichterung aus. Spocks Gesicht blieb ausdruckslos wie immer, doch McCoy entging nicht, daß seine verkrampften Muskeln sich entspannten.

Wieder strich er mit dem Tricorder über Kirk. »Puls und Herzschlag normal, alle anderen Werte innerhalb akzeptabler Grenzen – gut. Schwester?«

Chapel reichte ihm die zweite der drei Ampullen. Er zog die Spritze auf und justierte sie. Diesmal schoß er Kirk eine Hälfte des Serums unmittelbar unter dem linken Lungenflügel in die Brust, dann die zweite Hälfte unter dem rechten Lungenflügel.

Kirk reagierte sofort. Er zuckte krampfartig. Ehe McCoy ihm eine andere Injektion hätte geben können, sackte Kirk zusammen. Und wieder überzog ein tiefer Bernsteinton sein Gesicht.

McCoy untersuchte ihn rasch aufs neue mit dem Tricorder. »Diesmal hat sein Metabolismus sich um das Zehnfache beschleunigt!«

»Doktor«, unterbrach ihn Spock. »Seine Hände.«

McCoy betrachtete die Hände des Bewußtlosen. Die dünnen Schwimmhäute zwischen den Fingern lösten sich auf wie Blattgelatine, der leichte Schuppenüberzug seiner Haut schwand. Und an den Füßen war es das gleiche.

Der Arzt blickte auf die Uhr und strich noch einmal mit dem Tricorder über Kirk. »Metabolismus normal – alles normal!« Er konnte seinen Optimismus nicht zurückhalten, wollte es auch gar nicht. »Anzeichen von physiologischer Veränderung in der Lunge... Eine komplette Umkehr ist im Gange. Schwester...«

Chapel reichte ihm die letzte Ampulle.

»Das ist die endgültige Dosis«, sagte McCoy mehr zu sich als sonst jemandem. »Die größte. Rollen Sie ihn herum, Schwester Chapel.«

Chapel drehte Kirk auf den Bauch – was im Wasser keine Anstrengung erforderte. McCoy ging in Gedanken noch einmal die übersetzten Anweisungen durch und hoffte, daß die Alten auch wirklich alles exakt aufgezeichnet hatten, dann machte er die letzte Injektion wie vorgeschrieben.

Er zog die Hochdruckspritze zurück und winkte Chapel zu, die Kirk wieder auf den Rücken drehte, damit er sich besser entspannen konnte. Nichts geschah. McCoy wollte bereits noch eine geringe Dosis nachspritzen, als Kirk sich plötzlich krümmte, dann wild mit den Beinen um sich schlug und Schmerzen sein Gesicht verzerrten.

Das mitleiderregende Stöhnen eines von Alpträumen Heimgesuchten füllte das Wasser. Schuppen bildeten sich explosionsartig auf seinem Gesicht und den Handrücken.

Während er mit unkontrollierbarer Heftigkeit zuckte, rollte er von der Liege in den Sand. So wild schlug und trat er um sich, daß McCoy und Spock ihn auch gemeinsam nicht festhalten konnten.

Endlich ließen die Zuckungen nach, und Kirk blieb reglos mit dem Gesicht im Sand liegen. Der Rücken seines hautengen grünen Taucheranzugs wölbte sich abrupt, als eine Finne hervorbrach.

Chapel schrie nicht. Sie hatte schon zu viele Fehler der Natur in McCoys Labor gesehen – aber ihre Augen weiteten sich vor Schrecken. Spock wirkte uncharakteristischerweise hilflos.

»Zu stark – das Serum war zu stark!« klagte McCoy. Ein neuer Anfall überwältigte Kirk, und er schlug wieder krampfartig um sich. Das Bernstein seiner Haut vertiefte sich und wurde dann von einem gelblicheren Ton überlagert.

Doch diesmal, während er sich auf dem Sandboden wand, begannen die Schuppen, die sich auf Gesicht und Handrücken wieder gebildet hatten, zu verschwinden, genauso wie die Rückenflosse.

Das Zucken und Umsichschlagen ließ nach und hörte schließlich ganz auf. Während er reglos im Sand lag, wechselte das Gelb seiner Haut zu Bernstein zurück.

McCoy beugte sich über ihn und untersuchte ihn erneut mit dem Tricorder. »Er fängt an, gleichmäßig zu atmen«, sagte er erfreut. »Rasch, wir müssen ihn aus dem Tank schaffen!«

Gemeinsam brachten die drei den Bewußtlosen in die Luftschleuse. Spock kehrte in den Tank zurück. McCoy stützte Kirk, und Chapel hantierte an den Kontrollen. Beide beobachteten Kirks Gesicht nervös, während die Abflüsse im Boden das Wasser schnell absaugten.

Kirk fing zu würgen an und schlug mit beiden Armen im Wasser um sich. McCoy wartete nicht, bis das Wasser ganz ausgelaufen war, sondern drückte den Notknopf.

Sie stürzten fast, als ein Schwall sie aus der Schleuse trug. Behutsam legten der Schiffsarzt und die Krankenschwester den Kapitän provisorisch auf den Boden. Er hörte auf, um sich zu schlagen, hustete, und Wasser troff aus einem Mundwinkel.

Dann drehte er sich um. Er hustete zwar noch, aber nicht mehr so heftig, und schließlich atmetete er tief – und zum ersten Mal seit langem normal.

»Jim, wie fühlst du dich?«

Kirk holte tief und regelmäßig Luft und blickte McCoy an. »Müde, ein bißchen schwindlig – aber ansonsten gut.«

Chapel, die rasch weggegangen war, kehrte mit einer großen Decke zurück, die sie um Kirks Schultern wickelte, als er aufstand.

»Zieh dich gleich um, Jim«, riet ihm McCoy. »Mit der Metamorphose deines Atmungssystems und des Kreislaufs ist es auch zu größeren Veränderungen deiner Epidermis gekommen. Ich hatte es, nach allem, was in den Aufzeichnungen steht, fast erwartet, aber ich hatte nicht damit gerechnet, daß sie sich als Farbenspiel bemerkbar machen würden.« Er grinste. »Nach allem, was du durchgemacht hast, wäre es lächerlich, wenn du dich jetzt erkälten würdest.«

Kirk nickte.

McCoy wandte seine Aufmerksamkeit nun dem übriggebliebenen Bewohner des Aquariums zu. »Jetzt sind Sie dran, Mr. Spock, falls Sie es überhaupt noch wollen, nach allem, was Sie gesehen haben.«

Spock nahm den Blick nicht von Kirk. Erst als der Captain ihm mit seinem Lächeln bedeutete, daß alles in Ordnung war, antwortete er: »Ich warte mit einer Spur Ungeduld darauf, Doktor.« Das war seine Art zu sagen, daß er es kaum noch aushielt.

Kirk setzte sich in seinen Kommandosessel – ganz langsam. Er genoß es, die Beine wieder für etwas anderes als horizontale Bewegung benutzen zu können. Und es war herrlich, es sich in dem trockenen Sessel bequem zu machen.

Er blickte nach links, wo Spock und Scott den starrenden Aquanern Domar und Rela die verschiedenen Funktionen der Brückenausstattung erklärten.

Beide Tribune trugen Taucheranzüge und transparente, wassergefüllte Masken. Die dazugehörigen Tanks waren an der Rückenlehne von Rollstühlen eingehakt, die Scotts Leute zusammengebastelt hatten.

Es hatte Scotts beachtlicher Überzeugungskraft bedurft, bis selbst die abenteuerlustige Rela ihm endlich glaubte, daß diese seltsame Ausstattung sie außerhalb des Wassers am Leben erhalten würde, ohne ihnen auch nur im geringsten zu schaden. Und überraschenderweise hatte Domar sich sogar noch vor ihr mit einem Besuch auf der *Enterprise* einverstanden erklärt.

Die Eigenschaften, die ihm zum Hochtribun gemacht hatten, verlangten, daß er sich vor Luftatmern nicht feige zeigte und nicht zuließ, daß Juniortribune mutiger als er erschienen. Tatsächlich störte er sich an den motorbetriebenen Sesseln mehr als an den Wasseranzügen. Aber er sah ein, daß seine Beine in dem unablässigen Zug der Schwerkraft einer wasserlosen Atmosphäre zu schnell ermüden würden, außerdem waren seine Flossen zum Gehen nicht sehr geeignet.

Folglich blieb ihm und Rela nichts anderes übrig, als in den Sesseln eine Besichtigungstour der *Enterprise* zu machen. Doch bei all diesen Wundern, die er zu sehen bekam, schwand seine Ungehaltenheit schnell.

Momentan blickte er auf ein großes Rechteck aus Licht, in dessen Mitte eine vielfarbige Kugel vor einem Hintergrund schwebte, dessen Schwärze mit glitzernden Punkten betupft war. Der Luftatmer neben ihm, der Scott hieß, hatte ihm versichert, daß diese Kugel seine eigene Welt war – in ihrer Gänze.

Normalerweise hätte er sich nicht einmal herabgelassen, den Luftatmer auszulachen. Doch inzwischen hatte er schon so viel von diesem magischen Fahrzeug gesehen, daß er bereits alles für möglich hielt. Ja, er war sogar schon soweit, die Behauptung zu glauben, daß sich außerhalb dieses Schiffes weder Wasser noch Luft befand!

Der eine namens Kirk, der so etwas Ähnliches wie ein Tribun war, deutete auf das Rechteck. Aus der kleinen Maschine an seiner Brust drangen blechern klingende Worte zum Hochtribun, der sich bemühte, ihre Bedeutung zu verstehen, was ihm jedoch nicht immer ganz gelang. Viele Worte der Luftatmer wurden schlecht übersetzt, und andere, fürchtete er, würden wohl für immer leere Geräusche bleiben.

»Bombardierung des Verwerfungsgebiets mit mehreren großen Photonentorpedos, kombiniert mit selektivem Phaserbeschuß, müßte das Epizentrum weit genug nach Norden verschieben, so daß Ihre Stadt mit nur geringem Schaden überleben kann«, sagte Kirk.

»So, jedenfalls, besagt es die Theorie. Es handelt sich um eine Technik, die wir testen wollten. Und jetzt haben wir mehr als nur einen abstrakten Grund, es zu versuchen. Wir glauben, daß eine ausgezeichnete Erfolgschance besteht.«

»Vierundneunzig Komma sieben Prozent«, bestätigte Spock.

Als Domar verstand, was diese Leute beabsichtigten, gab er seine Reserviertheit auf.

»Ich wußte nicht, daß es solches Wissen gibt.« Zum ersten Mal erlaubte er sich unverhohlene Bewunderung, während sein Blick über die ganze Brücke wanderte.

»Es ist unglaublich – das alles hier!«

»Noch ungefähr drei Minuten bis zur ersten größeren Schollenverschiebung, Captain.«

Kirk blickte rasch zur Technikstation. »Danke Mr. Scott. Mr. Spock, überprüfen Sie noch einmal die Koordinaten für den Torpedobeschuß zur Verlagerung des Epizentrums.«

Spock beugte sich über seinen Schirm, dann blickte er auf. »Überprüft. Das Ergebnis dürfte sich als sehr interessant erweisen. Meines Wissens ist dies das erste Mal in der Geschichte der Föderation, daß die Waffen eines Sternenschiffs nach Anweisung der geologischen Abteilung eingesetzt werden.«

Kirk wandte sich der Navigationskonsole zu. »Mr. Arex, Mr. Sulu, ich weiß, daß die Koordination und die erforderliche Feuerkraft berechnet und programmiert sind. Halten Sie sich bitte trotzdem bereit für mögliche Änderungen in letzter Minute.«

»Aye, Sir. »Jawohl, Captain«, antworteten Sulu und Arex gleichzeitig.

Kirk nickte. »Torpedos ab! Phaserbeschuß!«

Beide Männer lösten die Sequenz der computergesteuerten Bombardements aus, das die inneren Bewegungen eines Planeten verändern sollte.

Weit im Norden der aquanischen Stadt durchstießen mehrere superschnelle Objekte die bernsteinfarbene Atmosphäre und drangen tief in ein aufgewühltes Meer. So schnell waren sie, daß an ihrer Eintrittsstelle nicht einmal Fontänen hochspritzten.

Sie waren auch nicht zu hören. Doch tief unter den Wellen lösten die Photonentorpedos, die ihr Ziel getroffen hatten, in einem Umkreis von Hunderten von Kilometern eine Druckwelle aus.

Sekunden später, während die Tiefseegeschöpfe und der Bodenschlamm wieder in ihre äonenalte Unberührtheit zurücksanken, beleuchteten zwei Strahlen, blendender als die einer Sonne, den Tiefseeboden mit schmerzender Helligkeit, und die primitiven Bewohner dieses Abgrunds sahen zum ersten und letzten Mal in ihrem Leben Licht.

»Meldung, Mr. Spock.«

Der Wissenschaftsoffizier blickte nicht von seinem Monitor auf. »Es ist zu früh, Näheres zu sagen, Captain. Es dauert noch etwa eine Minute, bis das Hauptbeben einsetzt.«

Domar verstand auch jetzt nicht ganz, was um ihn herum vorging, und schon gar nicht den Prozeß, durch den bestimmte Dinge verändert wurden. Er wußte nur, daß diese seltsamen Leute, diese Luftatmer von (war das möglich?) einer anderen Welt, augenblicklich mit irgendwelchen obskuren Aktivitäten beschäftigt waren, die das Schicksal seiner geliebten Stadt so oder so entscheiden würden.

Nicht einen Augenblick dachte Domar, daß wenigstens er sicher vor dem drohenden Verhängnis war, wie immer dieser Eingriff ausgehen mochte. Ihm war durchaus bewußt, daß die Motive dieser Leute nicht ausschließlich altruistisch waren. Sie selbst hatten ihm erzählt, daß sie eine Welt ähnlich seiner hatten, auf der es irgendwann einmal zu einer vergleichbaren Katastrophe kommen würde. Wenn die Methoden, die sie jetzt einsetzten, um sein Volk zu retten, sich als erfolgreich erwiesen, würden sie eines Tages damit auch ihre eigenen Leute retten können.

Er sprach jedoch nicht darüber. Zum einen schwieg jetzt jeder in diesem Raum der Wunder und wartete angespannt auf eine Weise, die verriet, daß ihnen der Ausgang ihrer Bemühungen keineswegs gleichgültig war. Zum anderen wäre es undiplomatisch, wenn er jetzt sein Mißtrauen äußerte.

Als Spock schließlich das Schweigen brach, war seine Stimme weder lauter noch ausdrucksvoller als sonst. Aber alle zuckten unwillkürlich zusammen.

»Die Sensoren zeigen an, daß sich das Epizentrum des soeben beendeten Bebens am Nordpol befand – nach Domars Leuten ein völlig unbewohntes Gebiet.«

Die Übertragung forderte fast ein wenig zu viel von den Translatoren. Domar wirkte gleichermaßen erleichtert wie verwirrt.

»Bedeutet das, daß unser Volk sicher ist?«

»Stimmt, Tribun«, antwortete Kirk glücklich und drehte sich vom Bildschirm zu ihm um. »Aber das heißt nicht, daß Ihre Stadt in Zukunft vor solchen Gefahren gefeit sein wird. Wir können den Grund um Ihre Stadt nicht stabiler machen. Wir können die Instabilität lediglich in ein Gebiet leiten, wo niemand gefährdet wird.«

»Der Captain will damit sagen, Tribun Domar«, warf Spock ein, »daß die Technik, die wir benutzten, zwar effektiv, aber nicht konstruktiv ist.«

»Wann können wir hinunterbeamen, Spock?«

»In dem Sektor des Subkontinents, auf dem die aquanische Stadt steht, kam es zu einer beachtlichen Verschiebung der tieferen Schichten, Captain. Sie werden sich in wenigen Stunden völlig stabilisiert haben...«

»Wo möchten Sie abgesetzt werden, Sir?«

Kirk nahm seinen Platz im Transporteralkoven neben Spock ein. Domar und Rela saßen in ihren Sesseln bei der Transporterkonsole und schauten fasziniert zu. Sie hatten gebeten, daß man ihnen das Verfahren erklärte, mit dem sie an Bord gebracht worden waren und das sie später wieder hinunterbeamen würde.

Kirk wandte sich an Kyle, den Transporteringenieur: »Sie haben die Koordinaten der Stelle, wo Dr. McCoy und Chefingenieur Scott uns fanden, nachdem man uns umgewandelt hatte?«

Kyle drückte auf ein paar Knöpfe, blickte auf den Monitor und nickte.

»Gut. Bringen Sie uns dorthin.«

»Jawohl, Sir. Energie.«

»Eines Tages, Spock«, begann Kirk, als das vertraute Gefühl der Desorientierung einsetzte, »wird es ihnen doch noch gelingen, dieses verdammte Jaulen des Transportermechanismus abzustellen.«

Spock kam nicht mehr dazu zu antworten.

Kurz bevor die Person, die gebeamt wurde, verschwand, um anderswo wieder aufzuerstehen, wurde das Jaulen unerträglich schrill. Kirk hatte einen Sekundenbruchteil das Gefühl, seine Zähne lösten sich auf. Nicht, daß dem nicht so war, aber dieses Gefühl war grauenvoll.

Argos Ozean war so bernsteinfarben und ruhig, wie Kirk ihn in Erinnerung hatte, und die Wellenkämme erinnerten an kremfarbigen Chiffon. Auch die Speicherdaten des Transportercomputers hatten gestimmt. Sie standen auf einem wirren Haufen Felsbrokken und toter Korallen, der aus dem Wasser ragte. Aber etwas war anders.

Die kleine Bucht, in der Scott und McCoy sie gefunden hatten, lag zwar links ein Stück unter ihnen – aber sie war jetzt nur noch eine sandgefüllte Mulde in den Felsen, und die zuvor winzige Insel war größer geworden. Kirk blickte zur anderen Seite und sah

Trümmer und Scherben aus Metall und Kunststoff – die Wrackteile des Shuttles.

Es war schon der richtige Felshaufen – nur befand er sich jetzt hoch über dem Wasser. Spock, der Kirks Unsicherheit bemerkte, erklärte: »Die Sensoren zeigten an, daß der Meeresgrund sich nahe dem Epizentrum stark gesenkt hat, Captain. Offenbar führte das zu einer entsprechenden Erhöhung des Ozeanbetts in diesem Gebiet.« Er deutete hinter sich.

Die Basaltfestung, die sofort ihre Aufmerksamkeit erregt hatte, als sie mit dem Shuttle im Wasser aufgesetzt hatten, ragte jetzt weit höher in den blauen Himmel. Das Beben war hier offensichtlich nicht heftig gewesen, denn das Moos hing unberührt von den Zakken und Felstürmen. Trotzdem war eine Veränderung nicht zu übersehen. Statt steil in die sich dagegenwerfenden Wellen abzufallen, umgab nun ein breiter Strand mit dunklem Sand, der vor kurzem noch Meeresgrund gewesen war, die Insel.

Kirk rümpfte die Nase. Auch sehr anrüchige Zeichen wiesen auf die Veränderung hin. Fische und andere Meeresbewohner, die zu langsam oder zu dumm gewesen waren, zu fliehen, als die Insel sich hob, waren von dem abfließenden Wasser in Tümpeln zurückgelassen worden, die inzwischen verdunstet waren. Die Verwesung hatte schnell eingesetzt und zu einem Gestank geführt, der in starkem Kontrast zur Schönheit der Landschaft stand.

Der spektakulärste Anblick aber blieb ihnen verborgen, bis sie um den Kamm der Insel bogen. Kirk brauchte nur Sekunden, bis er erkannte, worum es sich bei dieser Nekropole gekippter Türme, geborstener Kuppeln, wirrer Steinhaufen, alabasterner Mauern und Fundamente handelte. Trotz der gewaltigen Bodenbewegung stand die uralte Stadt der luftatmenden Vorfahren der Aquaner ohne weitere übermäßige Schäden wieder im Tageslicht und trocknete im hellen Mittagssonnenschein.

»Argo hat eine neue Stadt, Captain«, bemerkte Spock, »beziehungsweise eine wiederauferstandene.«

»Schön gesagt, Mr. Spock«, lobte eine neue Stimme. Sie drehten sich um.

Es war Domar, der mit Rela aus dem Wasser stieg. Beide trugen noch ihre Masken und Tanks. Auf dem weichen Sand konnten sie sich besser bewegen als in der *Enterprise*, aber trotzdem gingen Kirk und Spock ihnen bis zum Wasserrand entgegen.

»Wir sind den Auswirkungen des Bebens doch nicht völlig entgangen«, berichtete Rela. Sie und Domar hatten sich in ihre Unterwasserstadt zurückbeamen lassen. »Aber wir kamen, dank eurer Hilfe, mit minimalen Schäden davon. Es gab kaum Verletzte. Wenn das, was ihr Epizentrum nennt, näher gelegen hätte, wäre die Stadt bestimmt vernichtet worden.«

»Wir schulden Ihnen und Ihren Gefährten große Dankbarkeit, Captain Kirk« , sagte Domar ernst. Das Wort »Dankbarkeit« hatte eine eigenartige Betonung, als wäre der Translator nicht in der Lage gewesen, die Bedeutung des aquanischen Wortes genau zu übertragen und hätte lediglich ein ihm am nächsten kommendes, analoges Wort gewählt.

»Gibt es irgend etwas, was wir für euch tun können?«

»Die Möglichkeit, Luftatmer in Wasseratmer umzuwandeln, ist etwas, woran unsere Wissenschaftler seit Jahrhunderten ohne nennenswerten Erfolg arbeiten«, entgegnete Kirk. »Wenn Sie uns erlauben würden, Kopien dieser und anderer medizinischer Aufzeichnungen Ihrer Vorfahren zu machen...?«

»Wir werden euch alles zur Verfügung stellen, Captain Kirk«, versicherte ihm Domar. »Was wir noch an Leben und Wissen haben, verdanken wir euch. Es gehört euch.«

Kirk fühlte sich unbehaglich bei solch überschwenglicher Ehrerbietung, deshalb war er Spock dankbar, daß er das Thema wechselte. Nicht zum ersten Mal war er froh über des Vulkaniers Direktheit.

»Die Technik, mit der Feuerkraft von Sternenschiffen die Spannungsfelder von Verwerfungssystemen zu ändern, hat sich als wirkungsvoll herausgestellt. Indem Sie uns den Versuch gestatteten, haben Sie es uns ermöglicht, eine Methode zu testen, die sich als Rettung für bedrohte Föderationswelten mit ähnlichen Problemen erweisen kann.«

Domars Gesicht zeigte das aquanische Äquivalent eines Lächelns. »Nur ein vollendeter Diplomat stellt sein Verdienst derart in den Schatten, Mr. Spock.«

»So hell und warm ist es hier«, schnurrte Rela und räkelte sich. »Ich freue mich, daß die Oberflächenorte bald wieder bewohnt werden können.«

»Sie müssen dabei allmählich und vorsichtig vorgehen«, mahnte Kirk. »Es gehört mehr dazu als die Fähigkeit, Luft zu atmen. Da ist beispielsweise das Problem mit Ihrer Haut.«

»Was stimmt nicht mit meiner Haut?«

»Es stimmt alles mit ihr, so wie sie jetzt ist«, beruhigte Kirk sie. »Aber sie ist an eine immer nasse Umwelt gewohnt. In der Luft wird sie austrocknen, rissig werden und Blasen kriegen, außer Sie schützen sie entsprechend – so, wie mit dem Taucheranzug, den Sie gerade tragen.«

Plötzlich erinnerte er sich und runzelte die Stirn. »Was meinten Sie mit ›bewohnt werden‹?«

Domar deutete auf die wiederaufgetauchte Stadt der Alten. »Die Jungen unter uns haben beschlossen, die großen Unterkünfte unserer Vorfahren wiederaufzubauen.«

»Nur die Jungen?« fragte Kirk.

Domars Antwort klang entschuldigend. »Reife Aquaner können sich nicht mit dem Gedanken anfreunden, Luftatmer zu werden. Und es gibt auch kein Rezept in den alten Aufzeichnungen, das die persönliche Einstellung gegenüber dergleichen ändern könnte. So werden die meisten von uns in der Welt bleiben, die wir gewöhnt sind. Luftleben ist für die Pioniere unter uns.«

»Aber verlieren Sie nicht wieder die Verbindung zueinander, wie es bei Ihren Vorfahren der Fall war.«

»Wir werden Gebote erlassen, die dafür sorgen.«

»Und in diesem Fall werden wir sie auch nicht mißachten«, warf Rela spitzbübisch ein.

»Die wirkliche Gefahr sind immer die psychologischen Unterschiede, nicht die physiologischen«, gab Spock zu bedenken. Er deutete mit einer Kopfbewegung auf Kirk. »Die Geschichte von Captain Kirks Welt ist in dieser Beziehung sehr aufschlußreich.«

Rela starrte Kirk überrascht an. »Sie haben auf Ihrer Heimatwelt ebenfalls wasseratmende Intelligenzen, Captain?« Die junge Tribunin, war sichtlich enttäuscht, als Kirk verneinte.

»Mr. Spock weist auf die Tatsache hin, daß es in der Vergangenheit meiner Welt zu großen menschlichen Konflikten kam, deren Ursache angeblich in den geringfügigen physischen Unterschieden lag, in Wirklichkeit aber psychisch war. Kleine Geister nutzen solche Unterschiede, um ihre eigenen geistigen Defekte zu kaschieren – offenbar ein universell verbreiteter Wesenszug.«

Ein dünner Schleier bildete sich vor seinen Augen, und er stellte fest, daß ein vertrautes Leuchten anfing, sein Blickfeld zu verzerren.

»Was ist mit den anderen geschehen?« fragte Rela rasch. »Wurden sie ausgerottet?«

»Die anderen? Oh, Sie meinen jene, die anders waren. Wie ich sagte, die körperlichen Unterschiede waren unwichtig. Als jene mit den geistigen Störungen nur noch bemitleidet und nicht mehr ernst genommen wurden, starben sie aus.«

»Das verstehe ich nicht, Captain Kirk«, sagte die Aquanerin verwirrt.

Leichte Übelkeit erfaßte ihn, als sich das Leuchten verdichtete. »Sie verstanden es auch nicht«, sagte er.

»Wie bitte, Sir?« fragte Transporterchef Kyle verwundert. Kirk blinzelte. Sie waren auf der *Enterprise* zurück. »Sagten Sie etwas von ›aussterben‹, Sir?«

Kirk bemerkte, daß Spock ihn interessiert beobachtete. »Nein,

Mr. Kyle – nichts dergleichen. Ich wollte Ihnen nur mein Lob für Ihre gute Arbeit aussprechen.«

»Danke, Captain«, sagte Kyle etwas unsicher.

Kirk stieg aus dem Transporteralkoven, dicht gefolgt von Spock. Spock bemerkte das Lächeln, das sich über das Gesicht des Captains ausbreitete.

»Finden Sie etwas erheiternd, Captain?«

»Das Timing gewisser Bedürfnisse des menschlichen Körpers, Spock.«

»Also *das* ist wirklich ein Thema, das zu beachtlicher Erheiterung Anlaß geben kann«, bestätigte Spock trocken. »Und worum geht es momentan in Ihrem Fall?«

»Daß ich nach allem, was ich in der vergangenen Woche durchgemacht habe, sofort nach Verlassen Argos dieses besondere Bedürfnis verspüre.«

»Und worum geht es dabei?« wollte sein Erster Offizier wissen.

»Ich habe Durst.« Spock starrte ihn an, und Kirks Lächeln schwand. »Was ist los, Spock? Sie finden das vielleicht nicht komisch, aber...«

»Das ist es nicht, Captain. Ein gewisses humorvolles Element läßt sich nicht bestreiten. Was mich bestürzt, sind meine unzureichenden Grundkenntnisse, was den menschlichen Körper betrifft.«

»Was meinen Sie?« fragte ihn Kirk verunsichert.

»Ich hatte nicht gewußt, daß überhöhter Durst...«

»Mein Durst ist nicht überhöht!« protestierte Kirk, doch Spock achtete nicht darauf.

»...eine so erstaunliche Veränderung der Pigmentation verursachen kann. Möglicherweise hängt sie jedoch gar nicht mit Durst zusammen, sondern ist eine verspätete Nachwirkung unserer Zurückverwandlung.«

»Wovon, zum Teufel, reden Sie, Spock?«

»Sie werden es in einem Spiegel erkennen, Captain. Nein«, er hob eine Hand, um Kirks Worten zuvorzukommen. »Ich spreche nicht in Rätseln, Captain. So gut dürften Sie mich kennen. Aber Ihre Gesichtsfarbe ist keinesfalls normal. Wie fühlen Sie sich?«

»Durstig, wie ich bereits sagte – und ein wenig müde. Doch das ist unter den gegebenen Umständen normal.« Seine Stimme nahm einen leicht gereizten Tonfall an. »Ich fühle mich vollkommen in Ordnung, Spock – ich weiß nicht, was Sie meinen. ›Gesichtsfarbe‹, also wirklich! Es ist nichts, absolut nichts ...!«

ZWEITER TEIL

Die Piraten von Orion

Nach einem Drehbuch
von Howard Weinstein

1

»Logbuch des Captains, Sternzeit 5527.3«, sprach Kirk ins Aufnahmegerät seines Sessels, während er sich auf der Brücke umsah. »Mein ›absolut nichts‹ stellte sich als erstes Symptom von Choriozytose heraus.

Die Krankheit hat sich im Anfangsstadium auf mehrere Besatzungsmitglieder übertragen, ist jedoch jetzt offenbar unter Kontrolle. Dr. McCoy versicherte uns, daß sie längst nicht einmal mehr so gefährlich wie Lungenentzündung ist, es haben sich auch keine größeren Beeinträchtigungen unserer Leistungsfähigkeit gezeigt. Deshalb bin ich überzeugt, daß wir unseren neuen Auftrag – die Föderation bei der Einweihung der neuen Interspezies-Akademie der Wissenschaften auf Deneb V zu vertreten – ohne weiteres ausführen können.« Er schaltete das Aufnahmegerät ab und blickte nach links.

»Status, Mr. Spock?«

»Alle Systeme arbeiten einwandfrei, Captain. Wir sind planmäßig auf Kurs. Ich erwarte keine Abweichungen.«

Kirk lehnte sich in seinem Kommandosessel zurück und dachte über die »anstrengenden« Pflichten nach, die sie auf Deneb V erwarteten. Sie würden an Parties und Banketten teilnehmen, interessante Gespräche mit neuen Bekannten führen und sich blendend mit alten unterhalten. Aber nach allem, was sie in den vergangenen Monaten durchgemacht hatten, war er etwas skeptisch, daß es tatsächlich dazu kommen würde.

»Wird schön sein, zur Abwechslung mal wieder Diplomat zu spielen, nicht wahr, Spock?«

Schweigen.

»Ich weiß ja, daß Ihnen Heucheleien zuwider sind, Spock, aber in der interstellaren Diplomatie lassen sie sich kaum vermeiden. Das sollte Sie jedoch nicht davon abhalten zu genießen...«

Ohne ein Wort, ja auch nur einen Laut kippte Spock nach vorn und krachte auf den Boden.

Kirk war durchaus fähig, schnell und richtig auf alles zu reagieren, vom plötzlichen Auftauchen mehrerer feindlicher Kriegsschiffe bis zur drohenden Vernichtung der *Enterprise*, vom Anblick eines Wesens, das hundertmal so groß war wie das Schiff, oder dem einer Metropole, die auf die Brücke gepaßt hätte. Aber Spocks Zusammenbruch war so völlig unerwartet, auf so ungewöhnliche Weise gekommen, daß Kirk momentan – was während seiner ganzen Zeit als Kapitän der *Enterprise* nur wenige Male vorkam – wie gelähmt war.

Trotzdem reagierte er schneller als sonst eines der Besatzungsmitglieder auf der Brücke, die nicht weniger erschrocken waren als er.

»Kirk an Krankenstation – Pille, wir haben einen Notfall.«

Während scheinbar Stunden vergingen, ehe die Sanitäter kamen, kämpften sie gegen ihren Schrecken an und taten, was sie konnten. Nur gab es da nicht viel, außer, es dem Ersten Offizier auf dem Boden bequemer zu machen – und sich zu fragen, was zum Teufel geschehen war. Kirk hatte das Ohr auf Spocks Brust gedrückt und flüchtig Erleichterung empfunden, als er den gleichmäßigen Herzschlag hörte. Doch was sie auch versuchten, er kam nicht zu Bewußtsein.

Endlich erschien McCoy mit einem mobilen Untersuchungsbett und zwei Assistenten. Er kniete sich neben den Reglosen nieder und fuhr mit einem Spezialtricorder über Kopf und Rumpf, dann wies er die Assistenten an, Spock auf das Bett zu heben.

Kirk folgte ihnen hinaus. Er wußte, daß es keinen Sinn hatte, McCoy jetzt mit noch unbeantwortbaren Fragen zu bestürmen. Der Arzt würde ihm sowieso sofort Bescheid geben, wenn er selbst Näheres wußte.

In der Krankenstation ließ McCoy Spock sogleich auf einen der noch besser ausgestatteten Diagnosetische legen. Während der Schiffsarzt die Instrumente auf vulkanische Physiologie umstellte, blieb Kirk in der Nähe. Er verstand etwas von allen Instrumenten und Maschinen an Bord der *Enterprise,* doch viele der Ziffern, die auf dem Schirm über dem Kopfende des Tischs erschienen, sagten ihm kaum etwas. Und jene, die er zumindest teilweise deuten konnte, wiesen offenbar auf eine ungewöhnliche Abweichung in der Körperfunktion des Wissenschaftsoffiziers hin.

McCoy zog rasch eine Spritze heraus und injizierte Spock das Mittel. Erst als ersichtlich war, daß die gewünschte Wirkung einsetzte, entspannte er sich ein bißchen.

»Ich habe ihn zumindest aus dem Schock geholt, Jim«, erklärte er. »Jetzt schläft er normal. Choriozytose ist eine eigenartige Krankheit. Bei Rassen mit Eisen im Blut läßt sie sich verhältnismäßig leicht in den Griff kriegen, aber bei anderen...«

Kirk erschrak. »Komm zur Sache, Pille.«

McCoy überlegte offenbar kurz etwas anderes, dann blickte er Kirk fest an. »Spock hat sich angesteckt. Für Menschen ist die Krankheit lästig, für Vulkanier tödlich. Zu dreiundneunzig Prozent«, er schluckte und fuhr fast unverständlich fort, »wie Spock sagen würde.«

Kirk schluckte ebenfalls. »Du bist sicher, daß es Choriozytose ist?«

»Ich habe es dreifach überprüft, Jim, habe den Instrumenten jede Möglichkeit gegeben, meiner Diagnose zu widersprechen.« Er zuckte hilflos die Achseln. »Ich wünschte bei Gott, ich hätte mich getäuscht, aber sieh selbst, was mit ihm passiert...«

Er schob eine winzige Kassette in einen Schlitz unter dem Schirm und programmierte. Nach wenigen Sekunden schnellen Vorlaufs war die von McCoy eingegebene Stelle erreicht. Man brauchte kein Medizinstudium, um die Bilder zu deuten, die nun langsam über den Schirm zogen. Eine Sequenz blieb Kirk noch lange im Gedächtnis haften, nachdem er die Krankenstation längst verlassen hatte.

Sie zeigte gesunde, grüngetönte vulkanische Zellen. Vom rechten Schirmrand bewegte sich eine gelbliche Substanz wie lebendige Gallerte heran. Sie teilte sich mehrfach, um jede einzelne Zelle zu umschließen. Jede betroffene Zelle begann krampfartig zu zucken, und ihre bisherige, gleichmäßige Bewegung erstarb. Das gesunde Grün verfärbte sich zu Hellblau, dann Azurblau, schließlich zu Dunkelblau, und die Zelle löste sich auf.

Dann endete die Aufnahme.

McCoy holte die Kassette aus dem Schacht und spielte nervös mit ihr, während er erklärte.

»Die Sequenzen, die du gesehen hast, Jim, sind natürlich stark beschleunigt. Jedenfalls dringt die Infektion ins Blut ein und greift die Zellen an, so daß sie keinen Sauerstoff transportieren können. Aus irgendeinem Grund kann Hämoglobin auf Eisenbasis die Umfassung besser abwehren als Blut auf Kupferbasis. Wenn ich nur wüßte, warum! Die Folge ist offensichtlich.«

»Kollaps«, sagte Kirk düster.

McCoy legte die Kassette in einen Wandschrank und schloß wütend die Schiebetür.

»So ist es, Jim.«

»Du sagtest etwas von einer dreiundneunzigprozentigen Wahrscheinlichkeit, Pille. Was ist mit den restlichen sieben Prozent? Heißt das, daß eine Heilung möglich ist?«

»Nicht unbedingt. Aber es gibt eine Droge, die Spocks Überlebenschancen astronomisch erhöhen würde – wenn wir sie bekommen könnten.«

»Wir werden sie bekommen!« versicherte ihm Kirk. Er hätte auch nicht anders geantwortet, wenn McCoy den Kern einer toten Sonne verlangt hätte.

»Es ist Strobolin, ein pflanzlicher Stoff. Er wird seit sechzig Jahren in der Medizin verwendet, doch trotz laufender Versuche ist es noch niemandem gelungen, ihn synthetisch herzustellen. Es ist eine seltene Arznei, Jim, aber Choriozytose ist auch eine seltene Krankheit.«

Kirk nickte und wollte auf den Schalter des Wandsprechgeräts drücken, der ihn mit der Brücke verbinden würde. Aber dann drehte er sich, einem plötzlichen Gedanken folgend, um.

»Pille, wenn du gewußt hast, daß es zu einem Ausbruch von Choriozytose an Bord kommen würde, die für Spock tödlich sein konnte, falls er sich ansteckte – warum hast du ihn dann nicht sofort in Quarantäne gesteckt, bis die Ansteckungsgefahr vorüber war?«

McCoy wich seinem Blick aus. »Ich wollte es dir nicht sagen müssen, Jim.«

»Was wolltest du mir nicht sagen müssen, Pille?« fragte Kirk leicht verärgert.

»Ich erwähnte bereits, daß Choriozytose eine sehr seltene Krankheit ist. Ich vermute, daß ihr auf Argo durch die multiplen Veränderungen eures Atemsystems dafür anfällig geworden seid...«

»Und du wolltest mir nicht sagen, daß Spock und ich die ganze Besatzung angesteckt haben.«

McCoy nickte und beobachtete den Captain besorgt. Aber Kirk

schien diese Eröffnung, die einem anderen vielleicht beträchtlich zugesetzt hätte, gut zu verkraften.

»Aber warum haben dann ich und viele andere die Krankheit längst überstanden, während Spock erst jetzt zusammenbricht?«

McCoy wirkte müde. »Die Inkubationszeit, Jim. Sie ist für Vulkanier viel länger als für Menschen. Es hätte keinen Sinn gehabt, Spock darauf aufmerksam zu machen. Wenn die Krankheit bereits in ihm steckte, gab es nichts, was ich hätte tun können.«

»Warum ist die Inkubationszeit so lange?« fragte Kirk.

McCoy wehrte verärgert ab und hob die Stimme. »Warum, warum, warum! Wenn ich die Antwort auf alle Warums wüßte, wäre Choriozytose keine so verdammte...«

»Tut mir leid, Pille«, unterbrach ihn Kirk leise. Er verstand McCoy, denn ihn quälte die verfluchte Hilflosigkeit nicht weniger.

Er trat an ein Terminal, um herauszufinden, wo die nächste Welt war, die sie mit Strobolin versorgen könnte.

Canopus II, erfuhr er, das mit höchster Solstufe frühestens in vier Tagen zu erreichen war.

Er schaltete das Terminal aus und ging zur Tür. Mitten im Schritt blieb er stehen, kehrte um und musterte den leichenähnlichen – nein, nicht leichenähnlich, korrigierte er sich schnell – schlafenden Spock.

»Wie lange kann er ohne die Arznei durchhalten?«

McCoy überlegte sorgfältig. Beide hatten seinen flüchtigen Gefühlsausbruch bereits vergessen. »Ich sagte, daß Strobolin nicht synthetisiert werden könnte. Das ist richtig – aber es gibt ein synthetisch hergestelltes verwandtes Serum, das ich vielleicht zusammenbasteln kann.«

Er fuhr sich über die Stirn. »Heilen kann es die Krankheit nicht, aber ihren Verlauf verlangsamen. Das destruktive Agens wird rasch immun gegen das Serum. Doch selbst bei einer Verzögerung durch das Serum gebe ich ihm im besten Fall drei Tage, Jim. Wie du sagst, brauchen wir vier Tage, um an das Strobolin zu kommen

– und Spock wird in drei Tagen sterben, trotz allem, was ich tun kann. Das ist logisch.« Beim letzten Wort verzog er das Gesicht. »Außer…«

»Außer was, Pille?«

»Wie wär's mit einem Rendezvous?«

»Natürlich! Vielleicht befindet sich irgendein Föderationsschiff näher an Canopus II. Es *muß* eines geben!«

Schon war er wieder am Sprechgerät. »Kirk an Brücke – geben Sie mir die Einsatzabteilung der Sternenflotte für diesen Sektor, Leutnant.«

Es war erstaunlich, wieviel Bürokratie sich durch die richtige Prioritätsangabe, ein bißchen auf den Tisch hauen und einem geschickt eingesetzten Hauch von Drohung überwinden ließ.

Ihm wurde schließlich zugesagt, daß das Sternenschiff *Potemkin*, das gegenwärtig Patrouille im Raum Canopus flog, die erforderliche Menge Strobolin abholen und dem interstellaren Frachter *Huron* übergeben würde, der es dann der *Enterprise* entgegenbringen sollte.

Kirk wäre es lieber gewesen, die *Potemkin* wäre ihm selbst entgegengeflogen, aber es gab einiges, was nicht einmal er durchsetzen konnte – dazu gehörte, zwei Sternenschiffe für die Eilzustellung eines Medikaments in Anspruch zu nehmen.

Spock war ein geschätzter Offizier – aber eben nur *einer*. Und die Sternenflotte hatte Personal in Massen, während Sternenschiffe knapp waren. Und gerade solche von der Klasse der *Enterprise* und der *Potemkin* gab es nur wenige, und ihre Missionen waren zu wichtig, als sie etwas Unwesentlichem wegen aufzugeben oder zu lange zu unterbrechen – das jedenfalls bekam Kirk auf seine Anforderung hin zu hören.

Kirk widersprach der Logik dieses Bescheides nicht, aber das Wort ›Unwesentlichem‹ in bezug auf Spock erfüllte ihn mit hilflosem Grimm auf den unbekannten Verantwortlichen, der seine Laufbahn hinter einem Schreibtisch machte.

Aber wenn alles glattging, würden sie das Strobolin noch rechtzeitig bekommen. Und McCoy hatte ihm versichert, daß diese Arznei ebenso wirksam wie selten war.

McCoy lehnte an der Wand von Kirks Kabine und beobachtete seinen vorgesetzten Offizier und guten Freund, der sich Gewissensbisse machte. Mit Ausnahme von Spock war er wahrscheinlich der einzige an Bord, der wußte, daß Kirk hier das erste Mal seinen guten Ruf eingesetzt hatte, um die gewünschten Ergebnisse zu erzielen.

Kirk verachtete Offiziere, die ihre Beziehungen spielen ließen, um zu erreichen, was sie wollten. Deshalb war seine Verlegenheit, als er es selbst tat, verständlich. McCoy unterdrückte ein Lächeln. Wenn der Captain wüßte, welche Hochachtung die Besatzung für ihn empfand, weil es ihm gelungen war, den berüchtigt langen Weg der Bürokratie derart abzukürzen.

Natürlich zeigte ihm niemand diese Bewunderung offen – weil alle wußten, daß sie ihn dadurch nur noch verlegener machen würden.

McCoy sagte sich erschöpft, daß er alles nur Menschen- oder Vulkaniermögliche für den sterbenskranken Ersten Offizier getan hatte. Nun mußte er darauf achten, daß Kirk nicht vor dem kritischen Rendezvous zusammenklappte. Das letzte, was er brauchte, waren *zwei* wichtige Patienten.

»Was sind die Symptome, Pille?« fragte Kirk schließlich, während er zur Decke starrte. Das dreidimensionale Wüstenpanorama, das über sein Bett projiziert war, brachte ihm nicht die erwünschte, beruhigende Wirkung.

McCoy zuckte die Schultern, um seine unerfreuliche Antwort gleichmütiger erscheinen zu lassen. »Zunehmende Atemschwierigkeit mit entsprechendem Leistungsabfall. Alle Anzeichen wie bei Personen, die in extremer Höhe arbeiten. Ähnlich wie beim Gebirgsüberlebenstest der Akademie. Erinnerst du dich?«

Ein schwaches Lächeln stahl sich über Kirks Lippen und schwand sofort, als der Türsummer ertönte.

»Herein.«

Die Tür glitt auf, und Spock trat ein. Nichts an ihm deutete darauf hin, daß die Sorgen, die man sich um ihn machte, berechtigt waren. Seine Uniform und Haltung waren tadellos wie immer, und sein Gesicht war unbewegt wie üblich. Nur seine Bewegungen konnten verraten – aber auch nur jemandem, der ihn gut kannte –, daß etwas nicht stimmte. Alle waren eine Spur langsamer, wie bei jemandem, der eben erst aus tiefem Schlaf erwacht war.

Oder bei jemandem, der allmählich von Schlaf erfaßt wird, dachte Kirk düster.

»Sie wollten mit mir sprechen, Captain?«

»Ja, Spock, bitte setzen Sie sich.«

Mit einem raschen Blick auf McCoy, der seine Besorgnis, indem er sie zu verbergen suchte, nur noch offensichtlicher machte, setzte McCoy sich in einen Sessel Kirk gegenüber.

Der Captain schwang die Beine aus dem Bett und setzte sich auf.

»Wir haben ein Rendezvous arrangiert, um das Mittel zu bekommen, das wir für Sie brauchen.«

»Ich hoffe, das läßt sich mit unseren Pflichten in Einklang bringen und wird unsere planmäßige Ankunft auf Deneb V nicht verzögern.«

»Machen Sie sich deshalb keine Gedanken. Es ist alles in Ordnung«, versicherte ihm Kirk.

McCoy zwang sich zu einem spöttischen: »Was ist los mit Ihnen, Spock? Haben Sie Angst, Sie könnten zum Ball der Föderationsakademie zu spät kommen?«

»Ich tanze nicht, Doktor.«

»Hätte ich mir denken können«, entgegnete McCoy seiner Rolle gemäß, aber er brachte diesmal das gewohnte Feixen nicht zustande.

Eine verlegene Pause setzte ein, während Kirk überlegte, wie er weiter vorgehen sollte. Bei anderen Besatzungsmitgliedern hätte er da keine Schwierigkeiten gehabt. Aber konnte er Spock einfach sagen, was gesagt werden mußte? Der Erste Offizier sah manches so ganz anders. Würde er sich gekränkt fühlen? Wütend? Kirk wünschte sich im Augenblick nichts so sehr, als mehr über vulkanische Bräuche zu wissen – vor allem über Etikette.

»Ist das alles, Captain?« fragte Spock und nahm Kirk so die Hoffnung auf eine göttliche Eingebung.

»Eines noch, Spock.« Er blickte seinen Ersten Offizier nicht an. »Nach reiflicher Überlegung habe ich, auf Dr. McCoys Empfehlung hin (ja, schieb Pille nur den Schwarzen Peter zu), beschlossen, Sie zeitweilig zu entlasten und nur für die Hälfte der Dienststunden einzuteilen.«

Ein schwacher Schimmer, der eine Gefühlsregung verraten mochte, glänzte hinter den dunklen Pupillen. »Das wird nicht nötig sein, Captain. Ich bin durchaus in der Lage…«

Eine Hand legte sich auf seine Schulter. Er drehte den Kopf und blickte hoch.

»Kein Widerspruch, Spock. Ärztliche Anordnung.«

Kirk beobachtete seinen Ersten Offizier heimlich. Keine Reaktion. Natürlich nicht. Das wäre ja auch uncharakteristisch gewesen.

»Das wär's, Spock«, sagte er knapp, bevor sein Freund noch irgendwelche Einwände vorbringen konnte. »Sie dürfen gehen.«

Spock nickte und ging langsam zur Tür. McCoy atmete erleichtert auf, als sie sich hinter dem Vulkanier geschlossen hatte.

»Puh! Er hat es besser aufgenommen, als ich erwartet habe.«

»Er hat es eben aufgenommen wie Spock – nein, das war nicht nett von mir.«

»Ich versteh' dich, Jim. Mir geht es ja nicht besser. Es ist schlimm, ihn zu beobachten und auf den unvermeidlichen Zusammenbruch zu warten. Wenn ich nur mehr für ihn tun könnte.«

»Es wird weh tun, mitansehen zu müssen, wie er allmählich abbaut.«

»Die einzige Alternative wäre, ihn in seiner Kabine oder in der Krankenstation unter Quarantäne zu stellen. Aber ich sehe keinen Sinn darin. Physisch würde es ihm nicht helfen, und psychisch höchstens schaden. Es ist für ihn bestimmt das Beste...«

»Wenn er in seinen letzten Stunden noch das Gefühl hat, sich nützlich zu machen?«

Beide Männer starrten einander stumm an, jeder in seine eigenen düsteren Gedanken versunken. Immer noch dominierte hier der eine, der gar nicht mehr anwesend war.

Die Stromlinienform hatte in der zweiten Hälfte des einundzwanzigsten Jahrhunderts der Funktionalität weichen müssen. Darum waren die Schiffe, die Fracht zwischen den Sternen transportierten, auch gleichermaßen häßlich wie wirtschaftlich und plump wie gewinnbringend.

Die *S. S. Huron* war typisch für ihre Klasse, und ihre Besatzung typisch für die Besatzung solcher Schiffe. Es gab so manche, die boshaft behaupteten, daß die Mannschaften auf solchen Schiffen so wenig taugten wie die Quartiere. Tatsächlich aber waren diese Männer keineswegs weniger kühn oder mutig als das Personal von Sternenschiffen – lediglich schlampiger und unabhängiger.

Kapitän O'Shea von der *Huron* ließ sich wahrscheinlich in der Mitte zwischen der boshaften Behauptung und der Wirklichkeit einordnen. Äußerlich war nichts an ihm, was ihn aus der Menge herausgehoben hätte. Seine Statur war so durchschnittlich wie sein Temperament. Erst bei näherer Betrachtung mochte die Sohle seines linken Schuhs auffallen, die vertuschen sollte, daß sein linkes Bein um ein paar Zentimeter kürzer war als sein rechtes. Etwas, das eine Aufnahme bei der Sternenflotte ausschloß.

Gerade das machte ihn stärker als jene, die statt ihm genommen worden waren. O'Shea brauchte diese Kraft. Je stumpfsinniger seine Arbeit, desto mehr innere Kraft benötigt ein Mensch, um sie zu ertragen.

Sein Gesicht zumindest war von edlem Schnitt und von den Jahren im Raumdienst angemessen gezeichnet. Es hätte das der Büste eines römischen Patriziers sein können, obwohl allerdings die beginnenden Bartstoppel nicht so recht dazu gepaßt hätten.

Gegenwärtig stand er in dem kleinen gewölbten Raum, der die Brücke der *Huron* bildete. Seine beiden Offiziere saßen vor ihm an der kompakten Kontrollkonsole und blickten auf den vorderen Bildschirm.

Alles an Bord war platzsparend, geräumig war lediglich der Frachtraum. Entsprechend war die gesamte Ausrüstung.

»Rendezvous...« Elijah blickte rasch auf eine Anzeige. »...in zwei Stunden und sieben Minuten, Käpten.«

O'Shea brummte als Bestätigung. Brummen war die von ihm bevorzugte Ausdrucksweise, sie war gleichermaßen beredt und knapp. Auch sein verneinendes Brummen war unmißverständlich. Überhaupt beherrschte O'Shea ein erstaunliches Spektrum von Brummtönen, das schon fast eine Sprache an sich darstellte.

Doch die außerordentliche Dringlichkeit dieser Mission im Vergleich zu ihren üblichen Aufträgen veranlaßte ihn zu größerer Gesprächigkeit, trotz seiner ambivalenten Einstellung in diesem Fall.

»Muß 'ne ziemlich wichtige Droge sein, die wir da zur *Enterprise* bringen. Bin froh, wenn ich sie los bin und wieder einfaches Dilithium laden kann.«

John Elijah, der Erste Offizier der *Huron*, grinste insgeheim. Er kannte O'Shea gut und wußte, daß er trotz seines ständigen Brummelns stolz war über die unerwartete Ehre, die seinem Schiff zuteil geworden war. So stramm hatte Elijah ihn selten stehen sehen, wie in dem Augenblick, als ihm der Dringlichkeitsauftrag der Sternenflotte erteilt wurde.

O'Shea hatte bereits Gelegenheit gehabt, sich bei der Besatzung der *Potemkin* ins rechte Licht zu setzen. Jetzt konnte er es kaum noch erwarten, den Helden vor den Offizieren eines der berühmtesten Sternenschiffe der Föderation, der *Enterprise*, zu spielen.

Kein Wunder, daß er fast redselig war!

Als sein Partner ihn auf den Arm tippte, blickte er zu ihm hinüber. Leutnant Fushi lenkte mit einem Kopfnicken seine Aufmerksamkeit auf eine Anzeige an der anderen Konsolenseite.

O'Shea entging so gut wie nie etwas. »Was ist los?« fragte er.

»Sir«, antwortete Fushi sichtlich verwirrt, »unsere Sensoren zeigen ein Schiff voraus an.«

Der Kapitän runzelte die Stirn. »Merkwürdig. Könnte das schon die *Enterprise* sein?«

»Es ist noch zu weit entfernt, als daß sich Genaueres sagen ließe, Sir«, entgegnete Fushi.

»Der ungefähre Kurs?«

»Auf uns zu, Sir.«

O'Shea brummte. Elijah und Fushi fiel nicht schwer, es zu übersetzen: ›Das ist ja sehr interessant, Leutnant, ich hoffe natürlich, daß es die *Enterprise* ist, aber da wir es noch nicht mit Sicherheit feststellen können, sollten Sie es nicht aus den Augen lassen.‹

Bei einem Meister wie dem Kapitän konnte ein knappes Brummen wahrhaftig Bände sprechen.

Kirk unterbrach die verbale Eintragung in sein privates Logbuch und blickte zur Navigationskonsole. »Wann ist das Rendezvous, Mr. Arex?«

Der Edoaner überprüfte mehrere Anzeigen. »In einer Stunde und dreiundvierzig Minuten, Captain.«

Kirk überlegte kurz, dann schaute er zur Technikstation der Brücke. »Scotty, ich bitte Sie nicht gern darum, aber...«

Scott blickte ihn nur kurz an und nickte. »Aye, Captain, irgendwie werde ich es schon schaffen, ihr noch ein bißchen mehr Dampf zu machen.«

»Falls es hilft, Scotty, steige ich aus und schiebe an.«

»Genau wie jeder von uns, Captain. Ich werde sehen, was ich tun kann.«

Ein hartnäckiges Summen des in seiner Sessellehne eingebauten Sprechgeräts forderte Kirks Aufmerksamkeit.

»McCoy an Brücke.«

Kirk drückte auf die Taste. »Was gibt es, Pille?«

»Richte Spock aus, daß eine Injektion fällig ist.«

Kirk senkte die Stimme und blickte rasch zur Wissenschaftsstation. »Schon wieder, Pille?«

»Ja, Jim.«

Kirk seufzte. »Gut, ich schicke ihn hinunter.« Er hob die Stimme. »Mr. Spock.« Keine Antwort. »Mr. Spock!« Sulu wandte den Kopf in seine Richtung, und Uhura hatte sich an ihrer Station umgedreht.

»Er sieht müde aus, Pille«, sagte Kirk. »Wart einen Moment.« Er stand auf und ging zu seinem Ersten Offizier hinüber. »Spock? Spock!«

Der Vulkanier hatte die Augen geschlossen gehabt. Als Kirk näher kam, öffnete er sie langsam. Er blickte einen Moment lang benommen zu Kirk auf, dann schienen Blick und Verstand gleichzeitig klar zu werden.

»Ich habe mich nur kurz entspannt, Captain.«

Kirk nickte. Er wollte nicht, daß Spock seine Erleichterung bemerkte, und nickte scheinbar gleichmütig. »McCoy erwartet Sie in der Krankenstation. Zeit für eine Spritze.«

Spock stand auf – langsam, vorsichtig, aber ohne sich aufzustützen – und ging gemessenen Schrittes zum Lift.

Das Schweigen auf der Brücke war bedrückend.

O'Shea stand zwischen seinen beiden Offizieren und studierte die Koordinaten auf dem Schirm. Bisher war nichts als ein wandernder Lichtpunkt zu sehen, der noch nichts verriet.

Fushi, der laufend Berechnungen vornahm, blickte von seinem Monitor auf. »Es ist *nicht* die *Enterprise*, Sir.«

»Ein anderes Föderationsschiff?« Seinem Tonfall nach hoffte O'Shea es zwar, glaubte es jedoch nicht wirklich.

»Nein, Sir. Das Schiff ist von einer mir unbekannten Bauweise. Was nicht heißt, daß andere Rudergänger der Föderation sie ebenfalls nicht kennen. Mir ist sie jedenfalls fremd.«

»Das genügt mir«, entgegnete O'Shea grimmig. »Sind wir nahe genug, es auf den Schirm zu kriegen?«

»Bei unserem gegenwärtigen Kurs müßte es in etwa drei Minuten in Reichweite unserer Bugtelescanner kommen, Sir.«

O'Shea überlegte. Er war glücklich über diesen Auftrag gewesen, weil er ihm eine Chance bot, ein wenig sonst so seltene Anerkennung zu gewinnen und eine wichtige Rolle zu spielen. Alles war bisher glattgegangen.

Doch damit schien es nun möglicherweise aus zu sein, und das gefiel ihm absolut nicht.

Fushi tat sein Bestes mit den teleskopischen Aufnahmegeräten der *Huron*. Das Koordinatensystem auf dem Hauptschirm wurde von einem etwas wackligen, leicht verschwommenen Direktbild abgelöst, in dessen Zentrum sich etwas abhob, das auf den ersten Blick ein roter Stern zu sein schien.

Fushi nahm ein paar Einstellungen vor, und aus dem Stern wurde ein Schiff.

O'Shea studierte den unbekannten Besucher genau. Die Bauweise war ungewöhnlich, aber nicht extrem – fremd wohl, aber dabei nicht radikal anders. Und es war knallrot, was besonders prunkhaft oder besonders abschreckend oder ganz normal sein mochte.

So oder so gefiel es ihm nicht. »Sind Sie sicher, daß es direkt auf uns zukommt?« vergewisserte er sich noch einmal.

Vorsichtshalber prüfte Elijah es ein weiteres Mal. »Ohne Zweifel, Käpten. Es wird uns vor der *Enterprise* erreichen.«

»Vielleicht«, sagte Fushi leise, »wollen sie sich bloß mit uns unterhalten.«

»Vielleicht.« O'Shea starrte auf das fremdartige Schiff, das auf dem Schirm zusehends größer wurde. »Vielleicht...«

»Vielleicht können wir auf diese Injektionen bald verzichten, Spock«, meinte McCoy hoffnungsvoll.

Spock lag auf einem Diagnostikbett, und Schwester Chapel stand in der Nähe, als McCoy die Injektionspistole an der Schulter des Ersten Offiziers ansetzte.

»Es wird überhaupt nicht weh tun, Spock.«

»Eine unnötige Versicherung, Doktor«, erwiderte sein Patient. »Ganz abgesehen davon, daß sie unwahr ist.«

McCoy schnitt eine Grimasse, während er das Serum einschoß. »Ich werde nie wieder ärztliche Aufmunterung an einen Vulkanier vergeuden.«

Spock rollte den Ärmel seines Uniformhemds herunter und wollte sich aufsetzen. »Eine Rücksichtnahme, über die ich mich freuen würde, Doktor.«

McCoy legte eine Hand auf die unbehandelte Schulter des Ersten Offiziers und drückte ihn behutsam aufs Bett zurück. »Einverstanden, wenn Sie die gleiche Rücksicht auf sich nehmen, Spock. Bleiben Sie ruhig liegen!«

Er nickte Chapel zu und richtete seine ganze Aufmerksamkeit nun auf den Schirm über dem Kopfende des Bettes. Chapel bediente den komplexen Diagnosemechanismus. Das Ergebnis war eine Reihe von Werten auf dem Schirm, den der Patient im Liegen nicht sehen konnte.

Atmung, Kreislauf... McCoy verglich die neuen Werte mit jenen, die er vor vier Stunden aufgezeichnet hatte. Es war alles wie befürchtet.

Bei der hohen Dosierung hatte er eigentlich schon gehofft, daß dieser Strobolinersatz etwas wirkungsvoller sein würde. Den neuen Werten zufolge konnte man meinen, daß die ganzen Injektionen völlig nutzlos gewesen waren. Aber McCoy wußte, daß Spock ohne sie bereits tot wäre. Er blickte auf seinen Patienten hinunter, der geduldig darauf wartete, an seine Arbeit zurückkehren zu dürfen, und es gelang ihm, mit einem Lächeln seine wahren Gefühle zu verbergen.

»Gar nicht so schlecht… Ich fürchte, Sie werden Ihre Fronarbeit wieder aufnehmen müssen, Spock.«

Spock wollte aufstehen, fiel jedoch fast wieder auf das Bett zurück. McCoys Arm zuckte, aber er unterließ es, den Vulkanier zu stützen.

»Danke, Doktor«, sagte Spock ruhig. Er ließ sich nun beim Aufstehen etwas mehr Zeit und schaffte es, ohne zu schwanken. Er verließ die Krankenstation wie ein Schlafwandler.

Chapels Berufslächeln schwand erst, als die Tür sich hinter ihm geschlossen hatte. »Das Mittel wirkt nicht mehr, Doktor, sonst hätte sich sein Zustand in vier Stunden nicht so verschlechtern dürfen.«

McCoy drehte sich besorgt um. »Ich weiß, Christine. Aber die Injektionen schaden ihm physisch nicht, helfen ihm jedoch vielleicht psychologisch. Keine Angst – wir werden das Strobolin bald haben.«

Das jedenfalls waren seine Worte. Doch selbst jemand, der ihn nicht so gut kannte wie Schwester Chapel, hätte verstanden, was sie wirklich aussagten:

Wehe, wenn wir das Strobolin nicht bald bekommen!

»Sie beschleunigen, Sir«, meldete Fushi angespannt. »Sie kommen rasch näher.«

»Warum habe ich bloß dieses unangenehme Gefühl, daß sie mehr wollen, als nur mit uns zu plaudern?« murmelte O'Shea. »Ruffrequenzen aktivieren, Mr. Elijah. Standardverbindung Schiff zu Schiff.«

Der Erste Offizier der *Huron* nahm die Einstellung vor. »Sie sind jetzt nahe genug, daß sie uns mühelos empfangen können, Sir.«

O'Shea sprach ins Mikrophon. »An unidentifiziertes Schiff. Hier spricht Kapitän Svenquist O'Shea vom Föderationsfrachter *S. S. Huron,* dessen Kurs Sie sich nähern. Bitte geben Sie Ihre Herkunft und Ihre Absicht bekannt.« Er machte eine Pause, dann wiederholte er: »Bitte, identifizieren Sie sich.«

»Sie müssen uns empfangen, Sir«, erklärte Elijah beunruhigt. »Aber sie antworten nicht.«

Das ließ zwei Möglichkeiten offen. Die eine war, daß die Empfangsgeräte des Fremden nicht funktionierten. Die zweite, daß O'Shea in große Schwierigkeiten geraten würde, wenn er nicht umgehend Hilfe bekam.

»Wir sind für einen ganzen Laderaum voll Dilithium verantwortlich, ganz zu schweigen von dieser Droge«, sagte er. »Ich mag Leute nicht, die stur auf mich zurasen. Ausweichmanöver!«

Fushi und Elijah waren gut. Sie schwenkten nach links und nach rechts, sie vollbrachten Manöver, für die Schiffe mit Solantrieb nicht konstruiert waren, und brachten die *Huron* mit Höchstgeschwindigkeit in einen Spiralenkurs.

Das brachte ihren stummen Verfolger jedoch keineswegs durcheinander. Wer immer sich an sie heranmachen wollte, war zu gewandt, sich abschütteln zu lassen. Sooft der Fremde auch vom Schirm der *Huron* verschwand, so rasch tauchte er wieder auf. Und bei jedem neuen Manöver, jedem neuen Versuch, ließ sich der Fremde noch schwerer abschütteln. Seine Navigatoren waren zwar vielleicht nicht besser, aber ihre Computer und Maschinen waren ganz offensichtlich für komplexere Tätigkeiten konzipiert als für Reisen von Punkt A nach Punkt B.

»Es nützt alles nichts, Sir«, resignierte Fushi schließlich müde. »Nicht nur, daß wir sie nicht abschütteln können, sie kommen auch immer näher.«

O'Shea ließ sich rasch alle Möglichkeiten durch den Kopf gehen, die ihm noch blieben. »Gehen Sie wieder auf Kurs und senden Sie der *Enterprise* ein Notsignal. Über Fernrakete. Unauffällig.«

»Jawohl, Sir.« Fushi programmierte den sein Ziel elektronisch suchenden Nachrichtenflugkörper. »Wäre vielleicht ganz gut, noch einen zweiten vorzubereiten, nur für den Fall eines Falles«, schlug er vor und machte sich daran, als ein Lämpchen aufleuchtete.

»Wir empfangen einen Funkspruch, Sir.«

»Das seh' ich selber! Hören wir uns ihn an.«

Elijah bestätigte und schaltete den Lautsprecher ein. Sie waren bereits mitten in der Botschaft.

Es spielte keine Rolle. Die an sie gerichtete Aufforderung war deutlich genug.

»... oder wir zerstören Ihr Schiff. Machen Sie sich zur Übergabe Ihrer Ladung bereit, oder wir zerstören ...«

2

»Captain, ich empfange ein Signal der *Huron* – über einen automatischen Notsender.«

Kirk blickte erschrocken auf. »Sind wir schon nahe genug zur Schiff-zu-Schiff-Verbindung?«

Uhura überprüfte es. »Möglich, Sir.«

»Versuchen Sie es.«

»Ja, Sir.« Nach einer Pause zuckte sie die Schultern. »Nichts, Sir. Entweder die Entfernung ist noch zu groß, oder – wir empfangen direkt von einem Notsender.« Es bedurfte keiner weiteren Erklärung.

»Was melden die Sensoren, Mr. Spock? Haben sie die berechneten Koordinaten erreicht?«

Spock benötigte für Überprüfung und Antwort ein paar Sekunden länger als üblich. »Nein, Sir, die Langstreckenscanner zeigen eine Kursänderung an. Die *Huron* ist abgebogen – und hat die Geschwindigkeit stark verringert.«

»Arbeiten Sie einen neuen Rendezvouskurs aus, Mr. Arex – Leutnant Uhura, versuchen Sie weiter, eine Verbindung herzustellen. Wir müssen herausfinden, was los ist...«

Das Rendezvousmanöver kostete mehr Zeit, als Kirk erwartet hatte, nicht der Kursänderung wegen, sondern weil die *Huron* die Geschwindigkeit nicht nur gedrosselt hatte, sondern wie antriebslos im All trieb.

Als Sichtkontakt hergestellt war, erkannten sie, daß genau das der Fall war. Alle Anrufe blieben unbeantwortet.

Spocks Blick haftete auf seinem Monitor. »Die Höhe des Energieanstoßes der *Huron* reicht höchstens aus, die Lebenserhaltungssysteme aufrechtzuerhalten, Captain. Und die Sensoren zeigen metallische und andere anorganische Trümmer.«

»Natürliche Ursache?«

Spock nahm den Blick vom Monitor. »Nein, Captain. Schon den vorläufigen Daten ist zu entnehmen, daß sie angegriffen wurde. Sie...« Er schwankte in seinem Sessel.

»Spock!«

Einen Moment lang öffneten sich die Augen des Ersten Offiziers und waren völlig klar. Dann zog ein Hauch von Unsicherheit über sein Gesicht. »Captain, ich...«

Kirk rannte schon zu ihm – und fing ihn auf, ehe er bewußtlos auf dem Boden aufschlug.

Uhuru rief bereits ins Intercom: »Brücke an Krankenstation – *Notfall!*«

Kirk brauchte McCoy nicht um eine detaillierte Erklärung der auf dem Schirm über Spocks Kopf angezeigten Werte zu bitten. Jeder, der sich auch nur ein bißchen mit vulkanischer Physiologie auskannte, sah, daß sie erschreckend niedrig waren.

McCoy studierte den bewußtlosen Ersten Offizier. »Wir brauchen das Strobolin, Jim. Der synthetische Ersatz wirkt nicht mehr – schon seit einem halben Tag. Er liegt im Koma, Jim. Wenn wir das Strobolin nicht bald bekommen, sehr, sehr bald, wird er nicht mehr aufwachen.«

»Tu, was du kannst, Pille.« Was hätte er sonst sagen können? »Und ich – ich werde tun, was *ich* kann.«

Nur hatten sie jetzt ein weiteres Problem zu lösen. Was war der *Huron* zugestoßen? Er gab McCoy einen zögernden, ermutigenden Klaps auf den Rücken und verließ die Krankenstation.

McCoy blickte ihm nach, dann wandte er seine Aufmerksamkeit wieder dem Patienten zu. Noch einmal überprüfte er die Werte. Im Augenblick waren sie unverändert. Ein kurzes trügerisches Aufatmen – wenn sie sich veränderten, konnten sie nur schlechter werden.

»Verdammter Vulkanier!« brüllte er den Bewußtlosen an. »Warum hast du nicht rotes Blut wie jeder normale Mensch?«

Fast flehte er um eine beleidigende Erwiderung – sie hätte ihn ein bißchen beruhigt.

Aber nur ein raspelndes Atmen antwortete – und Schweigen.

Arex hatte einstweilen Spocks Station übernommen, während Sulu die *Enterprise* dicht an die *Huron* manövrierte.

»Status?« fragte Kirk scharf, kaum daß er aus dem Turbolift trat.

»Kein Antrieb«, meldete Arex, der die Sensorenanzeigen studierte. »Kein Notaggregat speist die Lebenserhaltungssysteme.«

»Lebt noch jemand?«

»Offenbar, Sir. Allerdings sind die Werte schwach, und ich kann auch nicht erkennen, von wie vielen Personen sie kommen.«

»Wir werden es bald genug herausfinden. – Mr. Scott, Leutnant Uhura, begleiten Sie mich. Mr. Sulu, Sie haben das Kommando. Wir beamen uns zur *Huron* hinüber.«

Auflösung – Übelkeit – quälendes Vergessen – Wiederverstofflichung.

Kirk schaute sich um und sah, daß Kyle sie genau an die angegebene Stelle transportiert hatte. Sie standen auf der Brücke der *Huron*, oder vielmehr, was davon übrig war.

Es sah hier so aus, als hätte ein Riese die *Huron* am Heck gepackt und sie gegen einen Nickeleisenasteroiden geschmettert. Überall Spuren einer heftigen Erschütterung – zersprungene Armaturen, geborstene Druckleitungen, eisige Kälte durch austretende supergekühlte Gase.

Ein weiterer Beweis dafür war der Zustand der Schädel von zwei der drei Besatzungsmitglieder.

Chapel untersuchte die drei rasch und nahm sich dann Fushis an, der am schwersten verletzt war. Was immer diesen Schlag gegen die *Huron* geführt hatte, hatte keinen Unterschied zwischen lebendem und totem Inventar gemacht. Die drei Schiffsoffiziere lagen verstreut zwischen den Trümmern der Einrichtung.

Kirk wartete mit quälender Ungeduld, während Chapel sich, nachdem sie Fushi verarztet hatte, O'Sheas und Elijahs annahm.

»Sie werden alle durchkommen«, versicherte sie ihm schließlich.

Kirk drehte sich um. »Scotty, schauen Sie sich im Laderaum nach dem Strobolin um. Jeder Frachter hat ein doppelwandiges, safeähnliches und obendrein gekühltes Abteil für extrem empfindliche und wertvolle Frachtgüter. Dort müßten Sie es finden.«

»Aye, Sir.« Scott machte sich auf den Weg.

»Uhura, suchen Sie nach ihrem Logbuch und spielen Sie es ab. Ich will wissen, was hier passiert ist.«

Uhura nickte und hielt in dem wirren Durcheinander von Leitungen, verbogenem Metall und zerfetztem Kunststoff Ausschau.

Kirk untersuchte, was von der kleinen Technikstation übrig war. Wenn er Scott nicht weggeschickt hätte, könnte der ihm jetzt so mancherlei erklären. Jedenfalls mußte es sich bei dem Angreifer um eine Intelligenz gehandelt haben, die eine ganz bestimmte Absicht verfolgte. Der Schaden war beachtlich – aber kalkuliert. Jemand hatte den Frachter manövrierunfähig gemacht, ohne ihn zu zerstören.

Dieser Jemand war sehr gründlich vorgegangen. Gewiß, er hatte O'Shea und seine Offiziere lebend, oder vielmehr gerade noch lebend, zurückgelassen. Aber er hatte bestimmt keinen Grund zur Annahme gehabt, daß die drei Schwerverwundeten – die nur gespeicherte Energie am Leben erhielt, und das in einem antriebslosen Schiff in einem einsamen Winkel der Galaxis – gerettet werden und Aussagen machen könnten.

Nein, die *Huron* wäre eines jener Schiffe geworden, über die der Aktenvermerk ›Bestimmungsort aus unbekanntem Grund nicht erreicht‹ eingetragen worden wäre – wenn sie nicht dieses Rendezvous mit der *Enterprise* gehabt hätte. Kirk bezweifelte, daß ihre Angreifer davon gewußt hatten, denn sonst hätten sie bestimmt keine Überlebenden zurückgelassen. Sie hatten einen Fehler gemacht.

Möglicherweise einen tödlichen.

Auf ein Summen schaltete Kirk seinen Kommunikator ein.

»Scott an Captain Kirk«, ertönte die vertraute Stimme des Chefingenieurs. Kirk schaute sich auf der verwüsteten Brücke um. Chapel kümmerte sich noch um O'Shea. Uhura wich einem plötzlichen Funkenregen aus, ehe sie sich weiter mit ihrer schwierigen Aufgabe beschäftigte, die Überreste der Logbuchaufzeichnungen der *Huron* aus den Trümmern zu bergen.

»Hier Kirk – reden Sie, Scotty.«

»Ich bin im Hauptladeraum, Captain. Die *Huron* hat so einen Kühlsafe, genau wie Sie sagten – aber er wurde aufgebrochen und ist genauso leer wie der gesamte Frachtraum. Keinerlei Ladung vorhanden, Captain.«

»Und keine Spur von dem Strobolin?«

»Nicht eine einzige Ampulle, Captain. Die *Huron* hatte auf dieser Fahrt laut Liste Dilithium geladen. Aber auch davon ist nicht ein Kristall zu sehen. Der Frachtraum ist absolut leer!«

»Die Lebenserhaltungssysteme?«

»Sind hier stabil. Nein, wenn das eine natürliche Katastrophe gewesen wäre, müßte es eine ausgesprochen selektive gewesen sein. Die einzigen größeren Beschädigungen befinden sich an der Kühlsafetür und den Ladeluken. Aus dieser Entfernung kann ich es nicht mit Sicherheit sagen, aber ich glaube, sie wurden aufgesprengt und dann wieder luftdicht verschlossen.«

»Danke, Mr. Scott. Kommen Sie wieder herauf.«

»Aye, Sir. Es tut mir so leid...«

Kein Serum, heulte es in Kirks Kopf. Kein Serum, kein Serum! Er schaltete den Kommunikator aus und ging zu der immer noch suchenden Uhura. Sie blickte zu ihm auf und wischte mit dem Ärmel über die Stirn. Die Luftfeuchtigkeit war hoch und stieg noch, trotz der Anstrengung des beschädigten Lebenserhaltungssystems.

»Kein einziger funktionierender Recorder, Sir – aber die Logbuchkassetten scheinen ganz zu sein. Ich glaube, ich kriege sie raus, ohne sie zu beschädigen. Wir werden sie allerdings auf der *Enterprise* abspielen müssen.«

»Das ist doch schon etwas, Leutnant.« Er überließ sie ihrer Arbeit und wandte sich an Chapel, die immer noch mit O'Shea beschäftigt war.

»Wie geht es ihm, Schwester?«

»Gehirnerschütterung, Quetschungen, Knochenbrüche, doch nichts, was wir nicht wieder in Ordnung bringen könnten. Aber wenn wir sie nicht innerhalb von zwei Tagen gefunden hätten, wäre nichts mehr zu machen gewesen.«

Kirk überlegte und schaltete gerade den Kommunikator wieder ein, als Scott auf die Brücke zurückkehrte.

»Kirk an *Enterprise*. Wir sind bereit, zurückzubeamen, Arex. Sorgen Sie dafür, daß uns ein komplettes Medteam im Transporterraum erwartet. Wir brauchen drei Bahren...« Er blickte Chapel fragend an, die bestätigend nickte. »Und richten Sie Dr. McCoy aus, daß er drei Personen zusammenflicken muß.«

»Wird erledigt, Sir«, versicherte ihm die dünne Stimme des Edoaners.

Sie ließen die *Huron*, wo sie lag. Scott hatte sie mit neugeladenen Batterien für ihren Notruf versehen, als die des Frachters schließlich streikten.

Das Wrack konnte später von jemand anderem abgeschleppt werden. Kirk verschwendete keinen Gedanken an eine Bergung, ebensowenig Scott und McCoy und Sulu – und alle auf der *Enterprise* –, auch wenn sie es vielleicht nicht zugegeben hätten.

Kirks Gedanken waren anderer Art und zweifellos schuld an seinen hämmernden Kopfschmerzen, während er im Wartezimmer der Krankenstation hin und her stapfte. Glücklicherweise lenkte ihn McCoy von dieser Bearbeitung seines Schädels durch irgendwelche übelgelaunten Geister ab, als er ihm zuwinkte, ihm in das unliebsam vertraute Zimmer zu folgen, in dem Spock im Koma lag. Er warf einen Blick auf die diagnostischen Daten am Schirm und wandte sich rasch ab. Allein schon der Anblick dieser Zahlen war kaum noch zu ertragen.

Er drehte sich um, als O'Shea aus dem Operationsraum hereingerollt wurde. Zwei Sanitäter hoben den Kapitän der *Huron* behutsam auf ein Bett, das dem ähnelte, in dem Spock lag.

»Wie geht es ihm, Pille?« erkundigte sich Kirk.

McCoy nahm den Mundschutz ab. »Er wird durchkommen, Jim. Ich mußte nur seine Innereien ein bißchen ordnen – kein bleibender Schaden.« Er hielt inne. »Jim, was zum Teufel, können wir noch für Spock tun?«

»Wir werden unser Bestes für ihn tun, Pille.«

»Ich bin mir nicht sicher, daß das genügen wird, Jim.«

Kirk sah sofort, daß McCoy seine Worte bereute, kaum daß sie über die Lippen waren. Er stand momentan unter mehr Druck als sonst jemand an Bord, und das machte sich als Frustration bemerkbar.

Wahrscheinlich gab es für einen Arzt von Pilles Kaliber nichts Quälenderes, als genau zu wissen, wie er einen Patienten heilen könnte, und ihm das Mittel dazu fehlte.

»Wenn wir das Strobolin nicht innerhalb der nächsten zwanzig Stunden bekommen, wird er sterben«, fuhr McCoy dumpf fort. »Das ist zwar die unterste Grenze, aber ich möchte sie um keine fünf Minuten verlängern müssen.«

Es gab nichts, was Kirk dazu sagen konnte – genausowenig, wie er irgend etwas tun konnte.

Nein, das stimmte nicht ganz. Eine Chance, eine Hoffnung bestand noch. »Wir könnten vielleicht...«

»Was, Jim?«

»Wart, bis ich mir die Logbucheintragungen der *Huron* angesehen habe. Falls sie gelöscht sind oder der Recorder zu früh kaputtging...« Er unterbrach sich abrupt. »Bis später, Pille. Tu für Spock, was du kannst, und gib mir sofort Bescheid, wenn einer der drei«, er deutete mit einem Kopfnicken zu Elijah, der eben in das Bett neben O'Shea gelegt wurde, »imstande ist, Fragen zu beantworten.«

Uns bleibt nicht genug Zeit, dachte er.

Während Arex die Kassetten der *Huron* durch das Terminal der Wissenschaftsstation laufen ließ, stand Kirk daneben, als könne er den Computer auf diese Weise anspornen.

Schließlich stieß der Edoaner etwas aus, was wohl bei seiner Rasse ein befriedigter Seufzer sein mochte. »Von der letzten Kassette war ein Teil angesengt, Captain. Es gelang mir jedoch, die beschädigten Stellen zu rekonstruieren. Die *Huron* wurde wirklich, genau wie wir annahmen, von einem anderen Schiff angegriffen. Interessant ist, daß dieses Schiff von einer anscheinend in der Föderation unbekannten Bauweise ist. Es gibt auch Hinweise darauf, daß es nicht über Solantrieb verfügt.«

»Es ist mir völlig egal, ob es möglicherweise aus einer anderen Galaxis kommt oder von zehn Millionen unsichtbaren Gerbils oder was immer angetrieben wird – ich will nur wissen, können wir es aufspüren?«

»Das ist ja das Wesentliche an seinem altmodischen Antrieb, Sir. Wenn Sie bitte hersehen würden…«

Auf dem Monitor erschien zunächst ein Koordinationsgitter, über das sich auf ein paar Tastendrucke Arex' die Karte eines Raumsektors schob. Punkte leuchteten, die keine Sterne waren.

»Der Angreifer mag ja in vieler Hinsicht sehr schlau sein«, sagte Arex, »aber sein Antrieb hat ein paar archaische Eigenschaften. Beispielsweise hinterläßt er Spuren schwach radioaktiver Rückstände. Sofern die Halunken nicht von uns wissen und absichtlich falsche Spuren für uns gelegt haben – was ich sehr bezweifle –, müßten wir sie finden können.

Die letzten Rückstände befinden sich zweihundertzwölf plus und einhundertfünfundsiebzig minus zur galaktischen Ekliptik. Die Halbwertzeit ist sehr kurz. Wären wir auch nur drei Tage später angekommen, hätten unsere Sensoren nichts gefunden.«

»Geben Sie diesen Kurs ein!« rief Kirk. Sol sieben, Mr. Sulu.« Dann wandte er sich wieder an Arex. »Lassen Sie die Bänder noch mal durchlaufen – langsam, Leutnant – und geben Sie mir Bescheid, wenn Sie noch auf etwas stoßen sollten, das Sie für wichtig halten. Ich werde unten in der Krankenstation sein.«

McCoy saß an seinem Schreibtisch und hatte den Kopf auf die Hände gestützt.

»Wie geht es ihm, Pille?« erkundigte sich Kirk.

»Seitdem du das letzte Mal hier warst, schlechter, Jim. Und es wird immer schlimmer – bis wir das Strobolin bekommen. Seine Atmung macht mir am meisten Sorgen. Ich werde ihn bald an das Beatmungsgerät anschließen müssen. Aber das wird anderen Körperteilen, die ohnehin bereits durch die Krankheit schwer belastet sind, Reserven entziehen.«

»Wir folgen jetzt jedenfalls der Fährte des Schiffs, das die *Huron* angegriffen hat.« Kirks Zähne blitzten. »Wir werden uns anschleichen...«

»Schiff?« unterbrach ihn McCoy. »Woher wollen wir wissen, daß es sich nur um ein Schiff handelt?«

»Leutnant Arex ist sicher, daß die radioaktiven Rückstände von lediglich einem Schiff stammen.«

»Und wenn auch bloß *eines* die *Huron* angegriffen hat, was passiert, wenn es die erbeutete Fracht auf ein anderes umlädt? Oder auf mehrere Schiffe?«

»Verdammt, Pille«, Kirk brüllte fast, »es *muß* ganz einfach ein Einzelgänger sein! Komplizier die Dinge doch nicht auch noch mit irgendwelchen Wenns. Wenn wir es wirklich mit mehr als einem Schiff zu tun haben – dann stehen die Chancen schlecht. Uns bleibt nicht genug Zeit, mehreren Schiffen nachzujagen, selbst wenn wir ihre Spuren lange genug verfolgen könnten.«

»Ein Transfer«, fuhr McCoy unerbittlich fort, »wäre das Logischste.« Bei dem letzten Wort schluckte er.

»Sicher, *wenn* man mit einer sofortigen Verfolgung rechnet. Aber alles deutet darauf hin, daß diese Piraten – wer immer sie sind – keine anderen Schiffe in diesem Sektor vermuten. Jedenfalls bestimmt keine, die sie einholen könnten.

Die Logbuchaufzeichnungen verraten, daß der Kapitän der *Huron* ziemlich wortkarg ist. Es wäre leicht möglich, daß die Piraten das Ganze abgeblasen hätten, wenn O'Shea die Möglichkeit gehabt hätte, sein bevorstehendes Rendezvous mit einem schweren Kreuzer zu erwähnen.«

»Das wird ein großer Trost für O'Shea sein, wenn er zu sich kommt«, brummte McCoy. Er trat schleppend zu Spocks Bett und musterte den Vulkanier.

»Was hat es überhaupt für einen Sinn, Arzt zu sein?« hörte ihn Kirk zornig murmeln. »Wir sind nur so gut wie die Medikamente und die Technologie, die uns zur Verfügung stehen. Wir haben heute ein paar Bücher mehr, ein etwas umfangreicheres Wissen. Aber schließt man die mechanischen Hilfsmittel aus, könnte ich genausogut im tiefen Mittelalter praktizieren. *Ich* kann nichts für ihn tun.« Er entfernte sich ein paar Schritte und schlug mit der Faust auf den Türrahmen.

»Ich – ich bin hilflos. Völlig abhängig von Instrumenten und fertigen Arzneimitteln. Es gibt absolut nichts, was *ich* persönlich tun kann! Was hat es für einen Sinn?« Er starrte auf den Boden. »Ich hätte Ingenieur werden sollen wie Scotty. Wenn einer seiner Patienten durchbrennt, gibt es jederzeit Ersatzteile.« Er lachte hohl.

Schweigen.

»Wenn du das wirklich glauben würdest, Pille«, sagte Kirk ruhig, »wärst du nach fünfundzwanzig Jahren nicht immer noch Arzt. Schon gar kein Schiffsarzt.

Und da ist noch was, was ich mich schon oft gefragt habe. Warum bist du eigentlich zur Sternenflotte gegangen, Pille? Bei deinen Fähigkeiten hättest du mit einer Privatpraxis, ja sogar im Staatsdienst, ein Vermögen machen können.«

McCoy blickte ihn mit undeutbarer Miene an. »Das wird dir zwar komisch vorkommen, Jim, aber – ich bin zur Sternenflotte gegangen, statt mich selbständig zu machen, weil ich gierig bin.«

»Gierig? Spock würde sagen, das sei in diesem Fall ein Widerspruch in sich.«

McCoy schüttelte den Kopf. »Es ist für mich nicht anders als für dich, Jim. Ich bin hier, weil mir die Herausforderung mehr gibt als Geld. Und weil man sich mit Geld nicht das Gefühl kaufen kann, wirklich etwas zu leisten.

Ganz abgesehen davon, könntest du dir vorstellen, daß ich in einer Privatklinik auf Demolos oder der Erde herumsitze und meine Zeit mit den Phobien von übergewichtigen Matronen und verzogenen Kindern verplempere?«

»Das würde mir allerdings schwerfallen«, antwortete Kirk amüsiert. »Ich bin froh, daß deine Gier dich dazu trieb, Arzt auf diesem Schiff zu werden.«

»Hör zu«, begann McCoy, »wenn Spock durchkommt...«

»Du willst sagen, *sobald* Spock wieder gesund ist«, konterte Kirk heftig. »Sobald Spock gesund ist, werde ich sehen, ob ich nicht ein paar interessante Krankheiten für dich finden kann, mit denen du dich beschäftigen kannst. Ich möchte nicht, daß du dich langweilst, weil du dich nicht genug gefordert fühlst.«

»Wie nett von dir, Jim. Ich hätte gern mal ein paar völlig neue Bazillen. Das Problem ist bloß, daß die Besatzung da nicht mitspielt. Ihr seid alle zu verdammt gesund.«

Kirk wandte sich zum Gehen. »Aber das hat du dir selbst zuzuschreiben, Pille.«

Kirk stiefelte grübelnd den Korridor entlang. Daß sie das Dilithium nahmen, konnte er verstehen. Es war so gut wie Geld -- sogar besser. Eine Ladung guter Kristalle ließ sich bei zwielichtigeren Firmen der Föderation leicht an den Mann bringen. Oder auf einer der vielen Welten, die nicht zur Föderation gehörten.

Aber warum hatten sie das Strobolin mitgenommen? Piraten hatten wahrscheinlich gar keine Ahnung, wozu es gebraucht wurde. Und wenn, müßten sie auch wissen, daß nicht viel dafür zu bekommen war. Hier bestimmte die Nachfrage den Preis.

Vielleicht war es genau das, überlegte er, als er in den Lift stieg. Sie hatten das Strobolin aus Unwissenheit mitgenommen. Weil es im Kühlsafe transportiert worden war, hatten sie es vermutlich für sehr wertvoll gehalten.

Wenn sie das Strobolin zurückgelassen hätten, könnte er über den Angriff hinwegsehen, die Verletzungen und den Schaden vergessen. Plötzlich lief es ihm kalt über den Rücken. Vielleicht hatten sie inzwischen erfahren, wie wenig die Arznei wert war und sie deshalb einfach vernichtet oder in den Raum geworfen – aus Ärger darüber, daß der Kühlsafe nichts Wertvolleres enthalten hatte.

Er wollte nicht mehr darüber nachdenken, auch nicht über McCoys Hypothese einer Umladung des Diebesgutes auf andere Schiffe. Durch die Zeitknappheit konnte es für ihn nur den einen Kurs geben – was ihm auch die Qual ersparte, unter mehreren Möglichkeiten wählen zu müssen –, der Spur der radioaktiven Rückstände zu folgen. Sie konnten nur hoffen, daß diese sie zu den unbeschädigten Strobolinampullen führen würde, und das noch rechtzeitig.

Beim Betreten der Brücke blickte er automatisch nach links und rechts, um sich zu vergewissern, daß alle auf ihrem Posten waren. Arex, bemerkte er, während er sich im Kommandosessel niederließ, saß wieder an der Navigationskonsole.

Er wußte, daß es schwer für den Edoaner war, den doppelten Pflichten gerecht zu werden. Aber als Ersatz für Spock war er besser geeignet als sonst jemand. Sulu konnte im Notfall Arex' übliche Aufgaben mitübernehmen.

Außerdem, dachte Kirk bitter, werden dem Navigator die Pflichten des Wissenschaftsoffiziers so oder so nicht mehr lange aufgebürdet bleiben.

»Meldung!«

»Sensoren registrieren nach wie vor Strahlung radioaktiver Materie, Captain«, meldete Sulu. »Position immer noch zweihundertzwölf Grad plus, einhundertfünfundsiebzig minus. Wir nähern uns dichter Ansammlung fester Materie.«

»Drosseln Sie auf Standardgeschwindigkeit«, befahl Kirk und trommelte nervös auf eine Armlehne. »Asteroidengürtel oder -ballung«, murmelte er zu sich. Solche Gruppierungen waren nicht alltäglich, aber auch nicht so selten, daß sie sonderliches Interesse erregten.

Sulu legte die Aufnahmen der Bugscanner auf den Hauptschirm. Das Bild bestätigte, daß es sich um eine normale Ansammlung von Gesteinstrümmern handelte, von winzigen Steinchen bis zu einigen mondgroßen Stücken.

»Die radioaktive Spur führt ins Innere und verläuft im Zickzack, Captain«, erklärte Sulu.

Kirk nickte. Er hatte es fast erwartet. Der stärker werdenden Radioaktivität der Fährte nach zu schließen waren sie dem fremden Schiff laufend näher gekommen. Diese Asteroidengruppe war das beste Versteck, das ein Schiff im Weltraum finden konnte.

»Sie versuchen, uns loszuwerden. Aus ihrer Sicht das vernünftigste Manöver, oder was meinen Sie, Mr. Sulu?«

»Das ideale Gebiet dafür, Captain«, bestätigte der Rudergänger. »Vor allem, falls es in diesem Gürtel natürliche Konzentrationen radioaktiver Stoffe gibt.« Er studierte seine Backbordinstrumente. »Die vorläufigen Werte deuten auf ungewöhnliche Energieemissionen einiger Asteroiden hin, die...« Er unterbrach sich und starrte auf seinen Monitor.

»Reden Sie schon, Mr. Sulu!« sagte Kirk scharf.

»Die maximale Fernabtastung zeigt, daß die Spur der radioaktiven Rückstände in der ungefähren Mitte der Gruppe endet.«

»Das könnte bedeuten, daß sie uns abzuschütteln versuchen, indem sie auf eine andere Antriebsart umschalten oder daß sie eine unerfreuliche Begrüßung für uns vorbereiten«, murmelte Kirk zu niemandem im besonderen. »Eines ist jetzt jedenfalls offensichtlich: Sie wissen, daß sie verfolgt werden.« Er drehte sich zu Uhura um. »Alle Schutzschilde hochfahren, Leutnant – Alarmstufe gelb. – Mr. Sulu, drosseln Sie die Geschwindigkeit und gehen Sie auf Ausweichkurs.«

Ein doppeltes »Jawohl, Sir«, erklang, gefolgt von aufleuchtenden Lämpchen und Sirenengeheul im ganzen Sternenschiff.

»Alle Abteilungen einsatzbereit, Captain«, meldete Uhura Minuten später.

»Danke, Leutnant. Wir nähern uns dem Umkreis, in dem der Fremde zu finden sein muß. Bereithalten für...«

Ein blendendes Leuchten überlagerte das Bild auf dem Schirm, und die *Enterprise* erbebte.

»Was, bei den Plejaden, war das?« Ging man von der Heftigkeit des Aufleuchtens aus, müßten die Sirenen jetzt eigentlich ohne Unterlaß heulen.

Arex überschlug sich fast, um die Antwort darauf zu finden. Was er feststellte, war nicht ermutigend, aber sie waren zumindest nicht von einer unbekannten Superwaffe beschossen worden.

»Wahrhaftig ungewöhnliche Energieemissionen, Captain. Offenbar bestehen einige der Asteroiden aus Antimaterie. Der ganze Gürtel ist bemerkenswert, denn es existieren Materie und Antimaterie nebeneinander – eine außerordentlich instabile Konfiguration.«

»Vergleichbar mit einem Spaziergang auf einem Minenfeld«, meinte Uhura.

»Alle Fragmente explodieren bei einer gegenseitigen Berührung – ein außerordentlich gefährliches Gebiet für eine Verfolgungsjagd, Captain«, schloß der Navigator.

»Vergessen Sie nicht, daß das auch für das fremde Schiff gilt«, entgegnete Kirk. Er blickte finster auf den Schirm, als versuche das Universum höchstpersönlich, ihm das Leben schwerzumachen. Es war kein neues Gefühl.

»Halten Sie die Schutzschilde auf Maximum, Mr. Scott.«

Der Chefingenieur bestätigte von seiner Brückenstation aus. »Captain, in diesem Gürtel steckt so viel Energie, daß ganze Sternenflotten damit angetrieben werden könnten. Es wäre ein hoher technischer Aufwand nötig, sie anzuzapfen, aber die potentielle Energie, mit der wir es hier zu tun haben…«

»Genügt, eine Menge Schaden anzurichten, Mr. Scott. – Vorsichtig, Mr. Sulu, ganz vorsichtig.« Sulu nickte.

Sie krochen tiefer in den Gürtel, entlang der immer noch strahlenden Fährte. Ihre Sensoren zeigten nur hin und wieder eine Explosion antagonistischer Elemente an, die einander in einer Art anorganischem Selbstmord vernichteten.

Plötzlich schüttelte etwas anderes die *Enterprise*. Es war ein heftiger Ruck, aber niemand wurde aus den Sitzen geworfen, und Uhura meldete schon bald, daß es in keiner Abteilung zu Schäden gekommen war.

Dieses Mal hatte nicht der Druck durch Materie-Antimaterie-Auflösung die Erschütterung verursacht, sondern ein tiefblauer Energiestrahl, der aus der Deckung eines großen Asteroiden schräg unter ihnen abgefeuert worden war.

»Mr. Sulu!«

»Objekt erfaßt, Captain. Sie fliehen, aber ich hab' sie.«

»Verfolgen, Mr. Sulu. Phaser klar.«

Nun konnte es sich nur noch um Minuten handeln. Kirk überlegte sich eine Strategie. Es war anzunehmen, daß der Angreifer sofort seine wirkungsvollste Waffe eingesetzt hatte – in der Hoffnung, die *Enterprise* so schwer zu treffen, daß sie nicht mehr zurückschlagen konnte. Aber der Beschuß kam bei weitem nicht an beispielsweise den eines klingonischen Schlachtschiffs heran. Er hätte allerdings beträchtlichen Schaden anrichten können, wenn die Schutzschilde nicht eingeschaltet gewesen wären.

Andererseits wäre es möglich, daß der Kapitän des Feindschiffs die *Enterprise* lediglich in eine für ihn taktisch vorteilhaftere Position locken wollte. Aber noch war es zu früh, sich ein genaueres Bild zu machen. Das beste war, auf alles vorbereitet zu sein.

Jedenfalls ging die erste Runde an die *Enterprise* – der Angreifer hatte das Überraschungselement verspielt.

Das Koordinationsnetz auf dem Schirm drehte sich. Ein leuchtender Fleck – blutrot, mit unsymmetrischen Umrissen – war endlich im Visier.

Ein neuerliches blaues Leuchten verdrängte kurz das Bild.

»Analyse, Mr. Sulu?«

»Fregattenstandardphaser, Sir, leicht modifiziert.«

»Heiß genug, um einen unbewaffneten Frachter wie die *Huron* in einen Haufen Schrott zu verwandeln. Durch unsere Schirme kommen sie jedenfalls nicht«, sagte Kirk befriedigt.

»Captain«, rief Arex. »Ich konnte die Schiffsmerkmale endlich zuordnen. Es ist ein Schiff vom Orion.«

»Vom Orion«, wiederholte Kirk nachdenklich. Die Orioner waren eine isolierte, humanoide Rasse, die sich kaum je aus ihrem kleinen Sonnensystem mit drei bewohnten Planeten entfernte und Kontakt mit Fremden mied. Es hatte nie Grund gegeben, sie der Aggressionen gegenüber anderen Völkern zu verdächtigen. Man hatte ihre Zurückgezogenheit für eine Entwicklungsphase ihrer Rasse gehalten. Bis jetzt, dachte er grimmig.

Sie waren sehr menschenähnlich, hatten es jedoch unmißverständlich klargemacht, daß sie nicht daran interessiert waren, sich der Föderation anzuschließen, ebensowenig dem Klingon-Imperium oder sonst jemandem. Das hatte natürlich zur Folge gehabt, daß die Angehörigen dieser und anderer multistellaren Vereinigungen wenig daran interessiert waren, nähere Beziehungen zu den Orionern herzustellen.

Die perfekte Tarnung, dachte Kirk, für geheime Piraterie in großem Maßstab. Er fragte sich, wie viele Schiffe dank der »unabhängigen« Orioner auf der Vermißtenliste des Sternenflottenhauptquartiers standen.

»Sie eröffnen den Dialog, Captain«, meldete Uhura, als er gerade die erste Phasersalve befehlen wollte.

Uhura nahm die erforderliche Einstellung vor, und das Gesicht des orionischen Kapitäns erschien auf dem Hauptschirm. Gleichzeitig erklang eine rauhe, unfreundliche Stimme. Kirk, der nicht nur einmal von Admiralen ganzer Kriegsflotten bedroht worden war, berührten seine Worte nicht im geringsten.

Wären O'Shea oder Fushi oder Elijah anwesend, hätte eine Flut von Verwünschungen die Aufforderung des Fremden beantwortet.

»*Enterprise*«, begann der Orion-Kapitän, was bewies, daß ihre Detektoren ebenso funktionierten wie ihre Diffusionsstrahlen. »Wir verlangen, daß Sie Ihre Verfolgung sofort einstellen. Ich protestiere als Vertreter einer anerkannten neutralen Regierung.«

Es kostete Kirk Mühe, seine Verärgerung zu unterdrücken. Er mußte es, einstweilen jedenfalls, mit Diplomatie versuchen. Außerdem hatte der Orioner im Prinzip recht.

»Ich bin Captain James T. Kirk, Kommandant der *Enterprise*. Wie kommen Sie darauf, daß wir Sie verfolgen?« Das Gesicht des Orioners blieb unbewegt. »Wir wurden auf eine Fehlfunktion ihres Phasersystems aufmerksam und dachten, daß Sie vielleicht Hilfe benötigen. Es besteht doch eine Fehlfunktion?« Er lächelte sarkastisch.

»Nein – aber so, wie Sie sich anschlichen, mußten wir annehmen, daß Sie sich uns in feindlicher Absicht nähern.«

»Ich bewundere Ihre Methode der Einschätzung der Situation«, entgegnete Kirk spöttisch. »Sie vermeidet müßige Überlegungen. Was Orions Neutralität betrifft, nun, sie ist strittig seit der Affäre mit den kordianischen Planeten und des Babel-Abkommens, Sternzeit... ich bin sicher, Sie sind mit Zeitpunkt und Umständen vertraut.

Doch handelt es sich hier um einen kürzlich erfolgten Zwischenfall, Kapitän. Gestern wurde die *Huron*, ein Föderationsfrachter, in diesem Quadranten überfallen und seine Fracht geraubt. Da Ihr Schiff das erste fremde ist, das wir in diesem Gebiet fanden, bitten wir Sie, unserem Wunsch nach einer Durchsuchung im Sinne von Abschnitt A 12 der Babel-Vereinbarung zu entsprechen. Benötigen Sie Bedenkzeit?«

Der Orioner ging nicht darauf ein. Eine Bitte um Bedenkzeit wäre einem Schuldgeständnis gleichgekommen. Statt dessen setzte er die Miene eines Ehrenmannes auf.

»Orioner sind keine Diebe. Es tut mir leid, daß ein Schiff der Föderation überfallen wurde. Wir hoffen, Sie finden die Verbrecher. Wir haben keinerlei von der Föderation stammende Fracht an Bord. Und unsere Papiere, die uns Flüge in diesem Sektor erlauben, sind in Ordnung. Ich muß darauf bestehen, Captain, daß Sie die gegen uns gerichteten Feindseligkeiten einstellen. Wenn diese

Belästigung nicht sogleich endet, werden wir Protest bei Ihrer Regierung einlegen.«

Kirk bedeutete mit einer raschen Bewegung zu unterbrechen und blickte über die Schulter, als das Bild des Orioners vom Schirm verschwand. »Uhura, sagen Sie ihm, er möchte warten.«

»Jawohl, Sir.« Nach kurzer Pause drehte sie sich zu ihm um. »Er möchte wissen, warum, Sir.«

»Sagen Sie ihm, einige innere Körperfunktionen lassen sich nicht länger unterdrücken. Wenn er Näheres wissen will, erklären Sie es ihm.«

»Sir!« sagte Uhura.

»Mr. Sulu, wie sieht es aus?«

»Nur noch einen Check, Sir.« Seit sie Sichtkontakt zu den Orionern hatten, arbeitete der Rudergänger angestrengt. Nun blickte er selbstzufrieden grinsend auf.

»Die Sensoren bestätigen das Vorhandensein einer großen Menge Dilithium an Bord des Orion-Schiffes, Sir. Sie müssen es an jeder freien Stelle verstaut haben. Es quillt fast über.«

»Was ist mit dem Strobolin?« fragte Kirk angespannt.

Sulus Grinsen schwand. »Nach allem, was ich gehört habe, gab es keinen Grund, das Mittel in großer Menge zu liefern, Sir. Wenn sie es dabeihaben, ist die Quantität jedenfalls zu gering für eine Ortung durch den Schiffsrumpf.«

»Kann man nichts machen«, brummte Kirk. »Stellen Sie die Verbindung wieder her, Leutnant.«

»Verbindung hergestellt, Sir«, meldete Uhura, als der leicht verwirrte Orion-Offizier wieder auf dem Schirm erschien.

»*Enterprise* an Orion-Schiff, hier Kirk«, setzte er an. Ihm war nicht entgangen, wie geschickt der Orioner vermieden hatte, Namen zu erwähnen – seinen, den der Crew und den des Schiffes.

»Ich mache Ihnen einen Vorschlag. Falls Sie zufällig doch der *Huron* begegnet sind, und falls Sie beschlossen – im allgemeinen Interesse –, ihre wertvolle Fracht zu bergen, und falls Sie zufällig die drei«, seine Stimme hob sich leicht, »Schwerverwundeten an Bord übersahen, könnte es sein, daß Sie auch die kleine Menge eines leichtverderblichen Arzneimittels aus dem sicherlich versehentlich geöffneten Kühlsafe mitnahmen. Wir brauchen dieses Medikament dringend.«

Der Orioner war alles andere als dumm. Kirk sah fast, wie sich die Gedanken im Kopf des fremden Kapitäns überschlugen. »Was wäre Ihnen diese Droge wert – angenommen, es hätte sich unwahrscheinlicherweise alles in etwa so zugetragen?«

Kirk beugte sich vor, während seine Finger sich unwillkürlich um die Sessellehne verkrampften.

»Sie dürfen die Dilithiumladung behalten. Die Sternenflotte wird nichts von dem gesamten Vorfall erfahren. Zusätzlich bekommen Sie noch einen Normalcontainer Dilithium als...« Er zögerte und verzog das Gesicht. »...Bezahlung für das ›geborgene‹ Medikament.«

Längeres Schweigen setzte ein, während der Orioner sich dieses Angebot durch den Kopf gehen ließ. Als er wieder sprach, schwang ein Hauch Mißtrauen in seinem Ton – unter den Umständen verständlich. Doch Kirk spürte, da war noch etwas anderes, eine Spur von Verzweiflung.

Offenbar war ihm seine strategische Position völlig klar. Er hatte das Überraschungsmoment verloren. Und die Chance, daß die *Enterprise* einer unerwarteten Materie-Antimaterie-Explosion zum Opfer fiel, war dahin.

Wider alle seine Instinkte sah er sich wahrscheinlich in einer Lage, in der er das Risiko eingehen mußte, den Vorschlag anzunehmen.

»Wir behalten das Dilithium«, sagte er schließlich vorsichtig, »und unsere Neutralität bleibt erhalten?«

Kirk nickte.

Nach einer kürzeren Pause sagte der Orioner fest: »Wir werden Ihren Vorschlag überdenken.«

»Gut. Aber beeilen Sie sich. Kirk Ende.« Sofort schaltete er das Intercom ein. »Kirk an Krankenstation.«

»McCoy«, kam die sofortige Antwort.

»Pille – wieviel Zeit haben wir noch?«

»Eine knappe Stunde, Jim. Das Strobolin wird bis zum Ende zu mindestens neunzig Prozent wirkungsvoll sein. Sein Zustand verschlechtert sich rapide. Es gibt nichts, was ich tun kann, den Kollaps zu verlangsamen, und verdammt wenig, ihn aufzuhalten. Wenn ich wenigstens eine einzige verdammte Ampulle hätte...«

»Halt aus, Pille, nur noch kurze Zeit. Wir haben eine gute Chance, das Strobolin bald zu bekommen.«

»Der Orioner ruft uns, Sir«, unterbrach ihn Uhura.

»Ich weiß, daß du es schaffst, Pille.«

»Es liegt nicht mehr an mir, Jim. Es hängt allein von der abstrakten Zusammensetzung der Proteine ab, die wir Spock nennen. Geschicklichkeit nützt gar nichts mehr – nur noch Strobolin kann ihm helfen.«

»Kirk Ende.« Er drehte sich um. »Stellen Sie die Verbindung her, Leutnant.« Er wappnete sich.

»Wir nehmen Ihren Vorschlag an, Captain...«

Kirk atmete erleichtert auf.

»...unter einer Voraussetzung.«

Kirks Magen verkrampfte sich. »Welche Voraussetzung?«

»Ob jemand von Ihnen das Medikament abholt, oder wir es zu Ihnen bringen, beides erfordert lediglich den Einsatz von einfachem Personal. Das entbehrlich ist.« Kirk wollte protestieren, doch der Orioner winkte müde ab, und Kirk zwang sich zur Ruhe.

»Es ist keine Beleidigung beabsichtigt, Captain. Aber Sie könnten die Droge ohne jegliches Risiko für Sie übernehmen und uns dann angreifen.«

»Was«, entgegnete Kirk, »könnte Sie von unserer Ehrlichkeit überzeugen?«

»Mehr Überzeugungskraft, als irgendeinem Sterblichen gegeben ist. Aber wir sind bereit, uns mit einem Direktaustausch zufriedenzugeben – die Arznei für den Dilithiumcontainer. In Ermangelung absoluter Sicherheit ist der Einsatz des eigenen Lebens ein annehmbarer Ersatz. Ich selbst werde mich mit Ihnen treffen.«

»Nur Sie und ich.« Innere Warnsignale schrillten. »Wo?«

»Dicht bei meinem Schiff befindet sich ein großer Planetoid. Sie haben ihn zweifellos auf Ihrem Schirm gesehen. Er hat eine für uns beide erträgliche Atmosphäre. Wir können uns auf den genauen Zeitpunkt einigen und gleichzeitig hinunterbeamen. Ich selbst werde Ihnen die Arznei aushändigen.

Ihre persönliche Anwesenheit genügt mir als Sicherheit, Captain. Die zusätzlichen Dilithiumkristalle werden dadurch überflüssig.« Ein Hauch von Humor. »Ich glaube, wir kommen auch ohne sie aus. Jetzt ist es an Ihnen, meinen Vorschlag zu überdenken.«

»Ich – ich möchte mich mit meinen Offizieren besprechen.«

Der Fremde nickte.

»Sie können in wenigen Minuten mit meiner Antwort rechnen. Kirk Ende.«

3

»Es muß eine Falle sein, Jim.« McCoy schmetterte mit uncharakteristischer Heftigkeit die Faust auf das glatte Holz des Konferenzzimmertisches. »Ich kauf' ihm das nicht ab, daß er bei ›entbehrlichem‹ Personal seine Bedenken hat. Ebensowenig glaub' ich ihm diesen Blödsinn, daß deine Anwesenheit bei diesem Austausch irgend so ein unerklärbares orionisches Gefühl der Unsicherheit beruhigen würde. Warum genügt ihm deine persönliche Zusicherung per Kommunikator nicht? Ich wette, sie haben das Ganze ausgebrütet, um dich auszuschalten.«

Kirk antwortete zurückhaltend: »Vielleicht ist meine Anwesenheit aus irgendwelchen ideellen Gründen notwendig, Pille. Vergiß nicht, wir wissen nicht viel über die Kultur des Orion. Trotzdem«, fügte er hinzu, um einen weiteren Gefühlsausbruch seines Freundes zuvorzukommen, »glaube ich, daß du recht hast.«

»Ich zweifle nicht im geringsten daran«, stimmte ihm Scott zu, der am gegenüberliegenden Tischende saß.

»Ja. Sicher.« Kirk legte beide Hände auf den Tisch und lehnte sich vor. »Es könnte eine Falle sein. Aber wir haben keine Zeit, uns Alternativen auszudenken oder irgendwelche subtilen Schliche, um das Strobolin in die Hände zu kriegen.

Wenn wir es nicht *sehr* bald bekommen, wird Spock sterben. Würde er in einer ähnlichen Lage nicht auch alles für jeden von uns tun?«

McCoy schüttelte bedrückt den Kopf. »Warum hast du uns überhaupt hergerufen, Jim? Du warst ja sowieso schon fest entschlossen, auf seine Bedingung einzugehen.«

»Stimmt«, bestätigte Kirk. »Aber ich hatte gehofft, daß wenigstens einem von euch was einfallen würde – auch wenn es verrückt wäre. Jedenfalls könnt ihr euch darauf verlassen, daß ich äußerste Vorsicht walten lassen werde. Mein Kommunikator wird unauffällig selbst das leiseste Wort auf die Brücke senden – und der Orioner wird nicht merken, daß er eingeschaltet ist.

Scotty, Sie sorgen dafür, daß der Transporter auf mich eingestellt bleibt, und beamen mich herauf – beim ersten verdächtigen Anzeichen.« Kirk blickte seinen Chefingenieur fest an. »Ich verlasse mich auf Sie.«

»Wenn das nicht funktioniert, Jim«, sagte McCoy besorgt, »könnten wir Spock *und* dich verlieren.«

»Eine solche Situation ist nichts Ungewöhnliches, Pille. Seit Anbeginn der Zivilisation sahen sich Menschen mit derartigem konfrontiert.« Er blickte die beiden nacheinander an. »Gehen wir es an, meine Herren. Wer nicht wagt, der nicht gewinnt.«

Die Brücke des Piraten von Orion war beträchtlich kleiner als die der *Enterprise.* Entsprechend karger war auch ihre Ausstattung. Ihre Offiziere an den Konsolen und Instrumententafeln hatten jetzt andere Sorgen, als sich darüber Gedanken zu machen.

Ihr Kapitän hing seinen Gedanken nach. Alles war so gutgegangen. Die *Huron* hatte sich als sehr lohnende Beute erwiesen. Sie hatten ihr außer Kommunikationsreichweite irgendwelcher anderer Schiffe aufgelauert. Bei ihrer minimalen Bewaffnung und der kleinen Crew war es ein Kinderspiel gewesen, sich ihre Fracht zu holen.

Wie hätten sie wissen können, daß diese *gisjacheh* Droge, dieses Strobolin, nicht zu irgendeiner fremden Welt gebracht werden sollte, sondern für einen Schiff-zu-Schiff-Transfer bestimmt war? Noch dazu war dieses andere Schiff bereits gefährlich nahe und obendrein ein Föderationskreuzer!

Trotz aller Geschicklichkeit seines Rudergängers und aller Anstrengung, dem Verfolger zu entkommen, hatte das riesige Schiff sie eingeholt und gestellt. Angesichts dessen, was geschähe, wenn ihr Überfall auf die *Huron* je in diplomatischen Kreisen bekannt würde, hatte er seinen unvermeidlichen Entschluß gefaßt. Den einzig möglichen überhaupt.

Aber erst mußte er sichergehen, so wie der *Bya-chee*-Vogel sich vergewissert, bevor er herabstößt. Er blickte seinen Ersten Offizier an.

»Status, Cophot?«

»Wir können mit unseren Waffen nichts gegen die *Enterprise* ausrichten, *Elt,* und wir sind auch nicht schneller als sie, so daß eine Flucht Sinn hätte.«

»Gar keine Chancen?«

»Nein, *Elt,* gar keine.«

Der Kapitän seufzte auf seine besondere orionische Weise, und auch kurzes Meditieren verhalf ihm zu keiner Inspiration. »Die offizielle Neutralität Orions geht über dieses Schiff, über seine Besatzung. Es steht zu viel auf dem Spiel, als sich auf das Wort eines – irgendeines – Mannes zu verlassen. Die Möglichkeit wäre nicht auszuschließen, daß er den Vorfall irgendwann einmal der Sternenflotte meldet.«

»Ja, *Elt*«, pflichtete ihm sein Erster Offizier bei. »Es läßt sich nur durch die Vernichtung der *Enterprise* verhindern. Und die einzige Möglichkeit, das zu bewerkstelligen«, er zögerte gegen seinen Willen, »ist, uns ebenfalls zu vernichten.«

»Ich fürchte, ja. Ich hatte gedacht, ein unerwarteter Schub unsererseits im Augenblick des Austausches, ein Rammstoß, dessen Abwehr ihre Schutzschilde überlasten würde...«

»Verzeihen Sie, *Elt*, aber es gibt eine bessere Möglichkeit.« Plötzlich zögerte er.

»Sprechen Sie schon weiter, Cophot!«

»Unter diesen Asteroiden befinden sich viele aus Antimaterie. Und von jenen aus Materie haben viele einen hohen Anteil an instabilen radioaktiven Stoffen. Sie sind für Menschen ungefährlich, da sie sich im Planetenkern befinden, so wie bei dem...«

»Dem unter uns, auf dem ich mich mit Captain Kirk treffen werde?« Er begann zu verstehen.

»Ja, Sir. Ich habe mich vergewissert«, versicherte ihm der Erste Offizier. »Beide Schiffe werden dicht am Planetoiden liegen. So dicht, daß alle zwei durch die Kernexplosion vernichtet werden, selbst wenn die stärksten Schutzschilde aktiviert sind. Das Problem ist nur, wie das geschehen soll. Phaserbeschuß genügt nicht.«

»Was dann?«

»Der richtige Initialzündstoff. Und den bekommen wir frei Haus geliefert.«

»Das Dilithium! Aber wie zünden wir es?«

»Ich kann eine Fernbedienung basteln und von hier...«

Die Augen des Kapitäns leuchteten auf, und er winkte ab. »Nein, nein. Ich habe eine bessere Idee, Cophot. Ich mache es selbst. Ich nehme sie mit zu unserem Treffen. Ich will Kirks Gesicht sehen, wenn ich ihm seine Medizin ausgehändigt habe und ihm dann sage, daß er und seine ganze Crew uns zum Dunklen Ort begleiten werden. Außerdem dürfen Sie die Detektoren dieser Klasse von Föderationskreuzern nicht vergessen. Sie können einen alten Schuh orten, der auf die Oberfläche gebeamt wurde, ganz zu schweigen von einer Zündausrüstung, wie sie Ihnen vorschwebt.«

»Wie Sie meinen, *Elt*«, sagte der Wissenschaftsoffizier bewundernd. »Ich werde mich sogleich an die Arbeit machen.«

»Geben Sie sich besondere Mühe damit, Cophot. Man hat ja nicht jeden Tag die Ehre, den Mechanismus für die eigene Vernichtung zu entwerfen.«

Der Erste Offizier nickte.

»Die *Enterprise* meldet sich, *Elt*«, sagte der Kommunikationsoffizier.

Der Kapitän drehte sich dem Bildschirm zu. »Wie haben Sie sich entschieden, Captain Kirk?«

»Ich nehme Ihre Bedingung an.«

»Gut.« Der *Elt* bemühte sich um einen gleichmütigen Ton. »Wir wählen die Koordinaten... Nein, tun Sie es. Wir beamen gleichzeitig in fünfzehn Ihrer Minuten hinunter.«

Kirk bemerkte McCoys düstere Miene aus den Augenwinkeln und wandte sich ihm kurz zu. »Was jetzt, Pille?«

»Es gefällt mir immer noch nicht, Jim. Aber wie du gesagt hast, bleibst uns nicht mehr viel Zeit. Spock...« Er schüttelte schwer den Kopf.

»Fünfzehn Minuten«, wiederholte der orionische Kapitän. »Oder überhaupt nicht, Captain Kirk.«

»Ja, ja«, antwortete Kirk abwesend. »Einverstanden. *Enterprise* Ende.«

Der Schirm wurde schwarz.

Es war eine absolut tote Welt. Gewiß, sie besaß eine atembare Atmosphäre, eine dünne Gashülle, in der schroffe Berggipfel in ein tiefes Blau ragten, aber nichts kroch über ihre pockennarbige Oberfläche. Nichts flog durch ihren düsteren Himmel.

Doch nun erschien Leben in Form von zwei schimmernden Säulen. Die beiden Raumschiffskapitäne rematerialisierten knapp zwei Meter voneinander entfernt.

Sofort bemerkte der Orioner den Tricorder in Kirks Hand, während Kirks Blick als erstes auf den überdimensionalen Tornister des Orioners fiel.

Doch bevor er sich Gedanken darüber machte, zog der Plastikzylinder in der Hand des anderen wie magnetisch seinen Blick an. Dieser größere Zylinder enthielt kleinere – die Ampullen, die Spock vor dem Tod bewahren konnten.

Der kleine Druck auf dem Etikett des Zylinders war aus dieser Entfernung nicht zu entziffern, ganz deutlich jedoch das Wort STROBOLIN, das sich in großen Lettern abhob. Gut zu erkennen war auch das seit undenklicher Zeit benutzte Zeichen: ein rotes Kreuz. Damit mögliche Zweifel behoben würden, trat der Orioner einige Schritte näher und streckte den Zylinder zur genaueren Betrachtung aus.

»Ihr Serum, Captain, wie versprochen. Vergewissern Sie sich ruhig mit Ihrem Scanner.« Er deutete auf den Tricorder.

McCoy hatte die Sensoren selbst vorher eingestellt. Kirk deutete auf den transparenten Zylinder und drückte auf eine Taste. Falls der Inhalt der Ampullen kein echtes Strobolin war, mußte ein Meisterchemiker ihn zusammengestellt haben. McCoy hatte die Programmierung bestimmt ein dutzendmal überprüft.

Die Werte des komplexen Präzisionsinstruments waren eindeutig. Auf der Brücke des Sternenschiffs atmeten alle auf, als die Stimme des Captains aus dem Lautsprecher ertönte:

»Reines Strobolin, Pille.« Kirk rollte den Dilithiumcontainer über die glatte Oberfläche. Vor den Beinen des Orioners kam er zum Halt.

»Mein Teil der Abmachung. Möchten Sie es überprüfen?«

»Nein, Captain Kirk, ich traue Ihnen.«

»*Jetzt* trauen Sie mir.« Kirk zuckte die Schultern. »Gut. Ich nehme das Medikament, dann können wir beide uns wieder hochbeamen lassen.« Er langte nach dem Zylinder.

Der Orioner wich ein paar Schritte zurück. »Nein, Captain Kirk. Ich fürchte, das kann ich nicht zulassen. Wissen Sie, so gern ich Ihnen auch glauben möchte, daß Ihre Vorgesetzten nie von diesem Vorfall erfahren werden, ich kann es einfach nicht. Es ist zu riskant. Wenn etwas durchsickert, wird meine Welt ihre Neutralität verlieren und muß mit Strafmaßnahmen seitens der Föderation rechnen.«

»Hören Sie«, sagte Kirk verärgert. »Das haben wir doch schon alles lang und breit erörtert. Wenn Ihnen mein Ehrenwort nicht genügt, sollten Sie zumindest daran denken, daß Sie der *Enterprise* nicht entkommen können. Wir sind in der Lage, Ihnen überallhin zu folgen!«

»Nur wenn es etwas gibt, dem Sie folgen können, Captain, und wenn Sie etwas haben, womit Sie folgen können, und jemanden, der es tut.«

Kirk starrte ihn an. Er versuchte, den Sinn dieser Worte zu enträtseln, aber es gefiel ihm gar nicht, wohin seine Überlegungen führten.

Arex, der die kryptische Bemerkung gehört hatte, sagte: »Wir bekommen ungewöhnliche Sensorenwerte herein, Mr. Scott. Dieser Planetoid hat einen hohen Geräusch- und Strahlungspegel. Aber das hier ist anders! Es geht von der Umgebung des Captains und des Fremden aus.«

»Was ist es?«

»Ich bin mir nicht sicher – nein, es kommt nicht aus ihrer Umgebung!« rief er plötzlich aufgeregt. »Sondern direkt von ihnen! Sie haben Dilithium da unten bei sich!«

»Natürlich«, beruhigte ihn Scott. »Der Captain hat es mitgenommen, als Austausch...«

»Nein, nein!« schrillte der Edoaner. »Dieses ist anders! Es scheint am Rande der Stabilität zu sein!«

»Ihre Neugier galt meinem Tornister«, sagte der Orioner jetzt. »Sie sollten wissen, was er ist: eine Sprengvorrichtung. Wenn ich die Zündung auslöse, wird der radioaktive Kern dieses Planetoiden explodieren. Die Folgen sind beachtlich – mehr als ausreichend, Ihr Schiff zu vernichten.«

»Ihres ebenfalls«, entgegnete Kirk. Er war mit der Kultur des Orion nicht vertraut, aber er hätte schwören mögen, daß der Gesichtsausdruck des anderen selbstgefällige Befriedigung war.

»Warum, glauben Sie, konnten unsere Raumfahrer unsere Transaktionen so lange unbemerkt und erfolgreich durchführen, Captain Kirk? Darum nämlich, weil alle gescheiterten Orion-Missionen mit Selbstmord enden. Und wir haben recht gern Gesellschaft dabei.«

»Mr. Scott!« Arex flehte fast um eine Entscheidung, einen Befehl, eine Anweisung, *etwas* zu tun.

»Wir können nicht einfach mit Solantrieb verschwinden, weil wir sonst den Captain verlieren würden – und Mr. Spock«, dachte Scott laut. Er konnte den Orion-Kapitän nicht an Bord beamen, weil er mit seinem Zündmechanismus das Dilithium des Schiffsantriebs…

»Das Dilithium!« brüllte er und hieb auf die Intercomtaste. »Transporterraum – hier Scott – lokalisieren Sie die Dilithiumkristalle, die der Orioner bei sich trägt, Kyle, und beamen Sie sie hoch – *schnell!*«

»Ein interessantes Erlebnis, Captain, nicht wahr?« Des Orioners Rechte verhielt über einem Schalter an seinem Gürtel. »Ich habe mich oft gefragt, wie augenblickliche Auslösung sein würde. Bleibt so viel Zeit, daß man Schmerzen spürt? Daß man fühlt, wie sein Körper zerfetzt wird? Eine aufwühlende Frage.«

»Lokalisiert, Mr. Scott!« erklang Kyles Stimme aus dem Lautsprecher.

»Beamen!«

Kyle hantierte rasch an den Schiebereglern, ohne den Blick vom Anzeiger zu nehmen.

»Was soll's«, sagte der Orioner. »Philosophieren und erleben sind zweierlei. Ich habe meinen Frieden gemacht. Sehen wir jetzt, wie die Wirklichkeit ist!«

Eine Sekunde, ehe Kirk sprang, griff er nach seinem Gürtel. Kirk faßte nach beiden Handgelenken des Orioners – zu spät. Der andere preßte die Lider zusammen und zuckte unwillkürlich, als sein Finger den Mechanismus auslöste.

Eine Sekunde später fand er sich flach auf dem Bauch liegend. Zu seinem Entsetzen stellte er fest, nachdem er die Augen wieder aufgerissen hatte, daß er immer noch die Sterne sehen konnte. Sie formten einen ungleichmäßigen Ring um das zornige Gesicht Kirks, der zu ihm herabstarrte.

Kirk lockerte seinen Griff ein wenig, drückte den Orioner jedoch weiter auf den Boden. Der andere war zu benommen, sich zu wehren.

»Wirklichkeit, ja? Ich werde Ihnen gleich die Wirklichkeit zeigen! – Scotty, Energie!«

Das brachte den Orioner zu sich. Er versuchte verzweifelt, an seinen eigenen Kommunikator heranzukommen. Kirk stieß ihm ein Knie in die Magengrube und schloß die Finger wie Schraubzwingen um beide Handgelenke des Orioners, der vor Schmerz das Gesicht verzerrte.

»Ich weiß, daß es nicht die völlige Auflösung ist«, knirschte Kirk durch die Zähne. »Aber im Augenblick habe ich nichts Besseres für Sie.« Er verspürte ein Schwindelgefühl, und sein Blick verschleierte sich. Gleich darauf war der Planetoid wieder ohne jegliches Leben.

Als Kirk rematerialisierte, sah er als erstes zwei stämmige Sicherheitsleute, die ihre Phaser auf die Transporterplattform gerichtet hatten, und dann Chefingenieur Scott, der soeben den

Transporterraum betrat und kein Hehl aus seiner Erleichterung machte.

Die Wachen nahmen sich sofort des Orioners an und fesselten ihn – obwohl er ohnehin noch zu verwirrt war, um Widerstand zu leisten. Während sie ihn auch nach harmloseren, nicht gleich planetenvernichtenden Waffen durchsuchten, strich Kirk sein Hemd glatt und trat zu Scott.

»Captain«, begann Scott ergriffen. »Das war knapp, zu knapp. So knapp, daß...«

»Nehmen Sie sich Zeit, Mr. Scott, und lassen Sie sich was einfallen.« Kirk drehte sich zu dem Orioner und seinen Wächtern um. »Ich nehme das, Fähnrich«, sagte er zu einer der Wachen und griff nach dem Plastikzylinder. »Das ist keine Waffe.«

Mit den kostbaren Strobolinampullen in der Hand trat er rasch ans Intercomm. »Kirk an Brücke...«

»Captain!« ertönte Sulus Stimmme. »Wir haben gehört...«

»Später, Mr. Sulu. Momentan halte ich es für ratsam, uns ein Stück zu entfernen, falls sie diesen kleinen Trick noch einmal versuchen sollten.«

»Jawohl, Sir!«

»Kirk Ende.« Er drückte auf die Taste und wandte sich wieder Scott zu. »Sehen wir zu, daß wir auf die Brücke kommen.« Mit einem Blick über die Schulter wies er die Wachen an: »Kommen Sie mit!« Die fünf Männer gingen zum Lift.

»Übrigens, Scott, wo ist das Dilithium, das er dabei hatte?«

»Stabilisiert und unterwegs zum Maschinenlagerraum, Captain, um sinnvoller verwertet zu werden.«

An Bord des Orion-Piraten hielten Verwirrung und Verzweiflung sich die Waage.

»Wie ich schon sagte, *Bhar*, sie sind beide weg!« wiederholte der Kommunikationsoffizier.

»Weg?« wiederholte der Wissenschaftsoffizier ungläubig.

»Ich beobachtete die laufenden Sensorenwerte wie befohlen, *Bhar,* als sowohl der Erdling wie der *Elt* urplötzlich von der Planetoidenoberfläche verschwanden. Die Sensoren zeigten keinerlei Explosion an.«

»Wenn es kein Blindgänger war«, sagte der Erste Offizier, während sich die Gedanken in seinem Kopf überschlugen, »müssen sie die Dilithiumpackung entdeckt und irgendwie entschärft haben.«

»*Bhar,* die *Enterprise* hat sich in Bewegung gesetzt! Sie entfernt sich aus dem potentiellen Zerstörungsradius.«

»Sie haben es nicht nur entschärft, sie wissen genau, was wir vorhatten! Das bedeutet, daß sie den *Elt* entweder getötet oder gefangengenommen haben.« Er zögerte. »Uns bleibt nur noch eines. Geben Sie der Technikstation Bescheid, die Selbstvernichtung einzuleiten.«

»Wollen wir versuchen, sie zu rammen, *Bhar*?« fragte der Kommunikationsoffizier.

Der Erste Offizier war zu deprimiert, seine Verachtung auszudrücken. Statt dessen wiederholte er, was ohnehin bekannt war. »Sie könnten uns nach Belieben abhängen oder zerstören. Aber wenn der *Elt* getötet wurde oder *Vyun-pa-shan* beging, haben wir immer noch eine Chance, Orions Neutralität zu bewahren. Um eine so ernste Beschuldigung zu erheben, benötigen sie mehr Beweise, als die Bänder bieten können. Und das zumindest sind wir imstande zu verhindern.«

»Ruffrequenz öffnen, Leutnant«, befahl Kirk, als er auf die Brücke kam. Er nahm seinen Platz im Kommandosessel ein, während Scott sich an seine Brückenstation begab.

Der Orion-Kapitän wurde hinter den Kommandosessel geführt, von wo aus er den Hauptschirm sehen und vom Aufnahmegerät gut erfaßt werden konnte.

In diesem Moment bemerkte Kirk aus den Augenwinkeln eine Bewegung. Der Orioner hob die Hand zum Mund.

»Haltet ihn auf!«

Beide Wachen handelten instinktiv. Jeder packte den Fremden an einem Arm und drehte ihn nach hinten.

Kirk wandte sich um, um den Orioner besser zu sehen. Der Mann starrte auf einen Punkt hinter Kirks Stirn.

»Was hatten Sie vor?«

Der Orioner bemühte sich um einen gelangweilten Ton. »Meine Wange juckte, Captain. Stört es Sie, daß ich mich kratzen will? Würden Sie diesen Idioten befehlen, mich loszulassen...«

»Gleich«, antwortete Kirk abwesend. Er blickte auf den Boden, dann bückte er sich und hob eine kleine, dunkle Kapsel auf. Er hielt sie dem anderen unter die Nase. »Muß ich fragen, was sie enthält?«

Schweigen.

»Gift, nicht wahr?«

Auch jetzt erfolgte keine Antwort. Kirk seufzte, setzte sich wieder und warf die Kapsel in den Abfallbeseitiger.

»Kapitän«, sagte er und wählte seine Worte behutsam. »Ich bin überzeugt, daß Ihre Leute Ihr Schiff für die Selbstvernichtung vorbereiten. Alles, was Sie bisher versuchten und sagten, läßt keinen anderen Schluß zu. Ihre Besatzung würde jedoch einen sinnlosen Tod auf sich nehmen, denn wir werden verhindern, daß *Sie* Selbstmord begehen. Egal, ob Ihre Männer am Leben bleiben oder sterben, *Sie* können vor Gericht gestellt werden. Und ich bin sicher, daß sowohl die Vertreter der Föderation wie anderer Regierungen sich sehr für das Ergebnis Ihrer Gedankenabtastungen interessieren werden. Ich glaube nicht, daß viele erforderlich sein werden, um Orions Spielchen von neutraler Piraterie ein Ende zu bereiten. – Irgendwelche Reaktion, Uhura?«

»Ich habe sie endlich erreicht, Sir.«

Kirk nickte und wandte sich wieder dem Orioner zu, dessen Miene unlesbar war. Wahrscheinlich empfand er ähnliche Gefühle wie er selbst: Feindseligkeit und Respekt.

Manchen Rassen bedeutete der Tod wenig. Kirk glaubte nicht, daß die Orioner dazugehörten. Dieser Mann hatte Selbstmord zum Wohl seines Volkes begehen wollen. Was auch immer die rassischen Beweggründe waren, es gehörte Mut dazu. Das mußte Kirk bewundern.

»Sie bestätigen nur Audioverbindung, Captain«, meldete Uhura.

»Das dürfte für den Anfang genügen, Leutnant.« Er beugte sich über das in der Sessellehne eingelassene Mikrophon. »Captain Kirk von der *Enterprise* an stellvertretenden Kapitän des Orion-Schiffes. Ihr Kapitän ist unser Gefangener.« Er warf einen raschen Blick auf den Orioner und fuhr fort:

»Er befindet sich bei bester Gesundheit und ist durchaus in der Lage, sich zu verständigen – freiwillig oder nicht.« Er hielt kurz inne und wandte sich etwas leiser an den schweigenden Mann hinter ihm.

»Sie haben die Wahl.«

Der Orioner nickte resigniert, offenbar hatte er sich bereits entschieden. Das bestätigte Kirks Annahme, daß die Orioner Achtung vor dem Leben empfanden. Er bedeutete den Wachen, ihren Gefangenen loszulassen.

Beide taten es gleichzeitig, behielten ihn jedoch im Auge.

Kirk lehnte sich ein wenig zur Seite, damit der andere vom Aufnahmegerät erfaßt werden konnte.

»*Bhar* Cophot?«

Sofort wurde Sichtverbindung hergestellt, und Kirk sah das Gesicht des verunsicherten stellvertretenden Kapitäns des orionischen Schiffes.

»*Elt.* Ihre Befehle?«

»Selbstvernichtungssystem abschalten.« Kirk entnahm daraus, daß er nicht daran zweifelte, daß es aktiviert worden war. Der Erste Offizier schien zu zögern. »Bereitmachen zur Kapitulation.«

»Jawohl, *Elt.* Copoth Ende.« Der Schirm wurde grau, doch

nicht ehe die beiden Fremden eine komplexe Grußsequenz ausgetauscht hatten.

Noch etwas beeindruckte Kirk. Obwohl es offensichtlich war, daß sowohl technische wie geistige Bereitschaft zur Selbstvernichtung bestanden hatte, hatte der Erste Offizier des Orion-Piraten keinerlei Einwände gegen den neuen Befehl seines Kapitäns erhoben. Nachdem sie in einer Sackgasse gelandet und alle Möglichkeiten zur Selbstvernichtung ausgeschöpft waren, hatten sie sich schließlich doch für das Leben entscheiden – sehr zu Kirks Erleichterung.

Offenbar gab es Hoffnung für die Orioner. Ihre moralische Basis war gesund. Wenn erst einige Reformen ihre gegenwärtig einseitige Ansicht über interstellare Wirtschaft zurechtgerückt hatten, mochten sie sogar zu guten Freunden werden.

Kirk diktierte die Logbucheintragung, während er zur Krankenstation unterwegs war. Diesmal war es eine Eintragung nach seinem Herzen.

»Logbuch des Captains, Sternzeit 5527.4. Die Besatzung des Freibeuters vom Orion befindet sich in Schutzhaft, das Schiff in Schlepp. Die Enterprise hat ihren Kurs nach Deneb V wieder eingeschlagen. Wir...«

Nein – nein. Er beendete die Eintragung. Es gab so viele Einzelheiten, die er hätte hinzufügen können – aber wozu? Das genügte für einen Zwischenfall bei einer ohnehin hektischen Routinemission. Hier war Bündigkeit gefragt.

Ihr Erscheinen bei Deneb V mit einem Orion-Schiff im Schlepp würde genug Aufsehen erregen. Kirk hielt nicht sehr viel von einem triumphalen Auftritt, dagegen eine Menge von einem starken Abgang.

Aber es würde gut sein für das Schiff (das Schiff, das Schiff – immer das Schiff). Die Tatsache, daß die Lösung des Verschwindens einer bestimmt nicht unbedeutenden Zahl von Schiffen ihm möglicherweise eine Beförderung einbringen würde, kam ihm überhaupt nicht in den Sinn – lediglich, daß einigen Anforderungen der *Enterprise* vielleicht rascher entsprochen werden würde, als es auf dem üblichen zögerlichen Dienstweg der Sternenflotte normalerweise der Fall war.

Der Lohn der Heldenhaftigkeit, dachte er, während er um eine Ecke bog. Zu welch seltsamem Vorteil die Krankheit eines einzigen doch für die Allgemeinheit führen konnte!

Die Neutralität Orions würde als so stabil wie ein *Shoji* hingestellt werden. Die Klingonen und Romulaner würden einen potentiell mutwilligen Verbündeten verlieren. Und ein großer, bisher als unsicher verschriener Sektor am Rand des Föderationsgebietes würde von nun an mit nicht mehr als der üblichen Vorsicht befahren werden können, was bedeutete, daß Eskortschiffe und -personal andere Aufgaben durchführen konnten.

Alles nur wegen eines Medikaments. Kirk fragte sich, wie oft in der Vergangenheit der Verlauf der Geschichte durch ein Aspirin zur rechten Zeit hätte verändert werden können.

Er hörte die Stimmen, noch ehe er die Krankenstation betrat. Und als die Tür sich für ihn öffnete, sah er Spock im Bett sitzen und sich zum ersten Mal, seit sie Argo verlassen hatten, wieder wie ein Vulkanier benehmen. Er und der Schiffsarzt waren in eine lautstarke Meinungsverschiedenheit verwickelt.

»Sie können es unmöglich leugnen, Spock!« schrie McCoy.

»Ich kann Sie darauf hinweisen«, entgegnete Spock geduldig, »daß Sie sich irren, indem ich...«

McCoy ließ ihn nicht ausreden, sondern sprach aufgebracht weiter. Manchmal fragte sich Kirk, ob sie je in kompletten Sätzen argumentierten.

»Ich habe lange darauf gewartet«, erklärte McCoy laut, während Kirk auf sie zuging, »und ich lasse mich nicht darum bringen.«

»Worum?« erkundigte Kirk sich höflich. Sowohl Spock wie McCoy wandten sich ihm kurz zu.

»Nichts, Captain. Dr. McCoy verleiht lediglich seiner Schadenfreude Ausdruck – ein verabscheuungswürdiges Charakteristikum seiner unberechenbaren prähistorischen Neigungen.«

»Spock, Ihr seltsames Blut mag Sie ja unter anderen Umständen schon mehrmals gerettet haben, aber diesmal hat es Sie fast umgebracht. Also können Sie es jetzt nicht mehr bestreiten!«

»Im Gegenteil, Doktor, ich habe genügend Gründe, meine physiologische Struktur Ihrer vorzuziehen. Soweit es die psychologischen Strukturen betrifft, gibt es natürlich keinen Zweifel.«

Kirk konnte ein Lächeln nicht unterdrücken. »Ich sehe, meine Herren, daß alles wieder beim alten ist.«

McCoy runzelte finster die Stirn. »Allerdings, Jim – er ist so stur wie immer.«

»So logisch, Doktor«, korrigierte ihn Spock ruhig.

»Verrückt, Jim!« entgegnete McCoy heftig.

Manchmal frage ich mich, ob noch irgend jemand auf diesem Schiff völlig normal ist, grübelte Kirk.

»Es überrascht mich, daß ausgerechnet Sie das Wort verrückt in den Mund nehmmen, Doktor«, fuhr Spock fort, »da...«

Kirk gab auf und ging. Er hatte Spock mehrere Fragen stellen wollen, aber die würden warten müssen, bis McCoys eigene Art von Rehabilitierungstherapie beendet war.

Zumindest hatte er sich überzeugen können, daß es sowohl dem Patienten wie dem Arzt gutging, und das genügte vorerst.

DRITTER TEIL

Dschihad

Nach einem Drehbuch
von Stephen Kandel

1

Wie die Dinge sich ergaben, war es ein Glück, daß Spock sich so rasch erholte. Die »Dinge« kamen in Form einer Order der Geheimhaltungsstufe A, einer Nachricht, die so geheim war, daß Kirk persönlich sie entschlüsseln mußte, was er in seiner eigenen Kabine mit Hilfe eines besonderen Terminals tat.

Die Anweisungen, die er entschlüsselte, waren knapp und bündig. Sie weckten bei Kirk gleichermaßen Verwunderung wie Erwartung.

Sein Gesicht mußte wohl etwas von beidem verraten haben, als er Leutnant Arex einen Zettel übergab. »Kurs auf diese Koordinaten, Leutnant.«

»Jawohl, Sir.« Der edoanische Navigator las die angegebenen Ziffern und übertrug sie in den Navigationscomputer. Erst nachdem er damit fertig war, gestattete er sich einen Augenblick persönlicher Überlegung.

Als er schließlich den Mund öffnete, stellten seine Worte sowohl eine Tatsache wie eine Frage dar. »Captain, die Koordinaten sind programmiert. Wir nähern uns ihnen mit Standardgeschwindigkeit.«

»Danke, Mr. Arex.« Da der Navigator ihn immer noch anblickte, fragte er: »Sonst noch etwas?«

»Captain, ich möchte nicht behaupten, daß ich über ein besonders gutes Gedächtnis verfüge, aber unser programmiertes Ziel erinnerte mich an etwas. Nachdem ich die Daten eingegeben hatte, vergewisserte ich mich und stellte fest, daß ich mich nicht getäuscht habe.

In der Region, zu der wir fliegen, und das gilt auch für die angegebenen Koordinaten, befinden sich keine Objekte von Planetengröße.« Wenn er erwartet hatte, daß Kirk ihm widersprechen oder neue Informationen zu bieten haben würde, sah er sich enttäuscht. »Sie haben völlig recht, Mr. Arex. Dieser Quadrant ist so leer wie ein Himmelsäquator.«

»Ein Rendezvous mit einem anderen Schiff?« fragte der Navigator hoffnungsvoll.

»Im Augenblick bin ich noch zur Geheimhaltung verpflichtet, Leutnant. Allerdings«, er senkte die Stimme zu einem kaum hörbaren Wispern, »könnte man das vielleicht so sehen.«

Arex wandte sich, verwirrter denn zuvor, wieder seiner Konsole zu. Es wäre ihm vielleicht ein Trost gewesen, hätte er gewußt, daß Kirk ebenso verwirrt war. Aus Angst, er könnte bei der Entschlüsselung einen Fehler begangen haben, hatte er die Dekodierung dreimal überprüft. Dreimal hatte der Computer dieselbe Antwort gegeben.

Und jedesmal war diese Antwort gleich rätselhaft gewesen.

Normalerweise hätte er bei so unverständlichen Orders bei der Sternenflotte rückgefragt. Aber Orders von Geheimstufe A wurden nicht in Frage gestellt, sondern ganz einfach befolgt, denn sie kamen von ganz oben. Etwas ungeheuer Wichtiges war im Gange.

Aber wenn es wirklich so wichtig war, warum sollten sie dann mit Standardgeschwindigkeit fliegen? Und mit wem sollten sie sich treffen? Ganz offensichtlich hatte die Geheimhaltung hier Vorrang vor Erläuterungen.

An den Anweisungen selbst war nichts rätselhaft – rätselhaft war lediglich, daß sie so bündig waren, ohne auch nur die Spur einer Erklärung. Sie lauteten nur, daß die *Enterprise* zu den angegebenen Koordinaten zu fliegen habe, wo sie etwas/jemanden treffen würde, dem sie zur Verfügung zu stehen habe.

Das war alles. Keine weiteren Details oder Anweisungen.

Es war nicht die Art des Sternenflottenkommandos, bei so wichtigen Orders keine näheren Angaben zu machen. Eine derart hohe Geheimhaltung ließ allerlei Schlüsse zu.

»Jemand hat beträchtliche Angst«, bestätigte Spock. McCoy hatte ihn endlich, zu beider Erleichterung, aus der Krankenstation entlassen. Aber auch er konnte nicht mehr Licht in diese Befehle bringen. »Wir haben keine Fakten, von denen wir ausgehen können, Captain.«

»Dann wird uns nichts anderes übrigbleiben, als zu warten, bis wir welche geboten bekommen, Spock.«

Von dem Moment an, da sie sich den Rendezvouskoordinaten näherten, gab es Überraschungen. Eine erstaunliche Menge Leute schienen von dem zu wissen, was offenbar ein ultrageheimes Unternehmen hätte sein sollen.

»Ich habe bei den Koordinaten *mehrfachen* Kontakt, Sir«, hatte Sulu gemeldet, »und ein großes Objekt im Zentrum.«

Stunden vergingen. »Übertragen Sie auf den Schirm, was immer Sie kriegen, Mr. Sulu.«

Das Bild, das sich ihnen auf dem Schirm bot, war sehr bemerkenswert. Unzählige Raumschiffe waren um den Rendezvouspunkt gruppiert. Es war eine so ungewöhnliche Sammlung von Sternenschiffen, wie Kirk sie kaum je zuvor gesehen hatte.

Mindestens ein halbes Dutzend Zivilisationen waren vertreten. Alle waren um einen riesigen grün-silbernen Körper versammelt – zu sagen, sie hätten sich im Orbit um ihn befunden, wäre nicht ganz richtig gewesen. Er strahlte mit der Helligkeit eines künstlichen atmosphärischen Lichtes. Gegen die totale, sonnenlose Schwärze des Raums schien er sanft zu pulsieren.

Er war zu klein für einen Planeten, ja sogar zu klein für einen Mond, aber zu groß für ein Raumschiff.

Tatsächlich war er alles zusammen.

Spocks Blick hing mit einem Interesse wie selten am Hauptschirm. »Ein Asteroid der Vedaler«, murmelte er. »Ich habe bisher nie selbst einen gesehen, außer in schlechten Filmen und noch schlechteren Comics.«

»Ich auch nicht, Spock«, gestand Kirk ebenfalls staunend.

»Also ich habe nicht einmal von so was gehört«, warf Uhura ein. »Könnte es mir bitte jemand erklären?«

»Die Vedaler sind die älteste bekannte Rasse, die durch das Universum reist. Sie sind so alt, daß sie ihre völlig verbrauchten Heimatwelten aufgaben und ein Nomadenleben zwischen den Sternen zu führen begannen.

Sie reisen mit erstaunlicher Geschwindigkeit auf großen Asteroiden oder kleinen Planetoiden, auf denen sie ihre erforderlichen Umweltbedingungen schaffen. Neben der großen Mobilität bieten ihnen diese kleinen künstlichen Welten sowohl ihre persönliche wie rassische Ungebundenheit – etwas, das für sie über allem steht.

Und doch benötigen sie jetzt offenbar die Anwesenheit von Außenstehenden.«

»Und wir sollen uns ihnen zur Verfügung halten«, murmelte Kirk. Er betrachtete die Miniaturgebirge, bewunderte die Taschenformatmeere und Kleingartenprärien der silbrigen Weltkugel.

»Captain«, meldete Uhura nun wieder streng dienstlich, »wir werden abgetastet.«

Kirk wurde daran erinnert, daß die Vedaler in ihrer Neigung zum idyllischen Schein bemüht waren, möglichst wenig auf ihren hohen technologischen Stand aufmerksam zu machen.

Wozu brauchten sie die *Enterprise*? Oder diese anderen Schiffe?

»Bleiben Sie alle auf Ihrem Posten«, befahl er. Die Zeit verging, bis Uhura schließlich meldete, daß das Scannersignal von einem anderen abgelöst worden war.

»Wir haben Sprechkontakt, Captain. Keine Sichtverbindung.«

»Dann wollen wir doch hören, weshalb wir hierherbeordert wurden, Leutnant.«

Uhura regulierte den Empfang, bis eine eigenartig pfeifende Stimme zu hören war.

»Willkommen, *Enterprise.* Willkommen, Captain Kirk und Erster Offizier Spock. Wir erwarten Sie umgehend. Ihre Koordinaten für den Transporter sind...« Die Stimme leierte eine Reihe von Zahlen herunter, die Uhura aufzeichnete und zum Transporterraum weiterleitete.

»Haben Sie die Güte und verzeihen Sie, daß wir Sie nicht mit Bildkontakt willkommen heißen«, schloß die Stimme, »aber Sie wissen vielleicht, daß wir unsere Privatsphäre in jeder Beziehung schützen. Wir würden es bedauern, wenn Sie das als Kränkung ansehen – aber es ist nötig.«

»Wir fühlen uns keineswegs gekränkt«, versicherte Kirk. »Die Koordinaten sind eingegeben.«

»Höfliche Geheimniskrämer, finden Sie nicht?« bemerkte Sulu.

Kirk wollte noch etwas sagen, da legte sich eine Hand auf das Mikrophon in der Sessellehne.

»Ich glaube, wir sollten Höflichkeit mit Höflichkeit erwidern, Captain. Schon allein nach dem Namen der Person zu fragen, die uns begrüßte, könnte von den Vedalern als unangemessene Neugier erachtet werden – vielleicht sogar als Beleidigung.«

»Ich glaube zwar, daß Sie übertreiben, Spock, aber – na gut. Alles Nähere wird sich finden, sobald wir unsere Gastgeber kennenlernen.« Er stand auf.

»Mr. Scott, Sie haben das Kommando, bis Mr. Spock und ich zurück sind.«

»Aye, Sir. Uh, wann wird das in etwa sein?«

»Keine Ahnung, Scotty.« Kirk zuckte die Schultern und ging zur Tür. Plötzlich drehte er sich um. »Scotty! Die Vedaler sind zwar für ihre fast paranoide Geheimnistuerei bekannt, aber sie sind nicht kriegerisch. Sie machen sich doch keine Sorgen, daß *sie* uns etwas antun wollen?«

»Nicht die Vedaler, Captain, nein – ihnen so vollkommen vertrauen, wie Sie es offenbar tun, kann ich ihnen allerdings nicht.« Er deutete auf die Ansammlung von Sternenschiffen rund um das vedalische Weltschiff. »Aber da sind einige Raumer von Welten draußen, die nicht gerade für ihre Friedfertigkeit bekannt sind. Auch von ihnen könnten Vertreter da unten sein.«

»Ich glaube nicht, daß die Vedaler jemanden auf ihrer Schiffswelt Amok laufen ließen, Scotty. Aber keine Angst, Mr. Spock und ich werden unsere Kommunikatoren stets griffbereit halten.«

»Keine Angst! – Das ist ein Befehl, dem ich offenbar nie gehorchen kann, Captain«, murmelte Scott – aber Kirk und Spock befanden sich bereits im Lift.

»Haben Sie eine Ahnung, wohin uns die angegebenen Koordinaten bringen werden, Mr. Kyle?« fragte Kirk den Transporteringenieur.

»Etwas in der Atmosphäre produziert anscheinend das Tageslicht, das sie auf der Oberfläche haben, Captain«, entgegnete Kyle. »Das macht eine direkte visuelle Beobachtung sehr schwierig.«

»Entspricht bereits registrierten Erkenntnissen«, bemerkte Spock.

»Doch die Leute von der Kartographie sind ziemlich sicher, daß sie auf trockenem Boden in einem verhältnismäßig ebenen Gebiet rematerialisiert werden.«

Kirk und Spock stiegen auf die Transporterplattform.

»Würden Sie einen halben Schritt nach links machen, Sir?« bat Kyle. Kirk tat es. Kyle hantierte an mehreren Instrumenten gleichzeitig und legte die Hand auf den Hauptschalter. »Energie, Sir.«

Sie standen auf einer von hohen, üppig belaubten Bäumen umsäumten Wiese. Ein Bach plätscherte einen schrägen Hang vor ihnen hinab.

Nur der Himmel über ihnen wirkte fremdartig. Kirk vermeinte eine Reflexion von etwas Festem zu bemerken. Sie standen unter einer transparenten Kuppel, die sie von der übrigen Schiffswelt trennte. Er konnte sehen, wo sie sich in der Ferne zur Oberfläche wölbte – zweifellos, um zu verhindern, daß sie mit mehr von ihrer Heimat in Berührung kamen, als die Höflichkeit erforderte.

Und doch waren sie direkt hindurchgebeamt worden. Kirk sah darin jedoch keine sonderliche Leistung. Es gab zwar wenig vedalische Artefakte, aber es war bekannt, daß die Vedaler hervorragende Chemiker waren.

Ein Sprengstoff konnte genausogut ein Gemisch aus Pflanzenfetten sein, wie eine Seifenblase sich als unzerstörbar selbst für den stärksten Phaser erweisen mochte. Doch jegliche Täuschung von seiten der Vedaler war unbeabsichtigt – beziehungsweise war es bisher gewesen. Ob es so bleiben würde, mußte sich erst noch herausstellen.

Die Vedaler hätten Beachtliches zur Föderationszivilisation – und wahrscheinlich jeder anderen galaktischen Zivilisation – beitragen können. Doch alle Ersuchen, sich anzuschließen oder daran teilzuhaben, waren bei den seltenen Begegnungen von den Vertretern der Rasse mit der Begründung von unüberwindlicher Scheu abgelehnt worden.

Das war die vedalische Art, eine Bitte abzuschlagen, ohne daß es als Beleidigung aufgefaßt werden konnte.

Außerdem, was könnte irgend jemand ihnen schon bieten, was sie nicht bereits hatten oder sich zu ihren Bedingungen beschaffen könnten? Wie beispielsweise die Anwesenheit der *Enterprise* und der verschiedenen anderen Sternenschiffe, die vermutlich irgend etwas für die Vedaler erledigen sollten. Das zeugte nur von gesundem Verstand.

Wenn die Vedaler es für erforderlich hielten, um Hilfe zu bitten, lag es im Interesse aller, darauf zu reagieren.

Kirk hätte nicht sagen können, ob das Wesen, das nun vor ihnen stand, dasselbe war, das sich beim Anflug gemeldet hatte. Jedenfalls war der Vedaler ein kleines pelziges Geschöpf, das keineswegs gefährlich aussah. Es erinnerte Kirk an ein Bild von ausgestorbenen Fingertieren der tropischen Küstenwälder Madagaskars.

Kirk schaute sich um und stellte fest, daß er vor einem grasigen Buckel stand, der einen bequem aussehenden Sitz formte. Dann wandte er seine Aufmerksamkeit sogleich wieder dem vor ihnen stehenden Vertreter der uralten Rasse zu.

Der Vedaler machte eine weitausholende Geste. Kirk blinzelte, starrte. Die Wiese ringsum war nicht mehr eben und leer. Mehrere andere grasige Sessel standen in einem Halbkreis um den Vedaler, und jene, die darin Platz genommen hatten, waren weder Menschen noch Vedaler.

»Willkommen, Captain James Kirk und Commander Spock«, begrüßte der Vedaler sie gemessen und lenkte so Kirks Aufmerksamkeit von den anderen Buckeln ab. Das Wesen sprach in einem weichen Altton, der gleichermaßen beruhigend wie energisch war. Die Stimme verriet eine Kraft, die die Winzigkeit des Wesens Lügen strafte. Die Macht von Äonen steckte in ihr. Kirks volle Aufmerksamkeit galt nun dem Sprecher.

»Ich werde Sie mit den anderen bekannt machen«, fuhr der Vedaler fort. Er deutete auf einen Buckelsessel, in dem ein geflügelter Humanoid saß, dessen ledrige Schwingen leicht flatternd auf den zu nahen Boden schlugen. Der Geflügelte war gut zweieinhalb Meter groß. Kirk erkannte ihn aus 3-D-Aufnahmen als einen Skorr, persönlich war er nie zuvor einem Vertreter dieser Rasse begegnet.

»Das ist Tchar«, stellte der Vedaler ihn vor. »Der Erbprinz von Skorr, Herr der Eyrie.«

Es offenbarte die Stärke von Tchars Persönlichkeit, daß Kirk und Spock ihm überhaupt Aufmerksamkeit zollten und sich nicht von dem Riesen ablenken ließen, der neben dem Skorr schnaufte und brummte. Diesen gewaltigen Reptilberg intelligenten Protoplasmas nannte der Vedaler Sord. Sord schnaubte einen Gruß. Er ähnelte einem zweibeinigen Dinosaurier aus der fernen Vergangenheit der Erde.

Aber die Stirn war hoch, die Vorderbeine endeten in Händen mit Daumen und Fingern, und die Intelligenz war nicht zu übersehen. Auch kam Sord seinem Aussehen nach nicht von einer erdähnlichen Welt. Er war massiger und muskulöser, was daraus schließen ließ, daß die Schwerkraft seiner Welt viel größer war.

Der Vedaler deutete auf den dritten der Gruppe. Im ersten Moment sahen Kirk und Spock ihn gar nicht, nicht wenn sich der Blick an Wesen von den Dimensionen von Sord gewöhnt hatte.

Der Unterschied zu seinem gewaltigen Nachbarn war zu groß. Er saß zitternd in seinem grasigen Sessel, und es sah aus, als wolle er sich in die Erde darunter verkriechen. Noch ehe der Vedaler ihn vorstellen konnte, klagte er mit dünner, atemloser Stimme.

Statt Armen hatte er zahllose Zilien, die nervös zitterten, während die Stielaugen in pausenloser Suche nach einer Fluchtmöglichkeit hin und her wogten. »Ich wurde zu dieser Wahnsinnsexpedition verurteilt«, wimmerte der Astheniker. »Mir gefällt es hier nicht! Es ist zu still. Mir gefällt keiner von Ihnen – das soll keine Beleidigung sein –, ich wünschte nur, ich wäre wieder in meinem Stadtloch.«

»Cityzelle ist die korrekte Bezeichung, glaube ich«, sagte der Vedaler, als er wieder zu Wort kam. »Em-3-Grün ist ein hervorragender Einbrecher mit außerordentlichen, wenngleich merkwürdigen Begabungen, wenn er nicht zu verängstigt ist, sie zu beweisen. Em-3-Grüns Rasse hat...«, der Vedaler zögerte kaum merklich, »...die Neigung zu außergewöhnlicher Vorsicht.«

»Wir sind Feiglinge, das meinen Sie doch«, korrigierte ihn Em-3-Grün, nicht herausfordernd, natürlich – das wäre völlig charakterfremd gewesen. »Und ich«, fuhr er fast stolz fort, »bin der größte Feigling. Ich möchte nach Hause.«

»Seien Sie doch endlich still! Ich habe genug von Ihrer Jammerei!« rief eine verärgerte, sehr menschlich klingende Stimme rechts von dem verängstigten Safeknacker. Em-3-Grün wimmerte und versuchte, sich noch tiefer ins Gras zu drücken.

»Das«, fuhr der Vedaler fort und deutete auf eine junge humanoide Frau, »ist Lara.« Sie trug einen engen Overall mit vielen Taschen. »Lara ist Jägerin und gehört einem Volk mit natürlichem Jagdtrieb an. Sie hat auch ein ungewöhnliches Talent – einen unfehlbaren Orientierungssinn, der so selbstverständlich für sie ist wie für Sie Sehen und Hören. Das ist auch unbedingt erforderlich, dort, wohin Sie sich begeben werden.«

»Darauf wollte ich selbst noch zu sprechen kommen«, sagte Kirk. »Wir sollen uns also irgendwohin begeben? Ich erhielt lediglich die Anordnung, Ihnen mein Schiff und mich selbst zur Verfügung zu stellen. Mehr erfuhren wir nicht – nicht einmal, daß sich diese Expedition aus Angehörigen verschiedener Rassen zusammensetzen würde.«

»Keiner erfuhr mehr«, versicherte ihm der Vedaler. »Wir mußten aus Gründen der Geheimhaltung darauf bestehen.«

»Sie wissen jetzt genausoviel wie wir«, warf Lara scharf ein, dann wandte sie sich an den Vedaler. »Wer sind diese Neuen?«

»Ein Erdenmensch und ein Vulkanier«, antwortete der Vedaler gleichmütig. »Mr. Spock wurde seines analytischen Verstandes und seiner allgemeinen wissenschaftlichen Kenntnisse und Befähigung wegen ausgewählt. Captain Kirk wegen seiner Führungsqualitäten und Initiative und eines erstaunlich hohen Überlebensquotienten.

Wie Sie alle wissen, von den Neuen natürlich noch abgesehen, befindet sich einer unter Ihnen, der notwendigerweise den Grund kennt, weshalb Sie hierhergebeten wurden und zu welchem Zweck Ihre verschiedenen Fähigkeiten eingesetzt werden sollen.

Tchar wird Ihnen diese Mission erklären, Captain Kirk, so wie er sie bereits den anderen erklärt hat.«

Der Skorr erhob sich mit nun heftiger flatternden Flügeln. Die Worte flossen in einem gleichmäßigen Strom knapper Sätze, und in seiner Stimme schwang eine unterdrückte Wut.

»Vor drei, ja noch zwei Jahrhunderten war mein Volk, die Skorr, eine reine Kriegerrasse. Unsere gesamte rassische Energie galt nur dem einen Ziel: unsere militaristische Gesellschaft zu perfektionieren. Das und unsere Fähigkeiten der schnellen Fortpflanzung machten uns schon bald zu einer Bedrohung in unserem Sektor der Galaxis.

Jetzt sind wir zivilisiert. Obgleich wir unsere militärischen Traditionen und unser Potential beibehalten, ist unser Lebenszweck nicht mehr Krieg und Vernichtung. Dazu ist es nur durch...« Er beschrieb ein Zeichen in der Luft, und aus seiner Stimme klang Hochachtung. »...Alar gekommen.«

»Ich kenne diesen Namen.« Kirk nickte nachdenklich. »Ein religiöser Führer, dessen Ruf weit über Skorr hinausdrang.«

»Unsere Rettung und unser Lehrer«, sagte Tchar feierlich. »Er brachte uns den Frieden, indem er uns zeigte, wie wir unsere kämpferische Natur zivilisieren, wie wir unsere Kräfte und Energie konstruktiv einsetzen konnten. Er brachte den Skorr den Schlüssel.« Wieder beschrieb er das Zeichen, das vage an eine Acht erinnerte.

»Das komplette Gehirnmuster dieses Alar«, erklärte der Vedaler, »wurde vor seinem Tod von seinen Jüngern aufgezeichnet und in einem makellosen, skulptierten Stück Indurit eingeschlossen.«

»Das gestohlen wurde!« schrie Tchar schrill. Er riß seine Schwingen zornig empor. »Unsere Seele, die Seele Skorrs, wurde geraubt!«

»Für einen Außenstehenden«, erklärte der Vedaler, »mögen die Auswirkungen dieses Raubes auf die Skorr nur schwer zu begreifen sein. Die Reaktion war extrem, gewalttätig und unkontrolliert.

Nur um so erstaunlicher muß erscheinen, was dieser Alar in so kurzer Zeit zustande brachte.

Die Skorr waren immer...« – der Vedaler hüstelte verlegen – »...eine paranoide Rasse. Deshalb das Chaos, welches das Verschwinden der *Seele* bei ihnen ausgelöst hat. Alle Bemühungen, vor allem durch die Vedaler, die Skorr zur Mäßigung zu veranlassen, waren vergeblich. Ihre latente Aggressivität hat offenbar nur eines Auslösers bedurft, um wieder voll zu erwachen. Diesen Auslöser haben sie nun – obwohl sie leugnen, auch nur das geringste Verlangen danach zu haben, zu ihrer früheren Lebensweise zurückzukehren.

Alle Beherrschung vermag nichts gegen den Sturm, den der Raub bei ihnen entfacht hat. Obwohl weder der Dieb noch der Grund für seine Tat bekannt sind, rüsten sich die Skorr zum Krieg.«

»Aber wenn der Dieb gar nicht bekannt ist«, warf Kirk ein, »gegen wen wollen sie dann Krieg führen?«

»Da kein Skorr auch nur an eine solche Blasphemie denken würde«, erklärte ihm Tchar verbittert, »wurde diese Schandtat zweifellos von jemandem ausgeführt, der kein Skorr ist. Die Skorr rüsten, um Krieg gegen die übrige bekannte Galaxis zu führen, und sie werden kämpfen, bis sie nicht mehr Krieg führen können – oder es niemanden mehr gibt, den sie bekriegen könnten. Außer – die *Seele* wird zurückgebracht.«

Bestürztes Schweigen setzte ein, das schließlich durch ein kurzes, tiefes Gelächter Sords gebrochen wurde. Die Jägerin Lara lächelte.

Auch Kirk wollte lächeln, bis er bemerkte, daß Spock nicht nur nicht amüsiert war, sondern ungewöhnlich grimmig wirkte. Er überlegte. Der Vedaler hatte keine Anstalten gemacht, der ungeheuren Behauptung Tchars zu widersprechen – das mochte bedeuten, daß sie durchaus ernst zu nehmen war.

Was wußten sie denn schon über die Skorr, deren zahlreiche

Welten Dutzende von Parsec vom nächsten Föderationsplaneten entfernt lagen?

»Es ist eine sehr reale Gefahr«, murmelte Spock. »Nach einer Extrapolation aus erst seit kurzem zugänglichen Zahlen könnte die gegenwärtige Skorrbevölkerung innerhalb weniger Jahre eine Armee von zweihundert Milliarden Kriegern heranzüchten und die dazugehörige Waffentechnologie hervorbringen. Bei den Skorr hängt die Fruchtbarkeit mit dem Aggressivitätsinstinkt zusammen. Je stärker der Zorn wird, desto mehr schwillt die Bevölkerung an.

Nach Tchars und des Vedalers Angaben haben die Skorr jetzt den Impuls, sich exponentiell zu vermehren.«

»Aber gegen die gesamte Galaxis zu kämpfen – sie könnten doch unmöglich siegen«, warf Lara skeptisch ein.

»Nein, aber was hat das damit zu tun?« entgegnete Tchar bedrückt. »Sie verstehen offenbar den Gemütszustand immer noch nicht, in den mein Volk getrieben wurde. Der Tod bedeutet ihm nichts. Das einzige, was zählt, ist Rache, das Verlangen, der Wut Befriedigung zu verschaffen.

Nein, mein Volk könnte einen solchen Krieg nicht gewinnen, aber was nützt das den Millionen, die sterben würden, Skorr oder Nichtskorr? Glücklicherweise gibt es auch noch solche unter uns, die ihren Zorn soweit zu beherrschen vermögen, daß sie erkennen, was ein Dschihad für die Galaxis bedeuten würde. Doch selbst sie können die Wut nur auf bestimmte Zeit dämmen, bevor sie von ihr überwältigt und von dem Wahnsinn mitgerissen werden.

Wir *müssen* die Seele zurückbekommen, ehe diese letzten Bastionen der Vernunft einstürzen!«

Kirk wandte sich an den stummen Vedaler. »Gibt es denn keinerlei Hinweis auf den Dieb der Seele?«

»Nicht den geringsten«, antwortete der Vedaler.

»Es ist schwer zu verstehen«, sagte Tchar. »Welche Rasse könnte von einem solchen Kataklysmus profitieren? Aber ein anderes Motiv, als diesen zu provozieren, ist nicht vorstellbar. Außer natürlich, die Seele wurde von einem Wahnsinnigen geraubt.«

»Wahnsinn«, bemerkte der Vedaler, »ist von seinen eigenen Motiven besessen. Die Schlüssel, solch verworrene Gedankengänge zu ergründen, sind lediglich weniger offensichtlich. Wir konnten sie noch nicht finden.« Der Vedaler machte eine Bewegung, die vielleicht mit einem Schulterzucken verglichen werden konnte.

»Irgendwo ist irgend jemand möglicherweise über alle Maßen wütend – wer weiß, worauf? Oder der Raub könnte Teil eines grandiosen Selbstmordverlangens sein. Das alles betrifft uns nicht im mindesten. Was uns jedoch sehr betrifft, ist die Tatsache, daß ein solcher Krieg die Vedaler bei ihren Wanderungen durch das Universum behindern würde. Deshalb haben wir uns eingeschaltet.«

»Wie allgemein bekannt«, sagte Kirk rasch, »verfügen die Vedaler über gewisse technologische Möglichkeiten, die selbst die vereinten Fähigkeiten der Föderation und anderer Regierungen übertreffen. Warum nutzen Sie...«

Der Vedaler hob abwehrend eine Hand. »Wir ziehen es vor, nicht direkt einzugreifen. Außerdem besteht die Gefahr, daß in einem solchen Fall der Dieb die Seele vielleicht vernichten würde. Wir sind jedoch bereit, die beratende Leitung der Aktion zu übernehmen.«

»Gut«, sagte Kirk. »Sie wollen also nicht offen einschreiten und wissen nicht, wer für den Raub verantwortlich ist, aber haben Sie vielleicht eine Ahnung, wo die Seele sich gegenwärtig befindet?«

Der Vedaler drehte sich um und griff in die leere Luft. Das heißt, es sah zumindest aus, als ob da nichts wäre. Kirk hätte nicht mit Gewißheit sagen können, ob diese Bewegung irgendeinen unsichtbaren Schalter aktivierte. Die Vedaler waren dafür bekannt, daß sie andere gern im unklaren ließen. Das war eine Schutzmaßnahme, denn was nicht verständlich ist, läßt sich schwer erzwingen.

Was immer er tat, auf die Bewegung seiner Hand hin erschien ein großes Hologramm. Es schwebte in der Mitte des Halbkreises, unmittelbar hinter dem Vedaler, in der Luft. Und während sie es betrachteten, bewegte und veränderte es sich.

Zunächst war nur ein Stern im All zu sehen. Er kam näher und wuchs, und nun wurden auch drei Planeten erkennbar. Der mittlere rückte schließlich in den Mittelpunkt.

»Die Welt des Wahnsinns«, erklärte der Vedaler, und zum ersten Mal schwang etwas wie Furcht in seiner Stimme. »Sehen Sie, wie alles wogt?«

Nun schienen die Betrachter kopfüber auf die Planetenoberfläche zu stürzen, doch dann endete der scheinbare Sturz, und die Welt drehte sich langsam unter ihnen. Sie sahen bebende Ebenen, ausbrechende Vulkane, die rasch von heftigen Wirbelstürmen verdeckt wurden, hochaufstrebende Berge. Strudel eigenartiger, glühender Gase tauchten urplötzlich in scheinbar normaler Atmosphäre auf und verschwanden ebenso schnell. Ein Regen feuriger Asche ging nieder.

»Diese Aufnahme«, erklärte der Vedaler ruhig, »wird mit Normalgeschwindigkeit wiedergegeben.«

Kirk pfiff durch die Zähne und flüsterte Spock zu: »Und ich habe mir eingebildet, die Terratinwelt wäre schlimm!«

Spock pflichtete ihm mit einem Nicken bei. »Es hat ganz den Anschein, als wäre die gezeigte Welt für eine Besiedlung ziemlich ungeeignet.«

Kirk unterdrückte eine Antwort, als der Vedaler weitersprach.

»Seismisch instabil. Extreme seismische Aktivität und unberechenbare Beben. Ein außerordentlich lebensfeindliches Klima. Fünf Monde mit den ungewöhnlichsten Umlaufbahnen verursachen gewaltige Gezeitenbewegungen. Der Planet ist ein wahres Kompendium der Naturkatastrophen. Die Temperatur schwankt zwischen zwanzig und zweihundertvier Grad Kelvin.«

Der Vedaler machte eine neuerliche Handbewegung, woraufhin

das Hologramm schrumpfte, jedoch nicht verschwand. Kirk blickte sich im Halbkreis um und sah mit Erleichterung, daß nicht nur er, sondern alle auf ihre Weise Hochachtung vor dieser Technik verrieten.

»Irgendwo auf dieser Welt«, fuhr der Vedaler fort, »ist Alars Seele versteckt.« Wieder dieser Hauch von Furcht trotz aller rassischen Vollkommenheit.

»Es haben sich bereits drei Expeditionen bemüht, sie zu finden und zu bergen. Alle drei sind verschollen. Die Mitglieder der vierten wurden mit noch größerer Sorgfalt ausgewählt – Sie.

Die Beteiligung ist Ihnen freigestellt. Wir werden niemanden zwingen.«

Die Alternative, natürlich... Kirk lächelte unwillkürlich. Diese Drohung genügte, ein jedes vernunftbegabte Wesen zu veranlassen, mithelfen zu wollen.

»Selbstverständlich werden Mr. Spock und ich uns beteiligen«, erklärte er.

Der Vedaler wirkte zufrieden, enthielt sich jedoch eines Dankes und blickte die anderen an. Sord brummte, als wäre es ihm so oder so völlig egal. Em-3-Grün hätte vielleicht abgelehnt, aber er war zu verängstigt, um mehr zu tun, als heftig auf seinem Grasbuckel zu zittern.

Lara erklärte sich mit einem scharfen Pfiff einverstanden, und Tchars Beteiligung wurde anscheinend als selbstverständlich erachtet.

»Wir sind uns offenbar einig«, bemerkte Kirk.

»Dann steht der Expedition nichts mehr im Weg«, sagte der Vedaler.

Was folgte, war im Rückblick so beeindruckend, daß es jeglichen Verdacht auf eine Verdunkelungstaktik überwog. Der Vedaler begann zu glühen, schwoll an und verwandelte sich in ein Gebilde schleierfeiner Partikel.

Gleichzeitig vergrößerte sich das Hologramm. Es verschluckte den Vedaler-Nebel und hüllte schließlich alle ein. Der Garten um sie schwand, und das Plätschern des Baches wurde zum Tosen.

Ein unsichtbarer Sturzbach, den Kirk nur zu hören vermochte, überspülte ihn, und er hatte das Gefühl zu fallen. Es ähnelte dem Beamen, nur ging es gut um ein Fünftel langsamer vor sich – ja, das war es.

Die Sicht kehrte genauso zögernd zurück, mit fast schmerzhafter Langsamkeit nahmen Licht und Farbe ringsum Form an. Nach Minuten erst waren schroffe Berge zu erkennen, Gletscher, schmale Schluchten, finstere Gewitterwolken. Das dumpfe Dröhnen in den Ohren erwies sich als Sturm, der auf ihn einschmetterte, als das Trommeln von Regentropfen auf kahlem Stein und als das heftige Zischen von Vulkanasche und Lava beim Eintauchen in einen eisigen Fluß. Kirk glaubte seinen Augen nicht zu trauen, als ein Gletscher so rasch näher kam, daß er die Bewegung tatsächlich sehen konnte.

Er drehte sich langsam um.

Sie waren auf einem flachen, völlig kahlen Felsen von gewaltigen Ausmaßen abgesetzt worden. An drei Seiten ragten Berge empor. Kirk wappnete sich und lehnte sich in den Wind. Wahrscheinlich war dies der stabilste Ort, den die Vedaler für sie hatten finden können. Er fragte sich, ob man von ihnen erwartete, daß sie die Seele mit nichts weiter als Intuition und bloßen Händen bergen sollten – bis er den Wagen bemerkte.

Das primitiv aussehende Fahrzeug schien nicht gerade dem höchsten Stand vedalischer Technologie zu entsprechen. Aber bei näherer Betrachtung erwies sich, daß es mit typisch vedalischer Schläue konstruiert war. Die meisten seiner Extras waren unter der plumpen Karosserie verborgen.

Zweifellos, um mögliche Angreifer zu täuschen.

Kirk erkannte das Grundschema des kompakten Antriebssystems. Damit konnte der Wagen jegliche Steigung bewältigen, außer einer völlig vertikalen. Die Radaufhängung war ebenso ausgeklügelt. Kirk hoffte, dasselbe würde sich von der gesamten Ausstattung sagen lassen.

Ein schriller Schrei erklang hoch über ihm. Als Kirk sich zurücklehnte, sah er Tchar in seinem Element. Er drehte Kreise in der Luft, tauchte auf und nieder, bis er schließlich herabstieß und dicht über ihnen schwebend anhielt.

»Ich kann die Seele nicht fühlen!« schrillte er zornig. »Sie ist nirgendwo in der Nähe. Wir wurden hereingelegt!«

»Das glaube ich nicht«, widersprach Spock nur so laut, daß er über das dämpfende Rauschen des Windes gehört werden konnte. »Bedenken Sie, daß die Oberfläche dieses Planeten ständiger Veränderung ausgesetzt ist. Der Vedaler hat uns darauf aufmerksam gemacht. Ich nehme an, daß man uns mit den nötigen Hilfsmitteln ausgestattet hat, die genaue Richtung zu ermitteln.«

Kirk hatte sich bereits in den offenen Wagen geschwungen und studierte die geschützten Instrumente. Sie waren zahlreich, und er brauchte geraume Zeit, die verschiedenen Schaltmechanismen zu ergründen. Sie waren so konstruiert, daß Intelligenzen mit den unterschiedlichsten »Händen« sie zu bedienen vermochten. Doch nicht die Antriebskontrollen entlockten ihm schließlich ein Lächeln, sondern das Instrument, mit dessen Vorhandensein Spock gerechnet hatte.

Kirk bemerkte aus den Augenwinkeln eine vage Bewegung neben sich und sah, daß Em-3-Grün dastand und unter seinem Arm hindurchstarrte. Als er sich entdeckt fühlte, tat der Kleine, als studiere er andere Instrumente. Offenbar empfand er nähere Betrachtung als bedrohlich.

Kirk rutschte zum Geländer und sah, daß Sord und Lara in eine heftige Diskussion verwickelt waren.

»Schon gut, Freunde«, rief Kirk beruhigend. »Es gibt eine Orientierungsausrüstung, und sie ist bereits eingestellt. Raten Sie, worauf.«

»Auf veredeltes Indurit«, erwiderte Spock ohne Zögern.

»Stimmt.«

»Warum hat man uns dann nicht darauf aufmerksam gemacht, um mögliche Meinungsverschiedenheiten von vornherein auszuschließen?« wunderte Lara sich.

»Die Vedaler«, meinte Kirk, »wollen wahrscheinlich das Risiko vermeiden, daß wir an die Sache zu selbstsicher herangehen. Daß sie uns geistig quasi nackt hier absetzten, sollte uns wachsam machen.«

»Unnötige Sorge«, brummte Em-3-Grün hinter ihm. »Ich kann mit dieser Maschine umgehen, Captain Kirk.«

»Gut, aber ich schaffe es schon, Em«, versicherte ihm Kirk.

»Nein, lassen Sie mich, Captain«, bat der kleine Safeknacker mit ungewohnter Entschlossenheit. »Ich werde mich nicht so unnütz fühlen, wir kommen schneller dorthin, wohin wir wollen, und«, fügte er leise hinzu, »es wird mir helfen, nicht an diese gefährliche Welt um uns zu denken.«

Kirk nickte und schaute Em-3-Grün zu, als dieser auf den Fahrersitz kletterte und ohne Zögern Schaltungen vornahm. Sogleich ertönte ein Brummen unter ihnen, das zu lautem Motorenlärm anschwoll und schließlich zu einem gleichmäßigen Summen wurde.

Spock stieg ein und studierte den Richtungsanzeiger. Kirk beugte sich über das Geländer, um Lara heraufzuhelfen. Grinsend machte sie einen erstaunlichen Sprung, faßte das Geländer mit beiden Händen und stemmte sich hoch.

Blieb nur Sord. Kirk musterte ihn unsicher. »Hinten ist für Sie Platz, Sord.«

Ein schallendes Gelächter antwortete ihm. »Nein«, donnerte Sord. »Fahrt ihr Kleinen nur, wenn ihr wollt.« Der schaufelähnliche Schädel bewegte sich kranichgleich, und Sord betrachtete die Landschaft. »Es gefällt mir hier – es ist so abwechslungsreich. Außerdem würde ich euch nur beengen.«

Kirk betrachtete fasziniert den Gletscher. Jetzt schien er sich zurückzuziehen.

»Captain!« rief Spock.

Kirkt trat zu ihm, und seine Aufmerksamkeit wurde sofort von dem kleinen schwach glühenden Schirm angezogen, an dem der Erste Offizier arbeitete. Ein Koordinationsgitter lag auf dem beleuchteten Rechteck, und darunter schlängelten sich pulsierende Linien. Plötzlich schrumpften sie zu einem einzelnen, pulsierenden Punkt.

»Sieht so aus, als würde unsere Richtung deutlich angezeigt«, sagte Spock.

Doch noch während er sprach, löste der Punkt sich zu einem losen Labyrinth scheinbar suchender Linien auf, die wie betrunken über den Schirm rasten. Der ganze Schirm leuchtete nun rot.

Em-3-Grün lehnte sich zu ihnen herüber. Nach einem Blick auf den Schirm drohten seine Augen aus dem Gesicht zu quellen.

Ein Pfeifen setzte an, das immer lauter wurde. Kleine Rauchschwaden erschienen hinter den oberen Ecken des Schirms. Das Pfeifen begann alarmierend zu pulsieren.

Spock blickte Kirk an, und beide Männer warfen sich auf den Fahrzeugboden. Nur so entgingen sie den fliegenden Scherben des explodierenden Schirms.

Als sie sich langsam wieder aufrichteten, betrachteten sie grimmig das rauchende und noch funkensprühende Wrack des Gerätes, das ihre einzige Hoffnung gewesen war, die Seele aufzuspüren. »Wie hat der Vedaler den Planeten genannt?« knirschte Kirk. »›Welt des Wahnsinns‹?« Er deutete verärgert auf das kaputte Instrument.

»Wie erklären Sie sich das, Spock?«

»Ein Zusammenwirken ungünstiger elektronischer Kräfte«, antwortete der Erste Offizier nach kurzem Überlegen.

»Mit anderen Worten, Sie wissen es auch nicht?«

»Richtig«, gestand Spock ein.

»Macht nichts.«

Kirk drehte sich zu Lara um und starrte sie an.

Sie grinste. »Ich kenne den Weg. Ich habe mir das Ding angesehen, bevor es in die Luft flog.« Sie drehte den Kopf, ohne ihr Grinsen aufzugeben, und deutete damit nach Südwesten. Es klang gleichmütig, aber selbstsicher, als sie sagte: »Dorthin.«

Tchars verdrossene Stimme ertönte von oben: »Sind Sie sicher, Menschfrau?«

»Ganz sicher, Vogelmann«, erwiderte Lara. »Ich kann mich bei Richtungen nicht täuschen, und ich kann mich nicht verirren. Deshalb bin ich hier.« Wieder deutete sie, hangab und aus den Bergen hinaus. »Das ist der Weg, oder ich futtere meine Killstiefel.«

»Die Vedaler hätten Lara nicht ausgewählt, wenn ihre Fähigkeiten nicht außerordentlich wären«, bemerkte Spock.

»Also gut«, sagte Kirk. »Wir wissen, welchen Weg wir nehmen sollen – aber wir müssen auf dem Boden bleiben. Ein Überblick von oben könnte recht nützlich sein.« Er schaute auffordernd nach oben.

Tchar breitete die Schwingen aus. »Ich werde vorausfliegen und mich umsehen«, versprach er. Er setzte zu einem weiten Kreis an, der ihn in den Aufwind vor den nahen Granitflanken brachte, wo er mühelos höher segelte.

Spock blickte ihm kurz nach, dann wandte er sich an Kirk. »Ich werde nachsehen, was uns die Vedaler alles mitgegeben haben.« Er stieg zum hinteren Ende des Fahrzeugs, wo Metalltruhen am Boden befestigt waren.

Lara trat einen Schritt näher an Kirk heran. »Vulkanier!« murmelte sie. »Ich kann mit ihnen nicht warm werden! Kaltblütige Kreaturen, jeder einzelne. Nicht ein Gramm echtes Gefühl bei allen zusammen.«

»Ich würde nicht ganz so streng urteilen«, widersprach Kirk. »Besonders nicht, was Mr. Spock betrifft. Er ist eine unvergleichliche Persönlichkeit.«

»Aber nicht menschlich wie Sie und ich«, sagte sie sinnlich und betrachtete ihn begehrlich.

Kirk schwieg, bedachte sie jedoch mit einem mißbilligenden Blick.

Das schüchterte sie keineswegs ein. »Vielleicht sind die Gebräuche dort, woher Sie kommen, anders, Captain. Auf meiner Welt gibt es mehr Frauen als Männer. Wenn uns ein Mann gefällt, sagen wir es ihm. Ich sage es Ihnen. Und wie finden Sie mich?«

»Faszinierend und überwältigend«, entgegnete er auf den Frontalangriff offen. »Das einzige Problem ist, daß wir uns hier nicht auf einem Vergnügungsausflug befinden.«

»Um so mehr Grund, uns an Vergnügen zu nehmen, was nur möglich ist.« Sie lachte, streifte verführerisch an ihm vorbei und kehrte nach vorn zurück.

Kirks Blick verfolgte sie, ihre geschmeidige Figur und die leichten Schritte. Eine Reihe von Bildern verschmolz in seinem Kopf und formte ein sehr verwirrendes Ganzes.

Das Summen wurde ein wenig lauter, als Em-3-Grün den sanften Hang in die Richtung hinunterfuhr, in die Lara gedeutet hatte. Sord rannte vor ihnen her. Seine Bewegungen wirkten schwerfällig – aber unaufhaltsam.

»Ich habe die Ausrüstung überprüft, Captain.«

»Hm – was?« murmelte Kirk abwesend.

»Unsere Vorräte, Captain. Ich habe eine komplette Inventur gemacht«, erklärte Spock diesmal etwas lauter.

Endlich wandte Kirk seine Aufmerksamkeit dem Ersten Offizier zu. Spock räusperte sich auffällig und fuhr fort.

»Wie erwartet, ist die Lebenserhaltungsausrüstung komplett und für Sord, Tchar, Em-3-Grün und Lara und uns individuell angepaßt. Und es sind Waffen vorhanden.«

»Gegen wen sollten wir Waffen brauchen?« fragte Kirk verwundert. »Ich dachte, die einzigen Gefahren hier kommen von dem Planeten selbst. Es soll doch angeblich keine einheimischen Lebensformen geben – außer die Vedaler haben eine weitere Überraschung für uns bereit.«

»Ich würde nichts ausschließen, Captain. Nach der ausgesprochenen Abneigung der Vedaler gegen diese Welt würde es mich nicht überraschen, wenn wir herausfänden, daß ihre Überprüfung nicht hundertprozentig war. Darauf weist auch das Verschwinden der bisherigen drei erfolglosen Expeditionen hin.« Er blickte pessimistisch auf die wolkenverhangene, bedrohliche Landschaft.

»Sie sind nach ihren eigenen Worten auch nicht allmächtig. Wir müssen uns auf unsere Fähigkeiten verlassen, denke ich. Vielleicht wurde unseren Vorgängern ihr zu großes Vertrauen in vedalische Hilfe zum Verhängnis.« Er blickte zum Horizont.

»Etwas wie die Seele Alars zu stehlen und sich dann zu ihrem Schutz völlig auf mechanische Maßnahmen zu verlassen, erscheint mir unwürdig für Intelligenzen, die fähig sind, sich einen solchen Raub überhaupt auszudenken. Unlogisch obendrein. Ich befürchte, daß wir uns mit diesen unmoralischen Wesen persönlich auseinandersetzen müssen, ehe wir die Seele zurückholen können.«

Kirk pflichtete ihm bei und wandte sich dem vor ihnen liegenden Terrain zu. Spock hatte nur ausgesprochen, worauf die Logik deutete, und doch erschien Kirk nun, als wispere der pulverisierte Stein, der unter den Rädern knirschte, bei jeder Umdrehung unhörbare Drohungen, als befänden sich unerahnte Formen der Vernichtung ringsum, die ihre Sinne nicht erfaßten.

Es schien auf dieser Welt nicht das geringste zu geben, das ihnen wohlgesinnt war. Er würde froh sein, wenn sie diesen Planeten wieder verlassen konnten.

Falls ihnen das möglich war…

2

Allmählich wurde das Terrain ebener, und die Berge verschwanden unter dem Horizont hinter ihnen. Felsen und Kies wichen einem sandigen, wüstenähnlichen Gebiet. Nur vereinzelte Monolithen aus schwarzem Basalt – die mumifizierten Herzen von vor langer Zeit erodierten Vulkanen — brachen das wellige Land. Glücklicherweise milderte die starke Bewölkung die Tageshitze, die sie sonst gegrillt hätte, und außerdem blies ihnen der Wind kühlend ins Gesicht.

Ein kurzer, heftiger Windstoß brachte sie zum Halten. Sord schnaubte und deutete mit einem Finger vom Umfang eines Männerschenkels geradeaus.

»Was kann das sein?«

Alle starrten in diese Richtung. Etwas, das wie ein dicker, dunkelgrauer Vorhang aussah, kam auf sie zu. Der Wind wurde stärker und bedrängte sie mit zunehmender Heftigkeit.

Kirk blickte ihren pelzigen Fahrer fragend an. »Em, gibt es ein Verdeck für diesen Wagen?«

»Ich weiß nicht«, antwortete der Kleine furchterfüllt. Er betrachtete die bisher noch nicht benutzten Schalter. »Ich glaube schon... Nein, das ist es nicht — das auch nicht...« Die graue Wand kam immer näher.

»Wenn es eines gibt, müssen Sie es schnell finden«, warnte Kirk. Dann schrie er dem saurierähnlichen Wesen zu: »Als Sie sagten, Ihnen gefiele der Abwechslungsreichtum, galt das auch für so etwas, Sord?«

Das Reptil starrte auf das nahende Grau und antwortete nicht.

Die Regenwand erreichte sie Augenblicke später. Einen solchen Wolkenbruch hatte Kirk nur ein einziges Mal zuvor erlebt, auf einer scheinbar harmlosen Welt des Taurisystems. Und auch dort war Spock bei ihm gewesen.

Em-3-Grün hatte endlich das Geheimnis der Schaltsequenz ergründet, und es gelang ihm, das Verdeck zu schließen, ehe sie fortgespült werden konnten.

Lara wrang das Wasser aus ihrem Haar und lächelte strahlend unter den nassen Strähnen. »*Echtes* Wetter!«

»Ansichtssache«, murmelte Kirk und blickte durch ein Wagenfenster. »Man könnte fast meinen...«

Ehe er zu Ende sprechen konnte, hörte der Regen abrupt auf, und blendender Sonnenschein setzte ein. Sofort formten sich Wolken, doch unter dem Ansturm des plötzlichen Infernos verschwanden die seegroßen Lachen zischend vor ihren Augen.

Wo die Sicht noch vor Sekunden durch eine Wasserwand verborgen war, erzitterte die Landschaft nun unter quälender Hitze. Flimmernde Wellen erschufen Hügel in der Wüste, wo es keine gab. Und die Luftverzerrungen nahmen noch zu, als ein schwaches Beben den Wagen rüttelte.

»Wir werden hier alle sterben!« wimmerte Em-3-Grün, als er das Verdeck wieder einfuhr. Jede seiner vielen Zilien hatte sich um einen Schalter oder irgend etwas anderes im Wagen verkrampft.

»Eine statistische Wahrscheinlichkeit«, bestätigte Spock nicht gerade aufmunternd.

Lara blickte ihn verärgert an. »Gehen Sie nie von irgend etwas anderem aus als ihren geliebten Statistiken, Vulkanier?«

»Doch. Aber Philosophie erscheint mir hier als Ausgangspunkt ungeeignet«, erwiderte er ungerührt. »Ich kann mich auch nicht zufriedenstellend auf Instinkt verlassen, wie Sie offenbar.«

Weitere Worte wurden von einem schrillen Klageschrei über ihnen unterbrochen. Aus einem schwachen Flecken hoch in der Luft wurde eine schlanke, geschmeidige Figur zwischen mächtigen Fledermausflügeln — Tchar. Kirk fragte sich flüchtig, wie der Vogelmann dem heftigen Regen hatte entkommen können, bis ihm klarwurde, daß er darüber hinweggeflogen sein mußte.

»Ich sehe etwas weit voraus«, brüllte er zu ihnen herunter. »Es ist...« Seine weiteren Worte waren nicht zu verstehen, während er abbremste und herabsegelte, um auf einer nahen Kuppe zu landen.

Em-3-Grün lenkte den Wagen geschickt zum Fuß des niedrigen Hügels, auf dem Tchar stand. Alle stiegen aus und gingen zu ihm hinauf.

Was Tchars Aufmerksamkeit erregt hatte, war noch so weit entfernt, daß es als nicht viel mehr denn dunstige Umrisse zu sehen war. Trotzdem war es beeindruckend.

Ein schlichter Würfel aus irgendeinem schwarzen Stoff stand völlig allein mitten auf der Sohle eines riesigen Tales. Selbst am Talrand war seine Ungeheuerlichkeit zu spüren — obwohl Kirk sich nicht so genau vorstellen konnte, wie groß er aus der Nähe sein mochte. Für eine Schätzung war er noch zu weit entfernt. Ihm entging jedoch nicht, daß er genau in der Richtung stand, in die Lara gedeutet hatte.

Tchar flatterte mit den Flügeln und hüpfte nervös im Sand herum. »Ich spüre sie — ich kann sie fühlen — die Seele Alars ist dort unten!«

Ein gewaltiges Donnern erschütterte den Boden hinter ihnen. Lara wirbelte herum und brüllte erschrocken etwas, das von Em-3-Grüns Schreien und Sords Pfeifen übertönt wurde.

Ohne die geringste Warnung war eine Fontäne schwarzer Asche und dunklen Rauchs aus dem Boden hochgeschossen. Wie in einem mit dreifacher Geschwindigkeit laufenden Film weitete sich der Spalt, und plötzlich spie ein erst halb geformter Vulkan in den Himmel. Innerhalb von Sekunden war er gut hundert Meter hoch und wuchs weiterhin mit unglaublicher Geschwindigkeit.

Ein Riß entstand in der Südwand des Vulkankegels. Ein Rinnsal, dann ein Strom zähflüssiger orangeroter Lava quoll aus der Flanke. Sie floß wie eine Welle roten Sandes auf sie zu. Der Druck unter der Oberfläche mußte gewaltig gewesen sein, um in so kurzer Zeit so enorme Lavamassen fließen zu lassen.

Die Zeit reichte ihnen kaum zu erkennen, wie prekär ihre momentane Lage war. Sie befanden sich zwar auf einem Hügel, nur lag dieser unterhalb des Vulkankegels. Die kleine Kuppe würde bald von Lava überspült werden.

»Hier geschieht offensichtlich alles mit erstaunlicher Geschwindigkeit«, bemerkte Spock. »Wir müssen jeden Augenblick mit einem weiteren Ausbruch rechnen.«

»Das ist mir klar, Mr. Spock. Die Frage ist, was machen wir, um weiterhin Beobachter zu bleiben?«

»Die Vedaler haben Sie hier zum Führer bestimmt, Kirk«, rügte ihn Lara. »Lassen *Sie* sich einen Ausweg einfallen!«

»Wir haben noch mehrere Minuten, bevor die Lava uns erreicht«, beruhigte Spock sie. »Das ist Zeit genug.«

Nicht genug offenbar für Em-3-Grün. Ob es an dem zähflüssigen Tod lag, der auf sie zufloß, oder an Spocks scheinbarem Gleichmut, wußte niemand. Jedenfalls stieß der Kleine einen herzzerreißenden Schrei aus, raste den Hang hinunter und kauerte sich zwischen die großen Wagenräder.

Lara bedachte Spock mit einem Blick, als halte sie ihn persönlich für das sich nähernde Desaster für verantwortlich, dann rannte sie hinunter zu Em, um zu versuchen, ihn zu beruhigen. Sord schnaubte kurz, bevor er sich in den Sand setzte und etwas Unverständliches vor sich hinbrummelte.

»Ich muß darauf hinweisen, Captain«, fuhr Spock fort, »daß dieses uns zur Verfugung gestellte Fahrzeug nicht zu einer Geschwindigkeit imstande ist, die erforderlich wäre, dem so schnellen Lavastrom zu entgehen.« Er spähte in die Ferne. »Die Breite des Lavastroms ist meiner Schätzung nach zu groß, um ihn umfahren zu können.«

»Das stimmt nicht ganz, Spock. Wir können schneller sein – wenn wir den Motor maximal belasten. Ich kenne diesen Typ. Es ist mehr als genug Energie vorhanden.«

»Eine kurzzeitige Erhöhung der Geschwindigkeit könnte machbar sein«, meinte Spock. »Aber die Kraftstoffanlagen müssen verändert, bestimmte Sicherheitsvorrichtungen entfernt und Zusatzschutzisolierungen installiert werden. Die Veränderungen sind komplex und zeitraubend.«

»Können Sie es nicht machen, Spock?«

Der Erste Offizier zögerte, schließlich schüttelte er den Kopf. »Ich weiß, was getan werden müßte, Captain, aber mir fehlt die nötige Erfahrung und Geschicklichkeit, eine so komplexe Arbeit in so kurzer…«

»Verzeihen Sie, wenn ich Sie unterbreche.« Der kleine, immer noch am ganzen Leib bebende Em-3-Grün blickte ihnen entgegen. »Ich bin recht geschickt, wenn es um digitale Manipulation geht. Ich glaube, ich könnte es rechtzeitig schaffen, wenn Sie mich laufend anweisen würden, so schnell, wie ich arbeite, Sir«, wandte er sich an Spock.

»Trotzdem reicht die Zeit nicht«, beharrte Spock.

»Wir könnten die Lava vielleicht zeitweilig umleiten«, überlegte Kirk laut. Sie hatten den Wagen fast erreicht. Em-3-Grün legte bereits das Werkzeug bereit, das er benötigen würde. Kirk blickte über die Schulter. »Tchar, halten Sie bitte nach einer geeigneten Stelle Ausschau.«

Der Skorr schrillte bestätigend und hob sich in den ascheverdunkelten Himmel.

»Eine solche Umleitung wäre von sehr kurzer Dauer, Captain, außer der Schmelzfluß kommt allmählich zum Stillstand. Doch bis jetzt sieht es keineswegs so aus.«

»Kümmern Sie sich um die Umprogrammierung des Motors, Spock, und überlassen Sie es mir, mich um die Lava zu kümmern.«

Sie blickten einander scharf an, dann nickte Spock. »Also schnell«, rief er Em-3-Grün zu. Kirk fiel auf, daß er die Fähigkeiten des Kleinen nicht in Frage stellte. Em-3-Grün mußte ganz einfach seine Geschicklichkeit beweisen. Wenn nicht…

In Sekunden hatte Spock die Schutzplatte über dem Motorgehäuse abmontiert. »Das Ganze wurde in der Föderation hergestellt«, erklärte er dem mit Werkzeug beladenen Em-3-Grün, »können Sie...«

»Was jemand zusammengesetzt hat, kann ich auseinandernehmen«, erwiderte der Kleine fest. »Wir vergeuden Zeit.«

Spock nickte nur und begann: »Terminal M-3 rot führt zu Diodenleitung 27 mit Querverbindung zu CCa-14 – geschlossener Flüssigkeitskreislauf 3-R...«

Em-3-Grüns Zilien bewegten sich so schnell, daß sie vor dem Blick verschwammen. Spock gab seine Anweisungen versuchshalber noch schneller, und der Kleine hielt mühelos Schritt.

Spock mußte zugeben, daß sie nun vielleicht doch noch eine Chance hatten – aber nur vielleicht.

»Captain Kirk!« Kirk nahm den Blick von der Arbeit am Wagen und schaute zu Tchar hoch, der über ihnen schwebte.

»Sechzig Meter links von Ihnen gibt es eine Klamm.«

Kirk spähte in die angegebene Richtung und entdeckte eine schmale Kluft in dem Kamm zwischen ihnen und dem immer noch speienden Vulkan. »Ich sehe sie.«

»Wenn sie blockiert werden kann«, sagte Tchar im gleichen Moment, als Kirk zum selben Schluß kam, »wird die Lava daran vorbei und über den Kamm fließen müssen. Das wird uns etwas Zeit geben.«

»Gut.« Kirk drehte sich um. »Sord?«

»Ich habe ihn gehört«, brummte die Riesenechse und stapfte bereits los. Kirk und Lara folgten, so schnell Kirk konnte – höflichkeitshalber lief die eigentlich schnellere Lara neben ihm her.

»Vorsicht, Em-3-Grün«, warnte Spock, als er vermeinte, eine falsche, aber gerade noch rechtzeitig angehaltene Bewegung des Kleinen zu bemerken, die einen verhängnisvollen Kurzschluß verursacht haben könnte. Eine ungenaue Verbindung, eine Vermischung supergekühlter Flüssigkeiten, selbst die flüchtigste versehentliche Berührung eine der spannungführenden Komponenten könnte den Wagen in die Luft jagen – und sie mit ihm.

»Ich weiß, ich weiß« murmelte Em-3-Grün. »Ich bemühe mich, so vorsichtig zu sein, wie es bei diesem Tempo nur möglich ist. Bitte machen Sie mich nicht nervös!«

Spock setzte seinen steten Fluß von Anweisungen fort. Er unterließ es zu erwähnen, daß Em-3-Grüns unglaublich schnelle, scheinbar flüchtige Art und Weise, selbst die wesentlichsten Justierungen vorzunehmen, ihn ein wenig nervös machte.

Sord konnte seine Ungeduld kaum zügeln, bis Lara und der heftig keuchende Kirk endlich am hinteren Ende der Klamm ankamen.

Lara hielt nicht einmal an, sich kurz auszuruhen, sie kletterte sogleich eine Steilwand hinauf. Oben angekommen, blickte sie zum Vulkan, dann hinunter zu den beiden und bedeutete ihnen mit Gesten, sich zu beeilen.

Kirk holte seinen Phaser hervor, stellte ihn auf gebündelten Strahl ein und begann, große Sandsteinbrocken aus der gegenüberliegenden Klammwand zu schneiden. Er arbeitete bereits an dem zweiten, als der erste herabkrachte.

Sord drückte die Brust an den Felsbrocken, legte beide Hände um ihn und schob. Bis Kirk den zweiten Block aus der Klammwand geschnitten hatte, hatte die Riesenechse den ersten bereits an Ort und Stelle. So ging das laufend, während Lara immer wieder herunterbrüllte, daß sie sich beeilen sollten.

Schließlich war der Klammzugang blockiert, schneller als Kirk es für möglich gehalten hatte. Aber er hatte ja auch nicht mit Sords unglaublicher Kraft und Ausdauer gerechnet. Da sie noch ein wenig Zeit hatten, schnitt er auch kleinere Stücke ab, mit denen Sord Lücken zustopfte.

Sie hörten erst auf, als Lara besorgt schrie: »Hinaus! Die Lava kommt!«

Kirk drehte sich um und rannte. Er konnte bereits das Zischen der Lava auf dem Sand hören. Als er zurückblickte wie Lots Weib, stolperte er und fiel.

Einen Moment später sauste der Sand unter ihm vorbei. Sord hatte ihn hochgehoben und trug ihn mühelos mit beiden Händen. Hinter ihnen wurde das Zischen zu einem heftigen Spucken. Am Ende der Klamm fühlte Sord sich sicher genug, kurz stehenzubleiben und zurückzublicken.

Geschmolzener Stein spritzte durch die Lücken des behelfsmäßigen Dammes. Der oberste Felsbrocken schien unter dem Druck ein wenig zu zittern und leicht zu rutschen. Aber er löste sich nicht.

Lara blieb neben ihnen stehen, und diesmal keuchte auch sie vom Laufen. Sie blickte von Kirk zum Damm.

»Gute Arbeit. Einen Augenblick befürchtete ich schon, daß es nicht halten würde. Aber der Schmelzfluß zieht jetzt seitwärts weiter. Die Lava in den Spalten kühlt schnell ab und hält das Ganze zusammen.«

»Wie lange wird es noch dauern, bis der Schmelzfluß den Kamm erreicht?« fragte Kirk.

»Nicht mehr lange – aber es spielt keine Rolle. Ich habe schon einen Fluchtweg.«

»Hoffentlich einen direkten.« Er deutete zum Damm zurück. Funken sprühten bereits darüber. Sie hatten höchstens noch ein paar Minuten, bevor die Lava wieder herunter auf sie zu floß.

Da hörten sie ein Rufen hinter sich. Sie drehten sich um und sahen, wie der große Wagen Staub aufwirbelte, als Em-3-Grün ihn anhielt.

»Der Antrieb wurde fachmännisch umprogrammiert«, erklärte Spock. »Schnell! Ich weiß nicht, wie lange er durchhalten wird.«

Sie rasten zu der Einstiegsleiter, während Tchar dicht über ihnen Kreise zog. Kirk und Lara beeilten sich, einzusteigen, als Sord brummend erklärte:

»Ich bin zwar fast unverwundbar, aber nicht immun gegen geschmolzenes Gestein. Ich fürchte, ich muß Sie doch eine Zeitlang bedrängen.«

»Steigen Sie ein, Sord«, forderte ihn Kirk auf, »soviel Platz ist schon.« Er und Lara gingen nach vorn, wo sich ihnen Spock anschloß, so daß nur Em-3-Grün nahe der Rückseite bei den Antriebskontrollen blieb.

So rasch es konnte, aber mit größer Vorsicht, stieg das Riesenreptil auf die Rückseite. Doch trotz aller Behutsamkeit hätte Sord den Wagen fast gekippt.

»Vorsicht, Sie monströser Schuppenberg!« quiekte Em-3-Grün – aus Angst natürlich, nicht um zu beleidigen.

»Fahren Sie schon los, Sie Insektenfresser!« entgegnete Sord.

»Einundzwanzig Grad Ost«, dirigierte Lara und deutete. »Das bringt uns aus dem Lavapfad. Dann können wir in einem weiten Bogen zum Würfel zurückkehren. Ich glaube nicht...«

Eine gewaltige Explosion erschütterte den Boden. Es fehlte nicht viel, und alle wären hingefallen. Kirk blickte über die Schulter und erschrak, als er sah, daß ein zweiter Vulkan ausgebrochen war und nicht weniger Lava als der erste spie.

Morgen werden durch Wind, Regen und Beben wahrscheinlich sämtliche Spuren der Ausbrüche verschwunden sein, dachte Kirk. Aber so lange konnten sie nicht warten.

Die neue Eruption sprühte einen Funkenregen auf sie nieder. Der Motor dröhnte, knatterte, dröhnte, knatterte.

Sie bewegten sich nicht.

»Etwas stimmt nicht!« quiekte Em-3-Grün und verlor vor Panik fast die Stimme. Eine orangerote Welle vom zweiten Kegel brandete gegen den Kamm – quoll über ihn und hangab. Dem erhöhten Druck durch den Zufluß weiterer Lava konnte der hastig errichtete Damm nicht mehr standhalten. Ein Schmelzfluß raste durch die Klamm und auf sie zu.

»Schnell! Schnell!« rief Tchar nach unten. »Was ist los?«

»Ich weiß es nicht.« Em-3-Grün studierte verzweifelt Anzeiger um Anzeiger und betätigte rasch die verschiedensten Schalter. »Etwas blockiert die vordere Achswelle. Es muß...«

Spock hatte sich bereits hinausgeschwungen und tauchte mit Werkzeug in der Hand unter den Wagen.

Kirk rannte zum Geländer und beugte sich darüber. Spock war nicht zu sehen. »Spock?«

»Gleich, Captain.« Nach kurzer, nervöser Pause: »Ich habe es! Sand ist durch einen gebrochenen Schmiernippel eingedrungen. Ich hole ihn heraus und dichte die Bruchstelle ab, doch es wird nicht lange halten.«

»Vergessen Sie es, Spock, bis dahin wird das Triebwerk ausgebrannt sein.« Er blickte zum Kamm. Die Lava würde sie in drei, vielleicht sogar schon in zwei Minuten erreichen. »Um Vulkans willen, steigen Sie wieder ein!«

»Eine Sekunde, Captain. Fertig!« Spock kam wieder in Sicht. Seine Hände und das Gesicht waren blau von Schmiere. In diesem Moment spie der Vulkan wieder. Ein Schauer von Funken und Lavatropfen fiel auf sie herab.

Kirk suchte Schutz wie alle anderen auch. Das Bombardement hörte schnell wieder auf. Er blickte erneut über das Geländer.

»Spock – Spock!«

Der Erste Offizier lag wie eine weggeworfene Puppe auf dem Boden. Mit einer Hand tastete er schwach nach dem Kopf.

Kirk überlegte nicht, er schwang sich sofort über das Geländer und landete mit heftigem Aufprall im Sand. Vorsichtig rollte er Spock auf den Rücken.

»Fahrt los«, flüsterte der Vulkanier schmerzvoll. »Alle – schnell!«

»Nicht ohne Sie!«

»Captain, ich...«

Kirk schob einen Arm unter Spocks Achsel und zog ihn hoch. »Nein, Sord, bleiben Sie im Wagen! Es würde zu lange dauern, bis Sie wieder oben sind.« Er schleppte Spock zur Einstiegsleiter.

»Captain...«, murmelte Spock schwerfällig, »bringen Sie – die anderen weg!«

»Wir schaffen es alle«, flüsterte Kirk.

Eine neuerliche Eruption brachte wieder einen Regen feuriger Tropfen. Der Schwefelgeruch war übelkeiterregend geworden. Diesmal wurde niemand getroffen außer Sord, der die zischenden Funken von seiner Haut wischte. Lavabomben von der Größe derjenigen, die Spock getroffen hatte, spürte er überhaupt nicht.

Em-3-Grün deutete hysterisch schreiend auf den näher kommenden Flammenstrom. Sogar Laras stoische Ruhe kam ins Wanken. Sord betrachtete den Schmelzfluß, dann lehnte er sich langsam herum. Der Wagen knarrte, Stützen und Achsen ächzten. Die Räder der anderen Wagenseite hoben sich aus dem Sand. Em-3-Grün war zu furchterfüllt, einen Ton herauszubringen, als der Wagen zu kippen begann.

Eine gewaltige Pranke faßte Spock um die Taille und hob ihn auf den Wagen.

»Losfahren!« brüllte Kirk und hielt sich an der Leiter fest.

Die Angst erhöhte Em-3-Grüns ohnehin unglaubliche Reaktionsschnelligkeit noch. Ein gewaltiges Dröhnen übertönte sogar das Zischen der herankommenden Lava, als das Triebwerk des Fahrzeugs, das auf unbegrenzten Zugriff auf die Energie umprogrammiert war, losdonnerte.

Kirk spürte einen heftigen Ruck. Er klammerte sich mit Armen und Beinen um die Leiter und hoffte, daß das Metall so lange halten würde wie seine Muskeln. Der vordere Teil des Wagens hob sich unter der Heftigkeit des Schubs, als er mit unglaublicher Geschwindigkeit vorwärtsschoß. Em-3-Grüns Zilien flogen über die Kontrollen, alle vier Räder kamen auf den Boden, und der Wagen raste den Hang hinunter – Sekunden ehe eine rote Zunge über die Stelle strich, wo sie gerade noch gewesen waren.

Lava brodelte unter ihnen, orange Klauen versuchten, nach ihnen zu greifen. Aber der Strom blieb immer weiter hinter ihnen zurück. Das Triebwerk heulte ohrenbetäubend, Räder und Achsen drehten sich mit einer Geschwindigkeit, für die sie nicht konstruiert waren. Der Wagen floh vor dem brennenden Kamm. Funken stoben von den überbeanspruchten Teilen.

Tchar behielt sie im Auge, während der Wagen unter ihm die Lücke in dem Hang erreichte, auf den Lara gewiesen hatte. Er raste hindurch, über einen weiteren Hügel und eine gewundene Klamm mit engen Wänden und gefährlichen Felsvorsprüngen hinab. Hier senkte sich das Terrain gegen Süden, statt auf den schwarzen Würfel zu. Der Lavastrom würde sich gegen den Kamm werfen, den sie eben überquert hatten, und sich dann nach links wenden.

Am Ende dieses angenehmen Gedankens erklang ein Mahlen, das den Zähnen weh tat, und ein gellender Schrei Em-3-Grüns, der sogleich alles mit ungeheurer Geschwindigkeit abschaltete, aber trotzdem nicht schnell genug, den Funkenregen zu verhindern, der von immer mehr Teilen des Wagens ausging.

»Hinaus, schnell! Schnell!« drängte der Kleine und raste bereits zur Leiter. Flammen leckten an verschiedenen Stellen empor.

Alle beeilten sich, den rauchenden Wagen zu verlassen, Sord mit dem noch benommenen Spock in den Händen. Während sie Dekkung hinter der ersten Reihe Sanddünen suchten, drehte Kirk sich um und sah eine dünne Linie orangen Glühens südwärts fließen. Dann wandte er den Blick wieder dem Wagen zu. Die erwartete Explosion blieb aus. Em-3-Grün hatte die Energiezufuhr ausgeschaltet, ehe irgend etwas in die Luft fliegen konnte. Ob der Wagen noch fahrbar war, mußte sich erst noch erweisen.

Tchar setzte zu einer glatten Landung neben ihnen an. Der Skorr keuchte heftig. »Ich möchte wissen, was die Vedaler mit diesem Wagen gemacht haben, Captain. Sosehr ich mich auch anstrengte, er war schneller als ich.«

»Es war ein Föderationsstandardantrieb«, erklärte ihm Kirk. »Seine außergewöhnliche Schubleistung ist Mr. Spocks und Em-3-Grüns Verdienst.« Er blickte hinüber zu seinem Ersten Offizier, der nun schon ohne fremde Hilfe auf den Beinen blieb.

Spock schwieg, während sich Em, dessen Zilienspitzen laufend die Farbe wechselten, offensichtlich am liebsten verkrochen hätte.

»Das war knapp«, brach Lara das einsetzende Schweigen und starrte zum fernen Schmelzfluß.

»Viel zu knapp«, pflichtete ihr Spock bei. Er rieb sich den Hinterkopf. »Ich ziehe etwas weniger harte Niederschläge vor. Ich weiß zwar Ihre Sorge um mich zu schätzen, Captain, aber Ihre vorrangige Pflicht sollte stets der Gruppe und der Mission gelten.«

»Stimmt genau, Spock. Ich hielt die Vollzähligkeit der Expeditionsmitglieder für unbedingt erforderlich. Denken Sie nicht, etwa so Primitives wie Gefühle hätten meine Entscheidung beeinflußt.«

»Ihr typischer Humor ändert nichts an der Tatsache, daß Sie den Erfolg der Mission gefährdeten«, rügte Spock, »indem Sie...«

»Indem ich den besten Offizier der Sternenflotte rettete«, unterbrach ihn Kirk.

Eine schwere Pratze schlug auf den Sand zwischen ihnen. »Werden Sie beide über den Wert des anderen diskutieren, bis ich mich übergebe, oder machen wir weiter?«

Kirk grinste und drehte sich zu der gereizten Riesenechse um. »Wir...«

Ein eisiger Windstoß ließ sie fast taumeln. Alle blickten zurück zu den Vulkanen. Weder der eine noch der andere Kegel war zu sehen. Beide lagen hinter der gewaltigen Wolkenbank verborgen, die sich scheinbar aus dem Nichts gebildet hatte.

Dichter Regen schien aus ihr zu fallen. »Nein, kein Regen«, murmelte Kirk zu sich. Und schon brachte der heftige Wind einen gewaltigen Schneesturm mit sich. Lautes Zischen erhob sich von dem Land unter den Wolken, wo der Schnee auf Lava fiel. Er schüttelte den Kopf. Wahrhaftig eine Welt des Wahnsinns!

Die Dünen würden ihnen zumindest ein wenig Schutz bieten. Alle kletterten hastig in ihren Windschatten. Augenblicke später kamen die treibenden Schneewolken heran.

Lara fröstelte und rieb sich die kalten Hände an den Seiten.

»Und ich wollte gerade fragen, was als nächstes kommt. Ich wünschte, diese Welt würde sich für etwas entscheiden und dabei bleiben – hier kommt man nicht einmal dazu, es sich ein bißchen bequem zu machen.«

»Wir sind nicht hier, es uns bequem zu machen«, entgegnete Kirk. »Wie Sord sagt, machen wir weiter.«

Em-3-Grün brauchte lediglich fünf Minuten, um sicher zu sein, daß der Wagen nirgendwohin fahren würde, jedenfalls nicht ohne größere Reparaturen, für die sie jedoch weder die Geschicklichkeit noch die Zeit oder die Ersatzteile hatten. Kirk meinte zwar, daß das erste und das zweite sich ermöglichen ließe, aber ohne Ersatzteile wäre alle Mühe vergeblich.

»Völlig ausgebrannt«, meldete der kleine Mechaniker betrübt und rümpfte die Nase über den beißenden Rauch, der aus dem Antriebsgehäuse aufstieg.

Kirk seufzte. »Das bedeutet, daß wir alles mitschleppen müssen, was wir brauchen werden.«

Niemand erhob Einspruch oder äußerte eine Alternative. Kirk und Spock gingen zu den Kisten und verteilten die Ausrüstung.

3

Kirk studierte flüchtig den Stand der Sonne über ihnen, dann senkte er den Kopf wieder, um ihn vor dem Wind zu schützen, der seit Beginn ihres Fußmarschs bereits vier- oder fünfmal die Richtung geändert hatte.

Er hatte sich nicht getäuscht, alles an dieser Welt war trügerisch – einschließlich der Entfernung. Er hatte das Gefühl, daß sie schon jahrelang dahinstapften, ohne ihrem Ziel näher zu kommen.

Durch die einander abwechselnden Schneestürme und Eisregen waren viele Sandflächen mit einer dünnen Eisschicht überzogen.

Darauf zu gehen, war fast unmöglich. Sie hätten es überhaupt nicht geschafft, wenn Sord sich nicht erboten hätte, die gesamte Ausrüstung zu tragen. Sie behinderte ihn offenbar kaum.

Endlich hörten die Niederschläge auf, aber der eisige Wind hielt an.

»Ich verstehe es nicht«, murmelte Kirk. »Wir hätten schon längst dort sein müssen.«

»Vielleicht ist die Seele durch irreführende Projektionen geschützt, Captain«, meinte Spock, »und was wir aus der Ferne sahen, war nur eine beabsichtigte Täuschung.«

»Wie steht es dann mit Laras Überzeugung, daß sie die Richtung kennt, und mit der von Tchar, daß er die Seele spürt?«

»Hm, vielleicht ist es nur eine Sache der Entfernung.« Er blickte nachdenklich drein. »Wenn keine der drei früheren Expeditionen jemanden von Laras Rasse dabeigehabt hat oder einen Skorr, ließe sich ihr Verschwinden erklären. Sie könnten in dieser lebensfeindlichen Wildnis bis zur Erschöpfung Projektionen nachgejagt sein.«

Kirk blieb kurz stehen, legte die Hände als Schalltrichter an die Lippen und rief: »Tchar, sehen Sie etwas?«

»Einen Moment...«, erklang eine schwache Antwort. Tchar stieg höher und spähte in die Ferne. Es war dort, wie er es erwartet hatte – hinter Buckeln und Eisfeldern mit Eisblöcken am Grund des Tales. Ein gigantischer, glatter schwarzer Monolith. Er wußte, daß Alars Seele sich in diesem ominösen Behälter befand. Sie waren auf dem Weg, den die Humanoidin Lara ihnen gewiesen hatte. Er mußte den anderen Bescheid geben.

Er stieß hinab, bremste in der letzten Sekunde. »Direkt voraus, Captain...« Ein tiefes Grollen erklang, und er schwang sich instinktiv in die Luft. Kirk und Spock, die das nicht konnten, wurden von den Füßen gerissen. Lara gelang es irgendwie, das Gleichgewicht zu halten. Sord berührte es natürlich nicht.

»Schon wieder ein Beben!« fluchte Lara.

Überall ringsum erklang das Mahlen und Knirschen von brechendem Eis.

Jemand schrie. Alle Blicke flogen zu Em-3-Grün. Er war ein Stück hinter ihnen nachgehinkt, und nun hatte sich unter ihm ein Eishügel erhoben, und Spalten öffneten sich darin und in der Erde darunter.

Unter Einsatz seiner sämtlichen Zilien versuchte Em-3-Grün hinunterzuklettern. Aber der gewaltige Eisblock legte sich schräg, und Zilien haben weder Krallen noch Haken, und so fanden sie an der glatten Oberfläche keinen Halt. So verzweifelt Em sich auch festzuklammern versuchte, er rutschte immer tiefer auf den Abgrund zu.

Dann geschah alles sehr schnell. Spock machte mehrere Sätze und warf sich neben dem kippenden Eisblock auf den Bauch. Er rutschte zum Rand des Spalts, streckte den Arm aus und bekam Em-3-Grün an den Nackenfalten zu fassen, gerade als der Kleine wegrutschte. Kirk kam im letzten Moment an. Er konnte Spock an den Fußgelenken fassen und verhinderte so, daß der Vulkanier mit Em-3-Grün in den Abgrund glitt.

Mit einem Ächzen krachte der riesige Eisblock in die Tiefe.

Kirk biß unter der Anstrengung, sowohl Spock wie Em-3-Grün zu halten, die Zähne zusammen. Er versuchte, die Zehen in den gefrorenen Sand zu stoßen und stellte zu seinem Entsetzen fest, daß er langsam vorwärts zu rutschen begann.

Ein Seil mit einer Schlinge flog über seinen Kopf. Er langte danach und warf die Schlinge um Spocks Beine. Sofort straffte das Seil sich. Er zog sich zum Rand des Spalts und starrte an dem hängenden Spock zu Em-3-Grün hinab, der wimmernd von Spocks Händen baumelte und die Lider zusammengepreßt hatte.

Kirk spürte, wie Spock rückwärtsglitt, und kroch neben ihm her. Ein Blick zeigte ihm, daß Sord das Seil vorsichtig einholte. Dann nahm Tchar Spock Em-3-Grün ab, und der Vulkanier konnte mühelos in Sicherheit gezogen werden.

Sie machten eine lange Rast – nicht, weil sie so müde waren, sondern weil Em-3-Grün zu große Angst hatte, auch nur einen Schritt zu tun. Spock flößte ihm von der Arznei ein, die sie bei der Ausrüstung gefunden hatten, aber es würde wahrscheinlich eine Weile dauern, bevor sie zu wirken begann.

Falls sie in diesem Fall überhaupt nützte. Dann als Ems heftiges Zittern soweit nachließ, daß er wenigstens reden konnte, wurde es offensichtlich, daß ihr Mechaniker am Ende war.

»Ich kann nicht mehr«, hauchte er kaum verständlich.

Kirk unterdrückte seine instinktive Antwort. Ein jammervolleres Wesen hatte er nie gesehen. Was nicht wirklich überraschte – Em-3-Grün war schon auf der Asteroidenwelt der Vedaler verängstigt und unsicher gewesen. Und hier hatte er wahrscheinlich mehr mitgemacht, als irgendeiner seiner Rasse in den ganzen letzten hundert Jahren hatte erdulden müssen.

Daß der Schock ihn nicht umgebracht hatte, bewies, daß er ein besonderes Exemplar seiner Gattung war, und nun sah Kirk ihn in einem anderen Licht. Doch schließlich wandte er seine Aufmerksamkeit von ihm ab und seinen übrigen zwar mitgenommenen, aber unverzagten Gefährten zu.

Sord saß ungerührt auf dem Boden, ohne auf den beißenden Wind zu achten. Lara lehnte an einem Eisblock, selbstsicher, sportlich, mutig und sich ihres Platzes im Universum bewußt. Nur ihre vereinzelten besorgten Blicke auf Em-3-Grün straften ihre scheinbare Gefühllosigkeit Lügen.

Spock war ruhig wie immer, bereit für alles, was sich als interessante Herausforderung erweisen mochte. Und Tchar, frei und sicher in der Luft, segelte geduldig über ihnen.

Und er selbst natürlich – mitfühlend und besorgt, aber trotzdem die Zügel fest im Griff. Wieder schüttelte er den Kopf. Er zweifelte nicht im geringsten daran, daß der überragendste Vertreter aller hier anwesenden Rassen dieses jammervolle Häufchen zitternder Zilien in ihrer Mitte war.

»Ich habe nicht einmal mehr Angst«, murmelte Em-3-Grün gerade. »Ich bin nur sehr, sehr müde. So unendlich müde.«

»Kommen Sie, Em«, sagte Lara überraschend sanft. »Wir wissen, wo es ist, und wir haben es gesehen. Es ist gar nicht mehr weit.«

»Nein!« brüllte Em-3-Grün mit uncharakteristischer Heftigkeit. »Ich bin am Ende, glauben Sie es doch! Ich habe genug! Sollen die *murvlgeed* Skorr doch ihren *gvurvlmeed* Dschihad führen! Soll die Galaxis zu ihren verschiedenartigen Höllen fahren, es ist mir egal! Ich bin...« Das letzte Wort kam unendlich langsam: »...*müde*!«

Kirk überlegte, wie er diplomatisch sagen könnte, was gesagt werden mußte, aber ihm fiel nichts ein. Schließlich sagte er fest: »Tut mir leid, Em-3-Grün, aber es wäre möglich, daß wir Sie noch brauchen.« Er gab der Riesenechse einen Wink. »Sord...«

Em-3-Grün hatte noch genug Energie zu protestieren, als er in Sords gewaltiger Pranke fast verschwand, ehe er behutsam auf den ohnedies schon schwerbeladenen Rücken gesetzt wurde.

Der Tresorknacker plagte sich auf die Füße. »Lassen Sie mich herunter, Sie unverschämte Halluzination!«

»Ruhe! Halten Sie sich lieber fest!« brummte Sord über die Schulter. Sein Kopf war größer als der ganze Em-3-Grün. »Kriechen Sie zwischen den Kisten unter das Öltuch. Dort sind Sie vor Wind und Kälte geschützt.« Er rannte in einem gleichmäßigen Trott los.

»Und halten Sie sich ruhig!« warnte er noch. »Denn wenn Sie mich kitzeln, vergesse ich vielleicht, daß Sie die Ursache sind, und kratze Sie!«

»Ich fliege voraus und kundschafte«, erklärte Tchar und hob sich in den Wind.

Kirk nickte abwesend, während er, Spock und Lara neben Sord herliefen. Über ihnen, unter dem Öltuch, quiekte eine Stimme schmerzvoll und gleichzeitig voll Pathos: »Eines Tages werde ich dir schon zeigen, daß du dir auch mit deiner Größe nicht alles erlauben kannst, du groteskes Monstrum!«

Sord ließ sich nicht zu einer Antwort herab.

Der Wind ließ nach, und die Wolken lösten sich auf. Als die Sonne zurückkehrte, schmolz sie das Eis unter ihren Füßen – glücklicherweise so schnell, daß sich kaum Schlamm bildete.

Sie kamen nun auch schneller voran und gelangten bald in ein Gebiet niedriger Sandhügel. Zum ersten Mal stießen sie auf heimische Vegetation – Gestrüpp und das zäheste Gras, das Kirk je untergekommen war. Aber anderes würde hier auch nicht überleben, dachte er. Selbst das Gestrüpp wuchs parallel zum Boden statt aufrecht.

»Warten Sie!« grollte Sord.

Kirk trat näher zu ihm. »Was gibt es?« erkundigte er sich.

»Psst!«

Kirk blickte in die Richtung, in die Sord mit dem Kopf deutete – zu einem Dickicht. Einen Moment lang vermeinte er, etwas zu sehen – etwas Dunkles und vage Bedrohliches –, das sich zwischen den Zweigen bewegte.

»Was ist das?«

»Dann haben Sie es also auch bemerkt?«

»Ich dachte zumindest, ich sähe etwas, das sich bewegte – doch daran war vielleicht der Wind schuld. Aber wer weiß, auf dieser Welt könnte es alles mögliche gewesen sein.«

»Es dürfte eigentlich kein tierisches Leben auf diesem Planeten geben.«

Riesenechse und Mensch spähten angestrengt, doch nichts rührte sich.

»Es würde mich nicht wundern, wenn die Pflanzen hier gelernt hätten, vor Gefahren davonzulaufen«, sagte Kirk.

Sord starrte noch kurz auf das Dickicht, dann brummte er: »Es tut sich nichts. Aber diese Welt kann einem auf die Nerven gehen.«

Als sie die nächste Hügelkuppe erreichten, sahen sie den

schwarzen Würfel ganz in der Nähe aufragen. Doch niemand jubelte oder verlieh seiner Erleichterung auf andere Weise Ausdruck. Alle waren zu müde, sowohl physisch wie psychisch, und statt Begeisterung empfanden sie eher Resignation, denn nun begann ihre Mission erst wirklich. Oder würden sich diese senkrechten Wände aus fugenlosem Schwarz überraschend leicht bewältigen lassen? Doch damit rechnete keiner.

»Ich kann die Seele spüren«, sagte Tchar. Er stand neben Kirk und flatterte nun leicht mit den Schwingen. »Das ist keine Illusion – sie ist hier!« Mit kräftigen Flügelschlägen hob er sich in die Luft. »Ich werde mir den Würfel aus der Nähe ansehen und dann zurückkehren. Vielleicht gibt es einen Eingang über dem Boden – den würde ich leichter finden als einer von Ihnen.« Er flog höher.

»Tchar!« rief Kirk.

Der Skorr hielt schwebend an. »Captain?«

»Passen Sie auf sich auf – wir brauchen auch Sie!«

Tchar blickte ihn nachdenklich an. »Ich werde vorsichtig sein, Captain«, versprach er. Dann stieg er wieder auf und schoß wie ein Falke zur oberen Fläche des Würfels.

»Tchar hat mit seiner Analyse recht«, sagte Spock, »aber wir sollten uns trotzdem in Bodenhöhe umsehen, und wenn nur, um Schutz vor der nächsten meteorologischen Abartigkeit zu finden.«

»Gute Idee, Spock.« Kirk marschierte los, auf den Würfel zu. »Warten Sie hier!«

»Einen Augenblick, Captain. Ich...«

Kirk wehrte ab. »Nein, diesmal nicht Spock. Falls irgend etwas Unerwartetes mich verschlingt oder in nichts auflöst oder sonstwie Schluß mit mir macht, müssen Sie da sein, um herauszufinden, wie es vorging. Und dann müssen Sie sich etwas einfallen lassen, damit die Mission trotzdem erfolgreich zu Ende geführt werden kann.«

Spock wollte offenbar weitere Einwände äußern.

Kirk unterband sie. »Das ist ein Befehl, Mr. Spock!« Er stiefelte weiter den Hang hinunter, doch ehe er sich zehn Meter von den anderen entfernt hatte, holte ihn Lara ein.

»Ich komme mit!«

»Ah-ah, solange ich die Expedition leite...«

»Kommen Sie mir nicht mit *ah-ah,* Kirk. Vergessen Sie nicht, daß Kundschaften mein Job ist. Von Rechts wegen müßte ich es allein tun. Außerdem haben Sie bereits den ganzen Nutzen, den Sie brauchen, aus meinem Orientierungssinn gezogen. Ich bin deshalb nun entbehrlicher als jeder andere unserer Gruppe. Aber wenn Sie unbedingt mit mir kommen wollen, um auf sich schießen zu lassen, nun, ich freue mich über Ihre Begleitung.«

Kirk wollte ihr seine Meinung sagen, doch dann mußte er lächeln, und so stapften sie gemeinsam weiter.

Spock versuchte, den Umstand zu ignorieren, daß Kirk sich außer Reichweite unmittelbarer Hilfe einem künstlichen Gebilde näherte, von dem sie annehmen mußten, daß es für ungebetene Besucher unliebsame Überraschungen bereithielt.

»Sord, was glaubten Sie, in dem Dickicht zu sehen?«

Eine tiefe Senkrechtfalte durchzog die riesige Stirn,und ihr Besitzer sprach, ohne den Kopf zu senken. »Ich weiß es nicht genau, Vulkanier. Eine – eine Gestalt...« Sord schüttelte den Kopf, als könne ihm das helfen, klarer zu denken. Aber tiefgründiges Nachdenken gehörte offenbar nicht zu seinen Stärken. »Wahrscheinlich habe ich es mir nur eingebildet, wie der Captain annahm.«

Damit war Spock gar nicht zufrieden. »Es dürfte *keinerlei* mobiles Leben auf dieser Welt geben.« Entschlossen machte er sich daran, Kirk und Lara zu folgen.

Em-3-Grün rutschte von Sords Rücken und rannte hinter Spock her.

»Das sagen Sie nicht zum ersten Mal, Spock.«

»Stimmt«, gab der Vulkanier zu. »Und die Betonung liegt auf *dürfte.* Die Vedaler hätten uns darauf aufmerksam machen müssen.«

Sord seufzte und hörte sich wie eine antike Dampfmaschine an. Auch er stapfte los. »Vielleicht wußten die Vedaler gar nichts von dem – was immer wir auch zu sehen vermeinten.«

»Nein, ich halte es immer noch für unmöglich«, murmelte Spock.

»Das ist Ihre Meinung«, schnaubte der Saurier. »Ich bin mir da nicht so sicher. Je länger wir hier herumirren, desto weniger bin ich von der Allmächtigkeit der Vedaler überzeugt. Verstehen Sie mich nicht falsch«, fuhr er fort, »ich meine damit nur, daß es gewisse Aspekte gibt, die ihnen nicht bekannt sind. Das rede ich mir zumindest als Erklärung dafür ein, weshalb *ich* hier bin und nicht sie mit ihrer angeblichen Superwissenschaft. Ich habe natürlich keine Ahnung, was *Sie* sich vormachen, Vulkanier.«

Spock blickte zu dem gewaltigen Gesicht empor, konnte jedoch nichts darin lesen. Aber wenn die Fakten auch gegen die Worte der Riesenechse sprachen, durfte er doch einige Merkwürdigkeiten in bezug auf dieses ganze Unternehmen nicht außer acht lassen. Und von einem rein logischen Standpunkt aus gesehen...

Nur noch eine niedrige Sanddüne lag vor ihnen. Kirk und Lara stiegen sie hinauf. Die Festung ragte keine hundert Meter entfernt empor. Sie war von einer Ebene aus schwarzem Kies umgeben.

»Das wär's.« Kirk grinste Lara an. »Der Endpunkt einer langen, beschwerlichen Reise, die ich nicht noch einmal machen möchte.«

»Vergessen Sie nicht, James, wir müssen auch wieder zurück.« Sie trat näher zu ihm, und diesmal wich er nicht aus. Es lag nicht daran, daß er dazu zu müde gewesen wäre.

»Ich sage Ihnen etwas, James.« Sie blickte tief in seine Augen. »Sie sind der attraktivste Mann, dem ich je begegnet bin. Wenn wir...«, sie zögerte kurz, »*zusammen* wären, würde der Rest viel einfacher sein. Und wenn irgend etwas passierte, nun«, sie zuckte die Schultern, »hätten wir schöne Erinnerungen.«

»Ich habe bereits eine Menge schöner Erinnerungen«, entgegnete er sanft. »Zu viele, glaube ich manchmal.«

Lara versuchte gar nicht, ihre Enttäuschung zu verbergen. »Oh.«

Er legte tröstend eine Hand auf ihre Schulter und drückte sie. »Ein andermal vielleicht, Lara. Ich glaube, es könnte eine der schönsten Erinnerungen werden.« Er zog die Hand zurück, als sie danach langte. »Aber nicht jetzt – wir haben noch etwas zu tun.«

Ihr Gesicht hellte sich auf. »Wenigstens sind Sie bereit, mit sich darüber reden zu lassen.«

»Ich bin logischen Argumenten immer zugänglich.«

Das ungeheure schwarze metallische Gebilde von fast vollkommener Würfelform war noch beeindruckender, wenn man direkt davor stand. Kirk konnte nirgendwo auch nur die Andeutung einer Fuge oder Schweißstelle sehen. Es schien fast, als wäre der Monolith in einem Stück erschaffen.

Es gab offenbar auch nirgendwo einen Eingang. Ein Achtung einflößendes Stück Technik. Es hätte sich aus jeder Stadt hervorgehoben, und hier auf der kahlen sandigen Ebene mit ihrer schwarzen Kiesumrandung war es fast furchterregend.

Als sich nichts offenbarte, das ihnen das Herankommen verwehrte, drehte Kirk sich kurz um und winkte den anderen zu. Sord, Spock, Em-3-Grün und Tchar kamen herbei, um sich ihm und Lara anzuschließen.

»Hat das nicht die Form der primitiveren Tempel Ihres Volkes?« fragte Spock den Skorr.

»Ja«, antwortete Tchar überrascht. »Ich hatte keine Ahnung, daß Ihr Wissen so umfangreich ist, Mr. Spock.« Er blickte an dem Würfel empor. »Doch etwas so Gewaltiges und Schönes wie das hat es bei uns nie gegeben. Es muß jemandes Werk sein, der die Skorr gut kennt, aber über eine Fähigkeit und Zielstrebigkeit verfügt, wie mein Volk sie nie hatte.«

Er deutete nach rechts. »Wenn es sich an die alte Bauweise hält, müßte der Eingang dort sein.« Er flog zu einer Ecke, und sie folgten ihm.

Die kunstvolle Tür befand sich direkt in der Ecke, genau wie Tchar vermutet hatte. Das eingravierte, komplexe Motiv sagte dem Vogelmann zweifellos etwas, aber er verlor kein Wort darüber, und niemand fragte ihn danach.

Und dann erwähnte er es doch. »Die Tür ist wirklich wie bei den alten Tempeln«, sagte er. »Nur die Inschrift ist anders. Ich kann sie nicht ganz verstehen, aber offenbar handelt es sich um eine Warnung – was zu erwarten war.«

»Können Sie die Tür öffnen?« fragte ihn Kirk.

»Nein«, antwortete Tchar etwas verwirrt. »Es ist eine Tür wie bei alten Tempeln – doch sie hat kein Schloß.«

Kirks Blick – und sogleich auch die Blicke aller anderen – richtete sich auf Em-3-Grün, der zwar immer noch zitterte, sich aber schon ein bißchen beruhigt hatte. Offenbar hatten ihm die Ruhe und das wettergeschützte Plätzchen auf Sords Rücken gutgetan. Was jedoch nichts an seiner Einstellung zu dieser ganzen verrückten Sache änderte – er wollte noch immer nichts anderes, als so schnell wie möglich von hier verschwinden. Trotzdem studierte er die Tür. Seine berufliche Neugier war so gut wie das einzige, was ihn von seiner Angst ablenkte.

»Mein Sehorgan nimmt ein Schloß wahr«, erklärte er bestimmt. »Ich kenne den Typ – er ist selten, raffiniert und teuer.«

Kirk starrte angestrengt auf die Tür und versuchte, den Mechanismus zu entdecken, von dem Em sprach, aber er sah nur fremdartige Muster und Schriftzeichen.

»Ich verlasse mich auf Sie«, sagte er, »es bleibt mir auch gar nichts anderes übrig. Können Sie es öffnen?«

»Es gibt in der ganzen Galaxis kein Schloß, keine Tür, kein Tor und kein Versteck, das ich nicht öffnen könnte«, versicherte der Kleine.

Während Em-3-Grün seinen Beutel vom Rücken hob, studierte Kirk den Vorsprung über der Tür und fragte sich, was er zu bedeuten hatte. Hinter dem Ganzen steckte eine fanatische Bösartigkeit, ein listiger Wahnsinn, an dessen Ende der Tod von Millionen Unschuldigen stand.

Die Schlüsselfrage war: Inwieweit verließen diese Extremisten sich auf dieses Versteck? Genügte es in ihren Augen? Oder hielten sie im Innern weniger passive Überraschungen bereit?

Em-3-Grün holte einen geschmeidigen Gürtel aus dunklem Kunststoff mit vielen kleinen Fächern aus dem Beutel und breitete ihn auf dem Boden aus, wodurch feinstes Präzisionswerkzeug sichtbar wurde.

Em studierte eine Reihe von Vertiefungen, die ungefähr in der Türmitte ein in etwa rautenförmiges Muster bildeten. Kirk hätte es nie von den anschließenden Gravierungen unterscheiden können oder gar für ein Schloß gehalten.

Em-3-Grün wählte mit einer Sicherheit Werkzeuge aus, die Kirk sehr beruhigend fand. Damit schritt er zur Tür und begann seine Arbeit, die er vor den anderen jedoch mit seinem Körper verdeckte.

Kirk konnte nur hoffen, daß des Kleinen Geschicklichkeit so groß wie sein Selbstvertrauen war.

Etwas bewegte sich über ihnen. Er blickte scharf auf, doch da war nichts. *James, James,* rügte er sich, *du fängst an, Gespenster zu sehen!* Er wandte seine Aufmerksamkeit wieder Em-3-Grün zu.

Plötzlich ertönte ein Klicken in der Tür, dem ein gleichmäßiges Summen folgte.

Ems Reaktion deutete keineswegs auf Erleichterung hin. Seine Zilien bewegten sich noch schneller als zuvor, und er schien sich doppelt anzustrengen. Außerdem wirkte er verängstigt – was jedoch nichts bedeuten mußte, denn das waren sie von ihm gewöhnt. Aber trotzdem.

»Was ist los? Können Sie es nicht?«

»Ich kann es, ich kann es«, murmelte der Kleine angespannt.

»Großartig«, lobte ihn Lara.

»Nein«, widersprach er. »Sie verstehen es nicht. Dieses Schloß ist mit einer Reihe unregelmäßiger Impulsfolgen programmiert. Wenn ich die Impulse nicht in der richtigen Reihenfolge abstelle, und das innerhalb einer bestimmten Zeit – explodiert es.«

Lara blickte ihn unsicher an. »Macht es einen Unterschied, ob wir die Tür behutsam öffnen oder Gewalt anwenden?« Sie wich ein paar Schritte zurück und sagte zu Kirk: »Warum lassen wir die Tür nicht einfach explodieren?«

Em-3-Grün gab die Antwort – worüber Kirk froh war, weil er selbst keine hatte. »Eine solche Explosion hat den Zweck, das Metall der Tür und den Gang dahinter zu schmelzen, wodurch ein Zugang unmöglich wird – manchmal für immer.«

»Spock, was meinen Sie?« fragte Kirk. Spock achtete nicht auf ihn, sondern starrte in die Höhe. »Spock?«

Die Warnung des Ersten Offiziers ertönte, als Kirk gerade seinen Blick der Würfeloberfläche zuwandte.

Schwingen im Wind...

Kirk schluckte Sand, als einer der Würfelwächter herabstieß. Scharfe Krallen streiften Kirks Rücken. In unnatürlicher Stille wendete das fliegende Ungeheuer und setzte zu einem neuen Angriff an. Es gab zwei dieser Bestien – sie waren riesig, nicht sehr flink, aber offensichtlich ungeheuer kräftig.

Kirk rollte herum, um den Rücken schützend gegen die Wand zu drücken, und langte nach seinem Phaser. Aus den Augenwinkeln sah er, daß Lara ihre chemische Schußwaffe gezogen hatte. Sie duckte sich unmittelbar am Eingang. Em-3-Grün war nicht zu sehen, aber sein Wimmern klang hinter Sord hervor, der sich schützend vor ihn gestellt hatte.

»Arbeiten Sie weiter«, grollte er über die Schulter, »ich gebe Ihnen Deckung.«

Em-3-Grün war zu sehr mit dem Schloß beschäftigt, um zu antworten. Mit der Riesenechse zu argumentieren wäre ohnehin sinnlos gewesen. Der Saurier würde vielleicht die mögliche Explosion überleben, aber Em 3 Grün würde zerfetzt werden.

Ein Schrei schrillte über ihnen. Tchar stürzte sich auf die zwei Wächter. Wenn einer der dunklen Hüter ihn mit seinen Krallen trifft, dachte Kirk, sieht es finster für ihn aus. Aber Tchar war offensichtlich viel flinker. Und er schien die unheimliche Fähigkeit zu haben, in den allerletzten Augenblicken auszuweichen, wenn Schwingen oder Klauen nach ihm schlugen. Es war fast, als wisse er, was sein Gegner tun würde, bevor er es tat.

Jedenfalls beschäftigte der Skorr einen der zwei Wächter völlig. Der andere, der Kirk knapp verfehlt hatte, setzte zum zweiten Angriff auf ihn an. Kirk feuerte. Ein zweiter Phaserstrahl kam über seine linke Schulter – Spock feuerte zur gleichen Zeit.

Beide Strahlen trafen ihr Ziel – und brachen sich am glänzenden Hals des Ungeheuers. Es wich weder aus, noch wurde es langsamer. Schüsse knallten von der Tür her. Lara feuerte ihre altmodische, aber gefährlich aussehende Pistole.

Vielleicht richteten die Kugeln mehr Schaden an als die Phaser, vielleicht lenkte auch nur der Lärm das Monstrum ab. Aus welchem Grund auch immer, es wechselte mitten im Sturzflug die Richtung und schoß auf die ungeschützte Jägerin zu.

Kirk biß sich auf die Lippe und zwang sich, den gleichmäßigen Energiestrom auf den Wächter nicht zu unterbrechen, der jetzt beide Phaserstrahlen auf die Breitseite bekam. Lara ging auf ein Knie und versuchte, seine Unterseite zu treffen.

Sie wußten nicht, ob es der konzentrierte Phaserbeschuß oder die Pistolenkugeln oder beides war, aber das Ungeheuer barst mitten im Flug. Die Explosion war nicht sonderlich beeindruckend, wohl aber die Menge von Trümmern und die Größe des Gebietes, auf die sie verstreut waren – und die Art der Trümmer.

Kirk trat nach einem Stück und hörte es leicht klirren, als es über den Kies rollte.

»Roboter«, stellte Spock interessiert fest. »Sord glaubte, auf unserem Weg hierher etwas bemerkt zu haben, das uns beobachtete. Und Sie ebenfalls, Captain.« Er wirkte zufrieden. »Die Vedaler hatten recht. Es gibt hier keine Lebewesen – nur mechanische Wächter.«

Ein Schrei aus der Luft erinnerte sie daran, daß der Kampf noch nicht vorüber war. Tchar hatte den übriggebliebenen Wächter am Rücken zu fassen bekommen. Da er weder mit den Flügeln noch den Klauen etwas dagegen unternehmen konnte, drehte der fliegende Roboter sich im Kreis und flatterte heftig. Aber Tchar konnte den gepanzerten Flieger nicht unschädlich machen, und es gelang diesem, seinen Gegner abzuschütteln.

Plötzlich, als folge er einem Befehl, wandte er sich von Tchar ab, legte die Flügel an und stieß zur Tür hinab. Sord versuchte, sich fest in die kaum merkliche Türnische zu drücken.

»Beeilen Sie sich, Kleiner«, grollte er. Aber auch jetzt hatte Em-3-Grün keine Zeit zu antworten.

Kirk und Spock richteten ihre Phaser auf den zweiten Roboter – und zögerten, als Tchar auf ihn herabstieß.

»Nicht schießen!« schrillte der Skorr.

Mit ungeheurer Geschwindigkeit knallte Tchar gegen den Schädel des Roboters. Ein leises Mahlen ging von ihm aus. Entweder hatte die Ablenkung genutzt, oder der Roboter hatte erkannt, daß er nicht an Sord vorbeikommen konnte. Das Maschinenungeheuer breitete die schweren Schwingen aus und stieg wieder auf.

Tchar holte es nahe dem oberen Würfelrand ein und bekam es wieder zu fassen. Beide verschwanden über der Würfeloberfläche.

Die anderen blickten ihnen nach und verharrten einen langen Moment. Plötzlich war ein lauter Knall zu hören. Tchar kam nicht zurück.

»Was wohl passiert ist?« fragte Kirk. »Ob der Knall bedeutet, daß der Roboter explodiert ist?« Er strich mit der Hand über die glatte Wand. »Vielleicht liegt Tchar verwundet da oben und kann nicht fliegen. Und wir kommen von außen nicht hinauf. Vielleicht gibt es von innen eine Möglichkeit hinaufzugelangen. Wir...«

Ein heller, wenngleich vor Erschöpfung schwacher Triumphschrei ertönte rechts von ihm, gefolgt von einem pfeifenden Lachen. Sord wich von der Tür zurück.

Flüchtig schabte Metall gegen Stein, dann öffnete sich die Tür. Alle kamen näher. Der Gang, der dahinterlag, war dunkel und leer und alles andere als einladend.

Ein peitschender Graupelregen fiel aus dem Himmel, der eben noch klar und warm gewesen war. Kirk zog den Kopf ein wenig ein und blickte die anderen an. »Wir könnten uns hier kurz ausruhen.«

»Nein«, entgegnete Lara entschieden. »Wir sind so weit gekommen ohne eine Rast. Wenn ich mich jetzt niedersetze, bin ich vielleicht zu müde, wieder aufzustehen.«

»Bringen wir es zu Ende«, schnaubte Sord, »oder geben wir dem Gegner eine Chance, uns fertigzumachen.« Er grinste und zeigte seine gefährlichen Zähne.

»Auch ich würde lieber weitermachen, Captain«, warf Spock ein. »Vielleicht gibt es noch weitere Robotwächter. Jetzt haben wir noch das Überraschungsmoment, glaube ich. Je schneller wir vorgehen, desto besser. Der Gegner ist möglicherweise unvorbereitet und muß improvisieren.«

»Ich freue mich, daß Sie alle das so sehen, denn auch ich bin dafür. Aber da es sich hier um eine quasi demokratische Expedition handelt, wollte ich mich erst mal erkundigen.« Kirk grinste ebenfalls, auch wenn sein Grinsen es nicht mit dem Sords aufnehmen konnte, und trat den anderen voraus in den Würfel.

Spock und Kirk hatten beide Lampen am Gürtel, die sie nun gut gebrauchen konnten, denn keine Lichter gingen an, als sie tiefer eindrangen, aber es stellten sich ihnen auch keine Metallbrüder der fliegenden Robotwächter in den Weg.

Nach einem kurzen Marsch mündete der Gang in einen großen Raum. Spock richtete kurz der Reihe nach die Lampe auf jeden, damit Kirk sie abzählen konnte. Es war keiner durch eine Geheimtür verschwunden.

Danach leuchteten beide um sich. Sie standen in einem riesigen, leeren Raum, den die Gürtellampen nicht voll erfassen konnten. Die Wände waren aus dem gleichen spiegelblanken Material wie außen und wiesen keinerlei Fugen, Markierungen oder dergleichen auf.

In dieser Leere kam die Entdeckung der Seele um so überraschender.

Spocks Lichtstrahl fiel auf etwas über ihren Köpfen, das aufblitzte. Es war ein schillerndes Filigran aus drei Möbiusstreifen. Es war von zarter Schönheit, doch die kleine Gruppe von Betrachtern konnte nichts so Ehrfurchterregendes daran finden, was die fanatische Verehrung durch eine ganze Rasse rechtfertigen würde. Das Wissen um diese enorme Macht jedoch ließ Äußerlichkeiten bedeutungslos erscheinen.

Sord brach das Schweigen. »Recht hübsch«, brummte er. »Aber wie sollen wir rankommen?«

Statt einer Antwort richtete Spock seine Lampe auf die Wand hinter ihnen und ließ ihren breiten Strahl von oben nach unten und seitwärts darüber wandern, dann strich er mit der Hand über das Metall.

»Eine ungewöhnliche Legierung – man brauchte die Phaser einer ganzen Kriegsflotte, um sie zu schmelzen. Durch die Tür zu kommen, war leichter die vedalische Weise. Es gibt nicht die geringste Fuge, nichts, was es ermöglichen könnte, daran hochzuklettern. Eine erstaunliche technische Leistung von größter Perfektion.«

»Die Erbauer würden sich über dieses Lob bestimmt freuen«, sagte Kirk trocken. »Wie sollen wir hinaufkommen? Wir haben keine Spezialausrüstung, und ohne solche Hilfsmittel lassen sich die Wände nicht erklimmen.« Er strich mit dem Absatz über den Fußboden. Das leise Quietschen fand Echos in der riesigen Leere.

»Wenn wir keine Möglichkeit finden, an sie heranzukommen«, er deutete mit einem Kopfnicken auf die Seele, die so nah und doch so unerreichbar war, »haben wir den weiten Weg umsonst gemacht.«

Ein vage vertrautes Geräusch war zu hören, als die Tür zu gleiten begann und sich krachend schloß.

Sofort erhellte ein blasses Licht den Raum.

Em-3-Grün war als erster an der geschlossenen Tür. Er mühte sich ab, die haarfeine Trennlinie an der Wand zu finden.

»Sie hat innen kein Schloß«, erklärte er professionell. Dann blickte er die anderen hilflos an. »Ohne Schloß kann ich sie nicht öffnen. Wir sind gefangen!«

»Stimmt«, bestätigte Kirk.

Spock drehte sich um und starrte ihn etwas verwirrt an. Diese Reaktion hatte er nicht erwartet. »Es scheint Sie nicht zu überraschen, Captain«, sagte er.

Kirk schritt bereits zu dem nun hell erleuchteten Raum zurück und betrachtete nachdenklich die Wände. »Drei Expeditionen versuchten, die Seele zu bergen – und verschwanden. Zugegeben, diese Welt ist ausgesprochen lebensfeindlich, aber jedes Team, das von Anfang an darauf vorbereitet war wie wir, hätte auch überleben müssen wie wir.« Er ließ den Blick durch den Raum schweifen.

»Ich sehe keine Gebeine, nichts. Keinerlei Spuren einer Expedition vor uns. Ihre sterblichen Überreste müßten hier sein, wenn sie so weit gekommen wären. Und es fällt mir schwer zu glauben, daß es keiner gelang.«

»Sie meinen also, Captain, daß ...«

»Ich meine gar nichts, Spock – noch nicht. Nur, daß wir bisher mehr Glück gehabt haben, als wir dachten.« Er wandte sich von Spocks fragendem Blick ab und schaute wieder zu der Seele hinauf.

»Wie auch immer, wir haben keinerlei Beweise, daß es außer uns jemand so weit geschafft hat.« Er senkte den Blick ein wenig und deutete. »Sehen Sie sich die hintere Wand an!«

Der Sims war höchstens eineinhalb Meter breit und von derselben Farbe und demselben Material wie die Wände. Er schlängelte sich rundum und nach oben. Kein Wunder, daß er Spocks suchendem Lampenstrahl entgangen war. Ohne das Licht, das beim Schließen der Tür angegangen war, hätten sie ihn vielleicht nie entdeckt.

Sie traten zu dem Sims. Er begann in etwa zwei Meter Höhe. Kirk nahm einen kurzen Anlauf, griff nach dem Rand und stemmte sich hoch.

Eine Sekunde später schoß er förmlich nach oben. Als er sein Gleichgewicht wiedergefunden hatte, blickte er zurück auf Sord, der sein inzwischen vertrautes, polterndes Lachen ausstieß. Der Riese hob Spock auf, dann Lara und schließlich, trotz dessen verzweifelter Proteste, Em-3-Grün.

»Ich habe schreckliche Höhenangst«, wimmerte der Kleine und drückte sich zitternd an die Wand.

»Sie haben schreckliche Angst vor allem, Em-3-Grün«, bemerkte Spock. »Es ist nicht nötig, daß Sie sich ständig für Ihren naturgegebenen Zustand entschuldigen.«

»Ich entschuldige mich nicht!« brauste Em-3-Grün auf. Dann wurde er verlegen und wieder ganz klein. »Bitte entschuldigen Sie, daß ich gebrüllt habe, aber...«

»Schon gut«, beruhigte ihn Kirk und blickte auf Sord.

Die Riesenechse schüttelte den schaufelähnlichen Kopf. »Nein, für so etwas bin ich nicht gebaut.«

Kirk hämmerte mit einem Absatz auf den metallenen Sims. »Er wird Sie tragen, Sord. Er ist ein fester Teil der Wand.«

»*Vielleicht* trägt er mich«, entgegnete Sord zögernd. »Nein, machen Sie lieber ohne mich weiter. Ich würde Sie nur beengen, außerdem sähe ich lächerlich aus, wenn ich mich auf Zehenspitzen vorwärtstasten müßte. Ich warte hier unten auf Sie.«

Sie stiegen langsam und vorsichtig hinauf. Der Sims war nicht gefährlich schmal, aber auch nicht so breit, wie Kirk ihn sich gewünscht hätte, und er hatte kein Geländer.

Es ist erstaunlich, dachte er, wie leicht und frei man in einem Raumanzug außerhalb der *Enterprise* schweben kann, ohne die geringste Angst in der weiten Leere zu haben, und dennoch bei einer einfachen Kletterei wie dieser von Schwindel und Übelkeit geplagt wird.

Er blickte hinauf zur Seele. Der Sims streckte einen dünnen Arm nach ihr aus, reichte jedoch nicht ganz bis zu ihr. Was sie tun würden, wenn sie diesen Punkt erreicht hatten, wußte er noch nicht.

Plötzlich spürte er, wie er zitterte, aber es hatte eine äußere Ursache.

»An den Sims drücken!« schrie Spock.

Die vier warfen sich flach auf den Sims und versuchten instinktiv, Nägel und Zehen in das unnachgiebige Material zu bohren. Das Beben hörte auf, kehrte jedoch kurz darauf verstärkt zurück. Doch war es offenbar keine wirkliche Bedrohung. Es gab keinerlei Anzeichen, daß die Wände einstürzen oder der Sims unter ihnen zusammenkrachen würde.

»Wir wissen bereits, daß diese Welt geologisch abartig ist«, sagte Spock, als er aufstand. »Es wäre unlogisch, hätte man dieses Bauwerk errichtet, ohne darauf Rücksicht zu nehmen. Wahrscheinlich ruht es auf einer elastischen Unterlage, die die Erschütterungen dämpft.«

»So was könnte ich gut brauchen«, murmelte Em-3-Grün.

Kirk war versucht zu sagen, daß der Kleine auch bebte, wenn die Erde es nicht tat. Aber er unterdrückte es rasch, denn es wäre undiplomatisch und eines Anführers nicht würdig gewesen.

Es war nur, daß sein angeborenes Warnsystem immer stärker schrillte, je näher sie der Seele kamen. Sie konnten nicht einfach die Hände ausstrecken und sie nehmen – das mußte unmöglich sein. Jemand hatte sich ungeheure Mühe gemacht, diesen Supersafe hier auf dieser Wahnsinnswelt zu erbauen. Sich einzubilden, sie kämen ohne weiteren Widerstand so nahe an die Seele heran, wäre ausgesprochen naiv.

Der Sims bog scharf ab und wurde bedrohlich schmäler. Sord hätte sich darauf unmöglich halten können. Sie mußten seitwärts gehen und den Rücken an die Wand pressen. Dann führte er immer steiler aufwärts – bis zu einem Punkt, wo er breiter wurde und endete. Und von diesem Ende streckte sich ein langer, schmaler Bogen zu der schwebenden Seele aus.

Es gehörten wirklich gute Nerven dazu, auf diesem schmalen Vorsprung zu balancieren, und noch mehr, aus dieser schwindelerregenden Höhe zum Fußboden hinunterzuschauen. Em-3-Grün hielt sich dicht an Lara und konzentrierte sich ausschließlich darauf, sich genau in der Mitte des Armes zu halten.

Der metallische Arm endete etwa zwei Meter vor der Seele. »So nah und doch so fern«, jammerte Em-3-Grün.

Lara löste ein Seil von ihrem Gürtel. »Vielleicht kann ich sie damit heranholen.«

Spock hielt sie zurück. »Wir haben keine Ahnung, ob sie nicht von einem Kraftfeld geschützt ist. Eine direkte Berührung sollten wir uns bis zum Schluß aufheben, wenn uns gar nichts Besseres mehr einfällt.«

Sie waren noch nicht dazu gekommen, andere Möglichkeiten zu besprechen, als es hinter ihnen heftig krachte. Instinktiv duckten sich alle sofort, aber das Krachen wiederholte sich nicht.

Kirk blickte den Weg zurück, den sie gekommen waren, und sah, daß ein langes Stück des Simses verschwunden war. Von den geschmolzenen Rändern des Metalls stieg noch Rauch auf. Sie saßen auf dem schmalen Arm fest.

Kirk wunderte nur eines: daß ihr Gegner so lange gewartet hatte, sich ihnen zu zeigen. Aber Wahnsinnige waren eben unberechenbar. Kirk spähte in die hinteren Ecken ihres Gefängnisses. Sie befanden sich hier in Zweidrittelhöhe, und er konnte nun sehen, daß die Wände nahe der Decke gar nicht völlig glatt waren, sondern Reliefs, Spalten, kleine Höhlungen und winzige, dunkle Gänge hatten.

»Ich habe doch gewußt, daß wir von irgend etwas beobachtet werden; daß außer einer raffiniert verschlossenen Tür noch andere Schutzmaßnahmen existieren müssen; daß der Dieb, oder wer immer, sich nicht nur auf verrücktes Wetter und ein paar Beben verläßt; daß es außer diesem überdimensionalen Safe noch etwas geben muß, etwas Ausgeklügelteres, gegen das nicht einmal die Vedaler sich schützen konnten.«

»Und das wäre, Captain?« fragte Spock.

Kirks Stimme troff vor Sarkasmus. »Der Wurm im Apfel, Mr. Spock, Sand im Getriebe, ein aktiviertes Positron im Dilithium, etwas, das faul ist im Staate Dänemark.« Er hob erbost die Faust zur Decke.

»Ich weiß, wer Sie sind!« rief er. Wer hätte die Seele in ein Schwebefeld, dreihundert Meter über dem Boden, schaffen können? Wer käme auf die Idee, diese Travestie eines Tempels als Monument für die Vernichtung zu erbauen? Wer anderes als die Skorr selbst?

»Zeigen Sie sich, Tchar! Die Maskerade ist zu Ende. Nehmen Sie Ihren Applaus entgegen.«

Mehrere Sekunden tat sich gar nichts. Dann ließ der Prinz von Skorr sich aus einem ungeahnten Versteck fallen, stieß auf sie zu und breitete erst im letzten Moment die Schwingen aus, um sich auf die andere Seite der Seele zurückzuziehen. Er lachte, pfiff, deutete mit dem Finger auf sie – die Zivilisation verhöhnend.

»Tchar!« staunte Lara. »Im Namen der sieben Jagdgötter, warum haben Sie das getan? Sie und Ihre kleine Clique von Militaristen?«

Kirk schüttelte müde den Kopf. »Auch über Raum- und Rassengrenzen hinweg wiederholt sich offenbar die Geschichte. Es ist faszinierend und sehr traurig. Sie und Ihre Kumpane wollten einen sinnlosen, blutigen Dschihad in der ganzen Galaxis führen, wollten Ihrem eigenen Volk und anderen Unschuldigen den Tod bringen – warum, Tchar? Warum?«

»Die Skorr waren eine Kriegerrasse!« schrillte Tchar und wirbelte wütend herum. »Jetzt sind wir Sklaven einer Friedensillusion – Feiglinge, verweichlicht durch den Komfort, den uns der Handel bringt, und geschwächt durch geistige Bastardisierung.« Er deutete auf die Seele.

»Dieser krankhafte Traum«, rief er verächtlich, »hat unsere Seelen gestohlen, nicht geheilt!« Und jetzt war der Stolz des Fanatikers in seiner Stimme unverkennbar. »Aber es gab ein paar von uns Oberen, wenige nur, die weise genug waren, diese gigantische Illusion zu durchschauen, die uns die rassische Entschlossenheit und Courage raubte.

Wir planten den Diebstahl, und niemand hielt uns auf. Niemand *wird* uns aufhalten! Es wird auch keine Zeit mehr bleiben für eine weitere Expedition, ehe die Wut meinem Volk die glorreiche Tradition zurückbringt. Ich kam selbst hierher, um dafür zu sorgen. Nur ich erkannte diese Notwendigkeit, als ich erfuhr, wer an dieser Expedition teilnehmen würde. Und ich hatte recht – ich wurde gebraucht!

Ich, Tchar, Erbprinz, Vernichter meiner Feinde, Bluttrinker – ich werde mein Volk zu Ruhm und Rache führen!«

»Im besten Fall können Sie einen Pyrrhussieg erringen«, entgegnete Spock ruhig und keineswegs beeindruckt von der Sturm-und-Drang-Rede Tchars. »Ja, bestenfalls, wenn Ihre Krieger nicht alle fallen. Von den Heimatwelten der Skorr wird nichts übrigbleiben, wenn die Kriegerrassen der Föderation zum Kampf gegen Sie antreten – genau wie die der Klingonen und aller anderen.«

»Vielleicht«, gestand Tchar voll Verachtung für Spocks Logik ein. »Ein edler Tod, wenn es darum geht, einen großen Traum zu verwirklichen.« Er schüttelte die geballten Klauen. »Aber wir werden nicht mehr wie Würmer leben und im Schmutz kriechen. Wir werden uns erheben und kämpfen! Sie werden die vierte Gruppe sein, die unserer Sache geopfert wird. Aber Sie haben meine Hochachtung – nur Sie sind so weit gekommen. Nur bei Ihnen war meine persönliche Intervention erforderlich. Sie werden in Ehren sterben, wie es sich für die Feinde eines Erbprinzen ziemt.«

»Tchar, warten Sie!« rief Lara, doch zu spät. Der Skorr war hochgeflogen und irgendwo in der Dunkelheit der Decke verschwunden.

Tief unten beobachtete Sord und versuchte zu verstehen. Er erkannte, daß etwas schiefgegangen war, aber Geräusche von oben verloren sich in der Weite des Raums. Natürlich hatte er bemerkt, daß das Sims abgeschnitten war, aber aus dieser Entfernung konnte er nichts erkennen, was Tchar mit der Sabotage in Verbindung gebracht hätte. Alle möglichen Gedanken kreisten ihm im Kopf, und er verwarf sie, während er versuchte, Sinn in das Ganze zu bringen.

Lara war zum Rand des Simses gegangen, wo es abgetrennt war, und blickte ruhig hinüber. »Absolut unerklimmbar, wie Mr. Spock sagte.« Sie schüttelte den Kopf. »Wir würden ziemlich tief fallen.«

Plötzlich schwebte sie aufwärts, gefolgt von den anderen. Em-3-Grün drehte sich verzweifelt und suchte vergebens nach einem Halt.

»Schwerelosigkeit – der Bau ist mit einem Gravitationsneutralisator ausgerüstet!« stellte Kirk fest.

»Er könnte aber auch Teil seiner Konstruktion sein«, meinte Spock. Er spreizte Arme und Beine, um sich möglichst an einer Stelle zu halten. »Das würde erklären, wie dieser Bau die zahllosen Ebenen und anderen Naturkatastrophen überstehen konnte, von denen er zweifellos heimgesucht wurde.«

Obwohl er sich völlig ruhig zu halten versuchte, drehte Kirk sich um seine eigene Achse.

Auch Sord hatte die Schwerelosigkeit überrascht, aber er hatte schneller als alle anderen reagiert. Er hatte sich im letzten Moment mit aller Kraft vom Boden abgestoßen und war so nach oben gesegelt, genau dorthin, wohin er gewollt hatte. Er streckte die Hände aus, hielt sich am vorspringenden Sims fest und zog sich daran hoch. Er war nun der einzige, der nicht frei schwebte.

Irgendwo in der Nähe pfiff Tchar amüsiert. Kirk versuchte, sich zu orientieren, und entdeckte schließlich den höhnenden, herumfliegenden Vogelmann.

»Jetzt können Sie fliegen und wie Skorr kämpfen – eine würdige Weise zu sterben, nicht wahr?«

Kirk wollte antworten, doch Sord wartete nicht darauf. »Überlassen Sie ihn mir«, brummte er. Er schlug mit einer Pranke auf seine Brust. Das war ein Schlag, der die Schotten eines Sternenschiffs eingebeult hätte. Aber in dieser Situation war mehr als Masse und Kraft vonnöten. Tchar würde den unbeholfenen Sord in Stücke schneiden, ehe das Reptil ihn in die Pranken bekam.

»Nein, Sord! Nicht im freien Fall!«

»Schießen Sie mit dem Phaser auf ihn, schnell!« drängte Em-3-Grün nervös.

»Ja, Captain Kirk«, spöttelte Tchar, »schießen Sie mit dem Phaser auf mich.«

Eine Einladung zur Vernichtung, das war Kirk klar. Tchar wollte, daß sie wie Skorr gegen ihn kämpften, damit er sich seiner vom Wahnsinn bestimmten Vorstellung von Ehre hingeben konnte. Das bedeutete einen Kampf Mann gegen Mann, ohne moderne Waffen wie Handphaser.

Wenn dieser Bau mit so hochentwickelter Elektronik wie Gravitationsneutralisator ausgerüstet war, gab es eigentlich keinen Zweifel, daß ständig etwas auf sie gerichtet war, das ihre Phaser funktionsunfähig machte, ja, vermutlich auch ihre Energiezellen anzapfte. Was bedeuten mochte, daß ihnen der Phaser beim Feuern ins Gesicht explodierte.

»Wir müssen uns nach seinen Spielregeln richten«, sagte Kirk zu Em-3-Grün.

Das mochte vielleicht sogar ein Vorteil sein. Wenn sie nicht kämpfen wollten, könnte Tchar sie wahrscheinlich aus geraumen Abstand erledigen. Doch offenbar zog er es vor, sich mit ihnen im Kampf zu messen. Sein krankes Hirn verlangte, daß er sie eigenhändig tötete.

»Spock, wann haben sie das letzte Mal ein Null-G-Training absolviert?«

»Ich halte mich an die üblichen Vorschriften, Captain.«

Das sagte ihm, daß Spock regelmäßig Kampfübungen machte, verriet Tchar jedoch nicht allzuviel. Er konnte die Antwort interpretieren, wie er wollte.

»Nun«, rief er Tchar zu und wappnete sich, »worauf warten Sie?«

Es fiel Tchar offenbar schwer, ein schallendes Lachen zu unterdrücken. »Sie drehen sich ziemlich hilflos, Captain Kirk, und es sieht nicht so aus, als könnten Sie innehalten. Als taktische Position nicht gerade vorteilhaft.«

Tchar hatte recht. Ehe sie irgend etwas tun konnten, brauchten sie festeren Halt als Luft. Tchar wollte es sich also nicht zu leicht mit ihnen machen. Gut für sie.

»Lara, werfen Sie Sord Ihr Seil zu.«

Die Jägerin wickelte das Seil auf und schlang ein Ende um ihr Handgelenk, dann warf sie das beschwerte andere Ende Sord zu, der bereit war, es aufzufangen. Durch die Bewegung kam sie ins Drehen, doch Sord fing das Ende mühelos und zog Lara aus der Drehung. Während er sie stabilisierte, holte sie Em-3-Grün, Kirk und Spock ein.

»Sehr gut, Captain, sehr gut!« applaudierte Tchar spöttisch. Kirk vermeinte sogar aus dieser Entfernung den Wahnsinn in des Skorrs Augen zu sehen. Er war dabei, sich in Stimmung zu bringen.

Um so besser. »Wenn wir ihn so weit bringen können, daß er die Beherrschung verliert, Spock, daß er ohne zu überlegen handelt...«

»Eine gute Idee, Captain«, flüsterte Spock zurück. »Hätte ich jedoch die Wahl, würde ich vermutlich einen schnellen Handkantenschlag gegen die Halsschlagader vorziehen.«

Kirk lächelte grimmig

»Also, worauf warten wir!«

Kirk zog eine imaginäre Linie und stieß sich vom Simsarm ab. Spock tat das gleiche, doch etwas stärker, deshalb erreichte er die gegenüberliegende Wand eher und stieß sich davon ab, um sich Tchar von der anderen Seite zu nähern.

Tchar pfiff und schoß geradewegs auf Kirk zu. Offenbar beabsichtigte er, sich jeden einzeln vorzunehmen. Er hatte genug Zeit, wie er glaubte, den Menschen zu töten und sich dann auf den Vulkanier zu stürzen.

Kirk hatte sich die Seele zum Ziel genommen. Sie war die einzige Art von Deckung überhaupt in diesem gefährlich leeren Raum. Dieses Manöver rief bei dem Skorr lediglich Verachtung hervor. Er hatte mehr erwartet als einen verzweifelten Sprung nach der Seele. Er streckte die Klauen nach Kirks Gesicht aus. Von den weichen Händen des Menschen hatte er nichts zu befürchten. Das riesige dumme Reptil dagegen würde schwieriger zu töten sein. Em-3-Grün sollte der letzte sein. Es würde interessant sein zu sehen, ob er ihn zu Tode ängstigen könnte.

Aber erst einmal der Mensch.

Doch der bewegte sich plötzlich. Das verwirrte Tchar einen Moment lang. Er versuchte, seinen Anflugswinkel zu ändern.

Kirk hatte sich im allerletzten Moment zu einem sich drehenden Ball zusammengerollt. Als er aus der Drehung kam, hatte er die Knie angezogen. Das Timing war perfekt. Er rammte die Beine in Tchars Unterleib.

Eine von Tchars Klauen traf, glitt jedoch über Kirks dicke Sohle ins Leere. Der unblockierte Fuß aber stieß mit voller Wucht in Skorrs Magen.

Der Tritt brachte den Erbprinzen der Skorr ins Trudeln, und

während er vor Wut und Schmerz brüllte, kam schon Spock von hinten auf ihn zu. Zu spät erkannte Tchar, daß er übertölpelt worden war, daß das Timing der beiden Zweifüßer exakt darauf gezielt hatte, ihn in diese Lage zu bringen.

Er hatte einen unverzeihlichen Fehler begangen, als er seine Gegner unterschätzte. Jetzt hatte der Vulkanier ihn an beiden Armen gepackt, und trotz größter Anstrengung konnte Tchar sich nicht aus seinem Griff befreien.

Kirk war weiter zur Seele getrieben, stieß auf das erwartete Kraftfeld und nutzte es, sich zu Tchar zurückzustoßen. Aber diesmal war der Skorr auf die Ball-und-Tritt-Taktik vorbereitet. Er wand sich herum und holte mit einem krallenbewehrten Fuß aus.

Kirk krümmte sich zur Seite, und die Klaue strich ihm über die Brust, tief genug, daß er blutete. Dem Skorr gelang es, sich zum Kraftfeld vorzukämpfen. Indem er sich ein paarmal dagegen warf, konnte er sich von Spock befreien. Wütend drehte Tchar sich um, um den Vulkanier in Stücke zu reißen.

Doch Spock war keineswegs außer Gefecht gesetzt. Tchar hatte ihn zwar abgeschüttelt, aber es war ihm gelungen, sich am Umriß des Kraftfeldes festzuhalten. Nun benutzte er es als Barriere zwischen sich und dem Skorr.

Inzwischen war Kirk gegen die hintere Wand getrieben, hatte sich davon abgestoßen und griff erneut an. Tchar bemerkte ihn im letzten Moment, doch inzwischen reichte es ihm. Dieses Manöver war interessant und lehrreich gewesen, aber zu zeitraubend. Statt sich Kirks Angriff zu stellen, schwang er sich in die Höhe.

»Sehr gut«, rief er zu den beiden Männern hinunter. »Erstaunlich gut. Aber Sie selbst haben nach einem Ende der Maskerade verlangt. So muß auch dies nun enden.«

Er legte die Schwingen an und stürzte wie ein Stein auf Kirk zu. Sord, Em-3-Grün und Lara sahen besorgt zu. Kirk trieb frei. Selbst wenn er das Schutzfeld um die Seele erreichte, würden ihn Tchars herabstürzende Klauen durchbohren.

Kirk erreichte das Feld und hielt sich fest. Tchar brüllte triumphierend – in diesem Moment drehte Kirk sich um. Beide Klauen schmetterten in Kirks Rucksack – und blieben stecken.

Die Wucht hatte Kirk fast vom Kraftfeld gerissen – aber nur fast. Dann, während Tchar vor Wut kreischte, näherte Spock sich vorsichtig und bekam Skorrs Schwingen zu fassen.

Sie hatten Kontakt mit der Seele und mit dem Dieb.

Jetzt war der richtige Zeitpunkt. »Lara, geben Sie das Signal, uns zurückzuholen!«

»Nein!« schrillte Tchar verzweifelt. Kirk war gelungen, was er sich vorgenommen hatte: den Skorr in seiner Kampfwut alles andere vergessen zu lassen. Sie mußten ihn überwältigt haben, bevor sie dieses unwiderrufliche Signal gaben. Tchar durfte sich nicht mehr rühren können, denn an seinem Gürtel befand sich ein Knopf, den er verzweifelt zu erreichen suchte, ohne Frage der Schaltknopf für den Gravitationsneutralisator. Könnte er ihn drücken, würden sie alle auf den Metallboden hinabstürzen, was aus dieser Höhe den sicheren Tod bedeutete.

Doch Lara konnte nun das Signal geben, ohne das befürchten zu müssen.

Es roch vage nach Ozon, als die Luft um sie knisterte. Es gab nur noch eine Ungewißheit: Konnte das vedalische Rückholfeld das Kraftfeld durchdringen, in dem sich Alars Seele befand? Oder würde es nur sie zurückbringen?

Oder würde das Kraftfeld das Rückholfeld neutralisieren, so daß sie für immer im Nichts gefangen waren?

Diese Gedanken gingen Kirk durch den Kopf, als alles vor seinen Augen verschwamm und Tchars herzzerreißender Schrei – »lassen Sie mich sterben!« – in seinen Ohren schrillte.

Nein, Tchar mit den mächtigen Schwingen und den Wahnsinnsträumen, Sie kommen mit uns zurück – obwohl ich wirklich wünschte, ich könnte Ihnen diesen Wunsch erfüllen...

Plätscherndes Wasser spielte den Kontrapunkt zum Wind in den Grashalmen. Eine warme Brise strich über Kirks Gesicht und brachte den würzigen Geruch von Pflanzen. Er blickte an sich hinab.

Er hatte keine Kratzwunden am Arm, keine an der Brust, wo Tchars Klauen ihn verwundet hatten. Sie befanden sich in der vertrauten Wiese auf dem Asteroiden der Vedaler.

Sie schämten sich ihrer unverhohlenen Verwunderung nicht, als ihnen bewußt wurde, daß sie wie vor Beginn der Expedition hier standen – ausgeruht, unversehrt, frisch. Hatten sie alles nur geträumt – hatte die Expedition nur in ihrer Phantasie stattgefunden? Oder war das Ganze ein aufwendiges Beispiel für den ungewöhnlichen vedalischen Humor?

»Wir danken Ihnen allen«, sagte der Vedaler. Er trat zur Seite, wodurch drei Möbiusstreifen sichtbar wurden, die sich golden leuchtend vom Grün der Wiese abhoben. »Alars Seele wird seinem Volk zurückgegeben werden. Der Dschihad ist abgewendet.«

Er deutete, und die Seele verschwand. Wahrscheinlich würde sie umgehend auf der zentralen Heimwelt der Skorr ankommen – mit einer Liste empfohlener Vorsichtsmaßnahmen zur Verhinderung eines möglichen neuerlichen Diebstahls irgendwann in der Zukunft.

»Was geschieht mit Tchar?« erkundigte sich Kirk. »Was werden Sie mit ihm machen?«

Wieder eine Geste, und sie sahen Tchar mit gebundenen Armen und Schwingen höhnisch herausfordernd auf nicht sichtbare Wächter blicken.

»Der Erbprinz ist stolz und mutig und hat viele nützliche Eigenschaften. Wir werden einige kleinere Veränderungen an seiner Persönlichkeit vornehmen. Sie werden zwar die Moralität eines solchen Handelns in Frage stellen, Captain Kirk, was eine Eigenart Ihrer Rasse ist, aber nicht seine Wirksamkeit. Er wird geistig wieder gesund werden.« Das Bild des gefangenen Tchar verschwand.

»Wir können Sie mit nichts weiter belohnen als unserem Dank und der Gewißheit, daß Sie Furchtbares verhindert haben. Auch die Skorr nicht, denn sie dürfen davon nichts erfahren. Tchars Mittäter werden gefunden und ebenso behandelt werden, ohne ihr Volk einem rassischen Schock auszusetzen. Die Skorr dürfen nie auch nur ahnen, daß dieses ungeheuerliche Verbrechen von Mitbrüdern begangen wurde, denn sie würden sofort eine grausame, sinnlose Verfolgungsjagd nach allen der Blasphemie auch nur Verdächtigen beginnen.«

»Macht nichts«, brummte Sord, »ich wüßte sowieso nicht, wo ich eine Medaille tragen sollte.«

»Man wird uns Fragen stellen«, gab Spock zu bedenken.

Der Vedaler lächelte den Vulkanier sanft an. »Sie werden feststellen, daß niemand fragen wird. Leben Sie wohl…« Der Vedaler verschwand.

Lara trat neben Kirk. »Leben Sie wohl, James. Es ist wirklich schade, wir hätten fast…« Ihre Stimme schwand, als wieder alles vor Kirks Augen verschwamm.

Scott und Sulu befanden sich im Transporterraum, als Spock und Kirk rematerialisierten. Obgleich Kirk froh war, sie wiederzusehen, fand er ihren Gesichtsausdruck merkwürdig.

»Captain, Mr. Spock!« rief Sulu. »Was ist schiefgegangen?«

Kirk blickte an sich hinunter, bemerkte jedoch nichts Ungewöhnliches, dann musterte er Spock, auch er sah aus wie immer. Merkwürdig waren lediglich Sulus und Scotts Besorgnis.

»Was meinen Sie damit, Mr. Sulu?«

»Sie sind gerade erst hinübergebeamt und schon wieder zurück«, erklärte Scott. »Haben die Vedaler es sich anders überlegt, oder was?«

»Einen Moment, was…«

Spock hielt ihn zurück. »Wie lange waren wir fort, Mr. Sulu?« erkundigte er sich.

Sulu zuckte die Schultern. »Zwei Minuten, vielleicht auch drei. Jedenfalls so lange, daß ich von der Brücke hier herunterkommen konnte, während Sie fort waren.«

Der Blick, den Kirk und Spock wechselten, sprach Bände.

»Ja, die Vedaler haben es sich anders überlegt«, sagte der Captain knapp und stieg von der Transporterscheibe. »Sie brauchten einen dringenden Rat, und wir konnten ihn geben. Aber jetzt zurück auf Ihre Posten, meine Herren. Das Ganze war lediglich ein kleiner Umweg mit Zwischenaufenthalt. Mr. Spock...«

»Ja, Captain?«

»Ich gehe in meine Kabine und mache die offizielle Logbucheintragung. Wir sehen uns dann auf der Brücke.«

»Ja, Captain.« Spock ging zum Lift.

»Oh, noch etwas, Spock.«

»Sir?« Spock blieb stehen und drehte sich um.

»Sagen Sie Uhura, sie soll sich wegen weiterer Befehle mit dem nächsten Sternenflottenstützpunkt in Verbindung setzen. Vielleicht finden sie diesmal etwas Interessanteres für uns zu tun.«

»*Interessanteres,* Captain?« Spock blickte ihn überrascht an, als Kirk zu ihm aufschloß. »Es *ist* interessant zu erfahren, daß nicht nur Vulkanier zur Untertreibung neigen.«

Die Tür schloß sich hinter ihnen.

Scott lehnte sich an die Transporterkonsole, während Sulu mit unverhohlener Verwirrung zum Lift starrte, in dem die beiden Offiziere verschwunden waren.

»Was glauben Sie, was das Ganze sollte?« fragte der Rudergänger.

Scott lächelte. »Das ist doch ganz einfach, Mr. Sulu. Leicht zu verstehen, wenn man den Captain und Mr. Spock so lange kennt wie ich. Sie sind beide verrückt. Nur, der Captain versucht, uns weiszumachen, daß er nur so tut, und Mr. Spock ist zu höflich, es zuzugeben.« Scott atmete tief aus und ging auf die Tür zu.

»Sie haben doch den Befehl gehört. Sehen Sie zu, daß Sie auf die

Brücke zurückkommen. Ich kehre zur Maschinenzentrale und meinen Maschinen zurück. Die spinnen zumindest nicht. Dort bleibt man wenigstens bei klarem Verstand«, endete er, als er in den Lift stieg. »Denn wenn mit ihnen etwas nicht stimmt, kann ich immer noch die Heinzelmännchen rufen, daß sie sie reparieren.«

Die Lifttür schloß sich.

Sulu starrte sie einen langen Moment an, dann murmelte er etwas, das niemand hören konnte, weil er jetzt allein hier war. Es spielte auch keine Rolle, denn jeder hatte so etwas schon einmal gehört und selbst gesagt – seit Anbeginn der Zeit.

»Hier sind alle verrückt, außer mir und dir«, sang er einen alten Hit, »und manchmal bin ich mir auch nicht sicher bei dir.«

Vergnügt pfeifend kehrte er auf die Brücke zurück.

Die Bände:

1: Der unwirkliche McCoy 23730
2: Strafplanet Tantalus 23731
3: Spock läuft Amok 23732
4: Das Silikonmonster 23733
5: Der Asylplanet 23734
6: Die Lichter von Zhetar 23735
7: Das Paradies-Syndrom 23737
8: Der Doppelgänger 23738
9: Rückkehr zum Morgen 23739
10: Ein kleiner Privatkrieg 23740
11: Der Tag der Taube 23741
12: Spock muß sterben! 23742

Band 4: Das Silikon-Monster 23733

Raumschiff Enterprise

13: Jenseits der Sterne 23600
14: Klingonen-Gambit 23601
15: Galaxis in Gefahr 23602
16: Die falschen Engel 23603
17: Spock, Messias! 23619
18: Wie Phoenix aus der Asche 23620
19: Der Teufelsplanet 23627
20: Gefangene des Wahnsinns 23616
21: Welt ohne Ende 23613
22: Das Phoenix-Verfahren 23614

Band 18: Wie Phoenix aus der Asche 23620

GOLDMANN